Katharina Glück studierte Theater-, Film- und Fernsehwissenschaft, Germanistik und Philosophie in Köln. Danach arbeitete sie als Dramaturgin in der Filmproduktion. Inzwischen ist sie freie Lektorin und Autorin in München. Ihre Kurzgeschichten sind in diversen Literaturzeitschriften und Anthologien erschienen. Mit „Der ewige Anfang" hat sie einige davon in einem Buch zusammengefasst. Ihr Debüt „Entgleist" erschien erstmals 2019 im acabus Verlag und wurde 2020 mit dem goldenen Skoutz Award in der Kategorie Contemporary ausgezeichnet.

Mehr Informationen und weitere Veröffentlichungen unter: www.katharinaglueckschreibt.de

Katharina Glück

Entgleist

Roman

Bibliografische Informationen der Deutschen Nationalbibliothek: Die Deutsche Nationalbibliothek verzeichnet diese Publikation in der Deutschen Nationalbibliografie; detaillierte bibliografische Daten sind im Internet über http://dnb.d-nb.de abrufbar.

Die Erstausgabe erschien 2019 im acabus Verlag, Hamburg.

Lektorat: Lisa Bogen, Lea Oussalah, acabus Verlag
Cover: Dani Aquitaine, www.senestrey.de
Covermotive: Mann: © ShotStudio, Gleise: © redstone,
Vogelschwarm: © schankz – Depositphotos

Herstellung und Verlag: BoD – Books on Demand, Norderstedt
ISBN: 9783752848724

Content Notes

In diesem Buch werden einige Themen berührt, die für manche Menschen problematisch sein könnten. Damit diejenigen, die wissen, dass sie sich mit bestimmten Themen nicht auseinandersetzen können oder möchten, vorgewarnt sind, stelle ich diese Content Notes voran. Alle anderen können, gerne jetzt weiterblättern, damit nichts vorweggenommen wird.

Folgende Themen kommen in diesem Buch vor:
- Suizid
- Tod
- sexuelle Übergriffigkeit
- Tablettenabhängigkeit
- Obdachlosigkeit
- psychische Zusammenbrüche

1

An einem sonnigen Mittwochnachmittag, genauer gesagt um 16 Uhr 42, legte Heinrich Knopp sich auf die ICE-Trasse, die durch das Wäldchen hinter seinem Haus verlief, und wartete auf den ICE 74. Er hatte sich ein kleines Sofakissen mitgebracht, um seinen Nacken zu schonen. Immerhin konnte es trotz aller Vorbereitung zu Veränderungen im Fahrplanablauf kommen, und er wollte keinesfalls mit einem steifen Nacken sterben. Er hatte sich eine besonders dunkle Stelle ausgesucht, hohe Eichen zu beiden Seiten der Trasse, ausladende Brombeersträucher. Heinrich war ebenfalls dunkel gekleidet, sich genau hinter die sanfte Kurve gelegt, die die Schienen hier machten. Auch deswegen hatte er den ICE 74 gewählt: Es wurde langsam Abend, die Sonne neigte sich jetzt im frühen Herbst schon dem Horizont entgegen. Die Bäume warfen Schatten, überall Zwielicht. Mit etwas Glück würde der Zugführer ihn gar nicht bemerken und das Rumpeln für einen Ast halten, einen Fuchs vielleicht. Im besten Fall würde er überhaupt nichts mitbekommen. Heinrich Knopp würde genau das besonders passend finden. Es schien ihm ein ehrlicher Abschluss.

Er hatte diesen Tag von langer Hand geplant, wie es seine Art war. Er überließ die Dinge ungern dem Zufall. Nach einer taktischen Überprüfung diverser Suizidmethoden hatte er sich für den Zug entschieden. Bei allem, was man gegen die Deutsche Bahn sagen konnte, Heinrich hatte sie immer imponiert. Dieses exakte Uhrwerk von Zügen, Gleisen und Weichen, die in penibler Choreografie Menschenmassen durch das ganze Land transportierten, ohne dass jemand zu Schaden kam – für Heinrich war das eine Meisterleistung. Als Kind hatte er mit seinem Vater ganze Wochenenden im Keller verbracht und kleine Modellzüge durch eine Landschaft aus Plastik und Bauschaum gleiten lassen. Sie hatten sich codierte Signale zugerufen, auf Knöpfe gedrückt, Weichen umgestellt, die Gleisansagen abwechselnd mit tiefer Stimme in die Fäuste gesprochen, sodass sie verzerrt klangen. Runde um Runde hatten die Züge durch Dörfer und Tunnel gedreht, bis Heinrichs Mutter sie irgendwann zu Tisch gerufen hatte. Die Modelleisenbahn gab es noch, sie stand jetzt in Heinrichs Keller. Aber die Züge fuhren nur noch selten.

Über Wochen hinweg hatte Heinrich Zugstrecken und Abfahrtszeiten aufgeschrieben und verglichen und sich schließlich für den Mittwoch entschieden, an dem es auf dieser Strecke nur selten zu Verspätungen kam. Dann hatte er sich unter Berücksichtigung der Sonnenuntergangszeit für ein Datum entschieden. Und dann hatte er gewartet. Jeder Tag in dieser Zeit war gewesen wie der vorherige: stummes Frühstück mit Zeitung und dünnem Kaffee, endlose Stunden im Büro, Abendessen vor dem Fernseher, Einkaufen am Samstag, Tatort am Sonntag. Heinrich betrachtete sich von außen, als nähme er selbst schon gar nicht mehr teil an seinem Leben. Der August verstrich, heiße Tage, schwüle Nächte, die Klimaanlage im Büro leistete Schwerstarbeit. Und dann wurde es endlich Herbst.

Als der Mittwoch gekommen war, den Heinrich sich ausgesucht hatte, wachte er in der Frühe auf und suchte in sich nach einer Emotion. Er war nicht traurig, nicht besorgt, nicht verzweifelt – er hatte auf die Gefühle gewartet, hatte in den vorangegangenen Wochen in sich hinein gelauscht, aber sie hatten sich nicht eingestellt. Wie an jedem anderen Morgen machte er dünnen Kaffee für sich und Susanne, lauschte dem Kratzen, mit dem sie Butter auf ihrem Toast verteilte, stellte den Fuß auf die kleine Kommode im Flur, um sich die Schuhe leichter binden zu können. Wie jeden Morgen verließ er gegen halb sieben das Haus und stieg in seinen Wagen. Er bog aus der Einfahrt, fuhr bis zur nächsten Kreuzung, doch anstatt dort wie üblich rechts abzubiegen, bog er nach links und manövrierte den Wagen rückwärts in die Mündung eines kleinen Waldwegs. Fünfzehn Minuten später sah er Susannes roten Corsa um die Ecke biegen. Er wartete noch mal fünfzehn Minuten: Es kam vor, dass sie ihr Handy oder Portemonnaie vergaß und noch mal umdrehte. Als sicher war, dass sie nicht zurückkommen würde, fuhr er zurück, stellte das Auto in die Garage und räumte das Handschuhfach auf. Dann ging er ins Haus.

An seinem Schreibtisch, einem alten Erbstück seiner Großmutter, dessen Holz jedes Jahr eine Spur dunkler wurde, verfasste er den Abschiedsbrief. Dieser Schritt fiel ihm nicht leicht, obwohl er schon seit Tagen die Formulierungen in seinem Kopf herumwälzte, neu zusammensetzte und umstrukturierte. Das Ganze auf Papier zu bringen, kostete ihn Überwindung. Er war es nicht gewohnt, sich mitzuteilen. Am Ende klang sein Brief dann auch hölzern und weniger poetisch, als er es sich gewünscht hatte. Er schrieb etwas von Sich-nicht-die-Schuld-Geben, von Angelegenheiten regeln, davon, dass er ihr das Beste wünschte. Es waren Gemeinplätze, aber schlussendlich fand er sich damit ab und klebte das Kuvert zu, schrieb in seiner krakeligen Sechstklässlerschrift den Namen seiner Frau darauf und legte ihn im Erdgeschoss auf den Esstisch.

Die nächsten Stunden verbrachte Heinrich damit, seine Kleidung in Kartons zu packen und im Arbeitszimmer zu verstauen. Er wollte Susanne diese lästige Tätigkeit nach den sicher aufwendigen Arrangements seiner Beerdigung ersparen. Sein Ableben würde ihr noch genug Scherereien verursachen. Seine Kleider, sowohl aus dem Schrank im Schlafzimmer als auch aus dem im Keller, füllten kaum zwei normale Umzugskartons.

Als er fertig war, setzte er sich im Wohnzimmer vor den Fernseher, um den Rest der Zeit zu überbrücken. Auf einem der dritten Programme fand er eine Dokumentation über die Tiefsee. Die hielt ihn anderthalb Stunden bei Laune, darauf folgte eine Viertelstunde Bundestagsdebatte, der er nicht so recht folgen konnte oder wollte, dann ein alter Western aus den 50ern. Er liebte solche Filme, schaute sie aber nie an, obwohl quasi jeden Abend einer ausgestrahlt wurde. Susanne mochte sie nicht. Dieser hier war sehr gut, er hatte ihn noch nie gesehen. Ein kerniger Lonesome Ranger verteidigte die Familie einer schlauen und vorwitzigen Schönheit gegen wild bemalte Indianer. Die Geschichte strotzte von epischen Schießereien und schwülstigen Blicken, und an ihrem Ende verliebte die Schönheit sich natürlich in den Ranger. Nichts an der Geschichte überraschte Heinrich, aber genau das war es, was er an diesen Filmen so schätzte. Die Regeln waren klar, der Ausschnitt begrenzt, und man verließ den Schauplatz immer an dem Punkt, an dem die Figuren am glücklichsten waren. Niemand wollte sehen, wie sie sich später mit fünf Kindern über das Bestellen des Maisfeldes stritten, aber Heinrich war sich sicher, dass es genauso kommen würde.

Als es endlich Zeit war aufzubrechen, nahm er nichts mit außer einem beigen Sofakissen. Er ging ohne Jacke, der Tag war warm genug. Er steckte seine Brieftasche ein, damit man ihn identifizieren können würde, klemmte sich das Kissen unter den Arm, ging hinaus, schloss die Haustür zu und ließ sein Leben hinter sich.

Bis zu dem Ort, den er sich ausgesucht hatte, war es ein mäßiger Spaziergang von etwa fünfzehn Minuten. Das Wäldchen war verlassen und er begegnete niemandem, was ihm sehr recht war. Immerhin ging er ohne Jacke und mit einem Sofakissen unter dem Arm spazieren. Langsam sank die Sonne und warf helle Strahlen durch das dichte Blattwerk. Der Anblick war schön. Heinrich fühlte sich, als würde die Welt sich noch einmal von ihrer besten Seite zeigen, um sich gebührend zu verabschieden. Insgeheim dankte er ihr. So ging er fast beschwingt durch das Wäldchen, wie ein Wanderer, der nach langer Zeit heimkehrt.

Um zu den Gleisen zu kommen, musste er sich etwa fünfhundert Meter durchs Unterholz schlagen. Als er auf der Trasse herauskam, war seine Kleidung voller Kletten. Es dauerte etwas, bis er sie alle abgeschlagen hatte, und als er plötzlich ein tiefes Grollen aus der Ferne hörte, hatte er Angst, sich in der Zeit geirrt zu haben. Kurz haderte er: Sollte er sich einfach blitzschnell hinlegen und es hinter sich bringen? Aber das war ihm dann doch etwas zu holterdiepolter, plötzlich so ein Stress, das hatte er sich anders vorgestellt. Er sprang von den Gleisen und riss seine

Uhr hervor. Noch etwa zwölf Minuten. Hatte er die Uhr falsch gestellt? Er wartete und horchte auf das Grollen, das erst lauter zu werden schien, dann aber doch abflaute und schließlich ganz verschwand. Heinrich atmete tief durch. Dann stieg er wieder hinauf zu den Gleisen, legte sich hin, den Kopf auf die eine Schiene, die Beine über die andere, und schob sich das Kissen unter den Nacken. Er tat dies fast andächtig und langsam. Immerhin war es das Letzte, was er tun sollte. Und so, mit den Händen auf dem Bauch verschränkt, lag Heinrich Knopp da und wartete auf den ICE 74.

Der Himmel über ihm wurde langsam dunkler. Ein paar vereinzelte Schäfchenwolken zogen gemächlich vorbei. Eine hatte die Form eines Schmetterlings, eine andere die eines Hammers, dann veränderte sie sich und wurde zu einem Hasen. Ein Schwarm Gänse zog in V-Form vorbei. Sein Rücken begann zu schmerzen. Heinrich ärgerte sich, dass er nicht auch dafür ein Kissen oder eine Decke mitgebracht hatte. Die Schwellen waren schmaler als gedacht, und nun bohrten sich die groben Steine in seine Muskeln. Zusätzlich schliefen seine Füße ein; die Schiene, auf der seine Waden lagen, schnürte die Blutzufuhr ab. Heinrich hatte keine Ahnung, wie viel Zeit vergangen war. Es konnten zehn Minuten sein, dann würde der Zug gleich kommen, es konnte aber genauso gut eine Stunde sein. Er wollte auf seine Uhr schauen, hielt sich aber zurück. Wie schrecklich wäre es, wenn das Letzte, was er tat, auf die Uhr schauen wäre. Außerdem hatte er das Letzte, was er jemals tun sollte, schon getan, nämlich sich auf das Gleis zu legen. So hatte er es geplant, und so würde es passieren. Er blieb regungslos liegen.

Schließlich wurde ihm kalt. Die Sonne musste schon untergegangen sein, es wurde dunkel. Sein Rücken schmerzte jetzt so sehr, dass er es kaum noch aushielt, und er hörte nirgends einen Zug. Er setzte sich auf, warf einen Blick auf seine Uhr: 17 Uhr 58. Über eine Stunde. Er hatte über eine Stunde auf den Gleisen gelegen, und sein Zug war nicht gekommen, war einfach nicht aufgetaucht. Benommen blieb er sitzen. Er hatte sich nie überlegt, dass etwas schiefgehen könnte, dass er überleben würde, das war nicht Teil seines Konzepts gewesen. Für diese Situation gab es keinen Plan. Er geriet in Panik. Sollte er jetzt einfach nach Hause gehen? Susanne würde in einer halben Stunde von der Arbeit kommen. Sie würde den Brief finden. Sie würde vielleicht die Polizei rufen, sie würden ihn suchen, würden vielleicht eine ganze Hundertschaft durch das Wäldchen jagen. Und dann? Irgendwann würden sie ihn finden. Lebendig. Unversehrt! Wie peinlich! Sie würden ihn für einen Loser halten. Jemand, der es nicht schaffte, den einfachsten Suizid reibungslos über die Bühne zu bringen. Und sie hätten recht.

Heinrich sprang auf, aber seine eingeschlafenen Füße klappten unter ihm zusammen, und er schürfte sich ein Knie an den kantigen Steinen auf. Es schmerzte höllisch. Langsam richtete er sich wieder auf. Seine Fußsohlen prickelten, als liefe er auf einem Nagelbrett. Er griff sich das Sofakissen und ging, so schnell er konnte, nach Hause. Er musste vor Susanne ankommen.

Auf dem Weg begegnete ihm eine ältere Dame, die ihren übergewichtigen Pudel spazieren führte. Die Frau nahm kaum Notiz von ihm, wahrscheinlich erkannte sie im Dämmerlicht nicht, dass er ein Kissen dabeihatte und dass sein Knie durch die Hose blutete. Heinrich eilte an ihr vorbei, an den Rand des Weges gepresst und mit gesenktem Kopf, als könne sie ihm sein Scheitern ansehen. Das kurze Stück auf der Straße zu seinem Haus legte er im Laufschritt zurück. Schon aus der Entfernung sah er, dass Susannes Auto noch nicht in der Auffahrt stand. Er stürmte ins Haus, ließ das Kissen im Flur fallen und lief als Erstes ins Esszimmer. Der Brief stand an den Salzstreuer gelehnt, unberührt, Wahrzeichen einer anderen Realität, in der er jetzt ein toter Mann war. Er nahm ihn in die Hand, starrte ihn einen Moment an, ohne eine Ahnung, was er damit machen sollte. Dann faltete er ihn zusammen und steckte ihn in die Hosentasche. Er sackte auf einen der Stühle und stützte den Kopf auf die Hände. Das war er also gewesen, sein Ausbruchversuch. Er konnte sich nicht erklären, was schiefgegangen war. In all den Wochen, in denen er die Züge überwacht hatte, war es maximal zu zehn Minuten Verspätungen gekommen. Dass ein Zug gar nicht kam, war nie vorgekommen. Heinrich rieb sich die Augen. Er saß fest. Er hatte es versucht, hatte es wirklich versucht, aber jetzt saß er fest. Er würde hierbleiben müssen, für immer in diesem Haus, in diesem Ort, in diesem Leben. Der Ausbruch war eine Illusion, ein Hirngespinst. Er sah seine Hände an, die aussahen, wie sie immer schon ausgesehen hatten. So würde es sein: wie immer.

Dann hörte er das Auto in der Auffahrt. Der Motor ging aus. Die Tür wurde zugeschlagen, Absätze auf dem schmalen Betonweg, das Klappern der Schlüssel, das Knarzen der Haustür. Dann ein: »Heinrich? Was macht denn das Kissen hier im Flur?« Erst jetzt sprang er auf. Das Kissen.

Sein Knie. Die Kartons. Er hatte sich so sehr auf den Brief konzentriert, dass er alles andere vergessen hatte. Er rannte nach oben ins Arbeitszimmer und verschloss die Tür hinter sich. Von unten hörte er Susannes Stimme: »Ich komme nach einem harten Arbeitstag nach Hause und muss quasi sofort aufräumen. Ein bisschen Ordnung könntest du auch mal schaffen.« Er öffnete einen der Kartons und griff wahllos eine Hose und ein frisches Hemd heraus. Sein Knie blutete stark, mit einem alten T-Shirt wischte er es ab. Er zog die frischen Sachen an und verstaute die schmutzigen in einer Schreibtischschublade. Susanne kam bereits die Treppe herauf, als er die Tür öffnete.

»Wieso antwortest du mir nicht?«, fragte sie und stapfte an ihm vorbei ins Badezimmer.

»Entschuldige«, sagte er und ging hinunter. Susanne hatte das Kissen wieder auf das Sofa gelegt. Er untersuchte es kurz auf Spuren seines Ausflugs, aber es war nichts zu sehen. Dann ging er in die Küche, um wie jeden Abend mit der Zubereitung des Abendessens zu beginnen. Als er gerade den Kühlschrank öffnete, ohne eine Ahnung, was er herausnehmen sollte, rief Susanne: »Was sind das für Kartons?«

»Ehm …«

»Da ist ja Kleidung drin.«

Heinrichs Gedanken rasten, während er festgefroren in den Kühlschrank starrte. »Altkleider«, rief er dann. Sie antwortete nicht, also glaubte sie ihm, oder es interessierte sie nicht mehr. Es herrschte einige Minuten Stille, in denen er weiter in den offenen Kühlschrank schaute, ohne wirklich etwas zu sehen. Es bedurfte einiger Kraft, sich zu konzentrieren, aber als es ihm gelang, griff er nach Käse, Butter,

Aufschnitt und stellte alles auf den Küchentisch. Er kochte einen Tee, als er oben die Dusche angehen hörte. Genau zwölf Minuten später kam Susanne hinunter und sie aßen still zu Abend, während die Nachrichtensprecherin über das Elend in der Welt berichtete. Hätte jemand durchs Fenster gesehen, hätte alles so ausgesehen wie immer: Sie die gelbe Tasse, er die grüne. Sie ein Vollkornbrot mit einem Hauch Margarine und Salami, er ein Knäckebrot mit altem Gouda. Gelegentliches Schlürfen an den heißen Tassen. Nichts deutete mehr darauf hin, dass Heinrich Knopp vor wenigen Stunden beinahe sein Leben beendet hätte. Alles sah aus wie immer. In ihm tobte es.

2

In der Nacht lag Heinrich wach. Natürlich tat er das, dachte er. Nach so einem Tag. Aber nachdem er zwei Stunden die Zimmerdecke angestarrt hatte, fiel ihm auf, dass nicht die Vorstellung des Selbstmordes ihn wachhielt. Er hatte immer Probleme mit dem Schlafen gehabt, aber seit er die Entscheidung getroffen hatte, sich vor den Zug zu legen, hatte er eindeutig besser schlafen können. Es hatte sich weniger eng angefühlt in ihrem Ehebett, an der Seite von Susanne, die schlief wie eine Tote. Jetzt lag er wieder wach und grübelte nur über ein Detail: Was hatte er falsch gemacht? Hatte er die Zugfahrpläne nicht sorgfältig studiert, sich nicht geradezu pedantisch über Verspätungen informiert? Wo hatte er geschlampt, wo war ihm die Sache entglitten? Er schämte sich und fühlte sich gleichzeitig betrogen. Dies hätte sein Ausweg sein sollen, aber er hatte es offensichtlich versaut. Gegen vier Uhr stand er auf, ging ins Arbeitszimmer und räumte seine Kleider wieder in den Schrank. Als er zurück ins Bett kam, lag Susanne unverändert da und schlief ihren traumlosen Schlaf. Seit er sie kannte, hatte sie niemals von einem Traum erzählt. Wenn er fragte, sagte sie immer, sie hätte nicht geträumt. Früher hatte er das für Unsinn gehalten. In dieser Nacht kam es ihm sehr logisch vor.

Heinrich war immer noch wach, als um halb sieben der Wecker klingelte. Susanne stand mechanisch auf und ging ins Bad. Er hörte, wie die Dusche anging. In zwölf Minuten würde sie in die Küche kommen und einen Kaffee erwarten. Träge wuchtete er sich aus dem Bett, schlurfte hinunter und tat seine Pflicht. Er füllte ihren Becher in eine Thermotasse um, und als sie das Bad verließ und ins Schlafzimmer ging, um sich anzuziehen, schlüpfte er unter die Dusche. Er blieb so lange im Bad, bis er ihren Wagen hörte, erst dann kam er heraus. Ein Ritual, das sie in den letzten Jahren perfektioniert hatten.

Die Fahrt in die Firma dauerte wie immer 17 Minuten. Heinrichs Wagen schien den Weg allein zu finden, er jedenfalls schenkte der Fahrt keinerlei Aufmerksamkeit. Das Gebäude lag in einem unansehnlichen Industriegebiet außerhalb des Ortes, umgeben von Autowerkstätten und Getränkegroßmärkten. Heinrich stellte den Wagen auf demselben Parkplatz ab wie immer, in beachtlicher Laufdistanz zum Eingang, aber unter einem der genau sieben Bäume, die vor Jahren über den Parkplatz verteilt gepflanzt worden waren.

Die ersten drei Stunden in seinem Büro verbrachte Heinrich damit, den Bleistiftspitzer anzustarren und sich immer wieder vorzustellen, wie die riesigen Stahlräder des ICE seinen Kopf von seinem Hals trennten. Es waren Bilder wie aus einem schlechten Horrorfilm, doch er empfand sie nicht als schrecklich oder grausam. Er hatte es sich gewünscht, er hatte alles richtig gemacht, und trotzdem war er immer noch hier. Sein Büro schien noch düsterer als sonst, die Stapel der Prüfberichte, die er durchzuarbeiten hatte, waren in dem einen Tag seiner Abwesenheit merklich angeschwollen. Er nahm einen Bericht in die Hand, überflog die erste Seite: chemische Analyse eines neuen Vitaminpräparats. Schon beim Anblick der chemischen Zusammensetzung stieg ihm der fruchtig-künstliche Geruch der Brausetabletten in die Nase und ihm wurde übel, also legte er die Papiere zurück auf den Stapel und starrte wieder auf seinen Bleistiftspitzer. Von Zeit zu Zeit fühlte er Panik in sich aufsteigen, ihm fiel das Atmen schwer. Das alles hätte ein Ende haben sollen, aber es ging einfach immer weiter.

Gegen elf öffnete sich mit einem Mal die Tür und Heinrichs Chef trat in den Raum. Heinrich schreckte hoch und fummelte eilig nach einem der Berichte vor sich auf dem Tisch, um den Anschein von Produktivität zu erwecken. Manfred Strozinski war ein untersetzter Mann, der konstant schlechte Laune hatte. Über die Jahre waren seine Mundwinkel immer weiter nach unten gewandert, was seinem Gesicht den unheimlichen Anschein einer Horrormaske verlieh.

»Knopp, wo waren Sie gestern? Sie haben sich nicht abgemeldet.« Seine Stimme war fiepsig und er sprach extrem schnell.

»Nein, Herr Strozinski. Verzeihung, Herr Strozinski«, stammelte Heinrich, atmete dann einmal tief durch und sagte in einem flüssigen Atemzug: »Ich war krank und mir war zu unwohl, um zu telefonieren.«

Strozinski musterte ihn prüfend durch seine kleinen Äuglein.

»Haben Sie ein Attest?«

Heinrich schüttelte den Kopf. »Nein, Verzeihung, auch für einen Arztbesuch war mir zu unwohl. Aber zum Glück scheint alles überstanden zu sein.«

»Da wäre ich mir nicht sicher.« Strozinski trat an den Schreibtisch heran und beugte sich vor, um Heinrich aus der Nähe zu betrachten. »Gut sehen Sie immer noch nicht aus.«

19

»Es geht schon wieder.«

Der kleine Mann trat zurück, nahm ein Taschentuch heraus und wischte sich über Lippen und Nase. »Einen Virus kann ich hier im Büro wirklich nicht gebrauchen. Gehen Sie nach Hause, Knopp, kurieren Sie sich heute noch mal aus, bevor Sie hier alle anstecken.«

Ohne ein weiteres Wort drehte er sich um und stapfte aus dem Raum.

Heinrich wartete ein paar Momente ab, dann griff er seine Aktentasche und stürmte aus dem Büro. Vor dem Gebäude hielt er kurz inne und atmete durch. Für einen Moment kämpfte er mit einem Würgereiz, konnte ihn aber im Zaum halten. Dann stieg er in sein Auto und fuhr los.

Ganz automatisch schlug er die Route nach Hause ein. Er fuhr, ohne bewusst auf die Straße zu achten, bewegte sich mechanisch: rote Ampel, Fuß auf die Bremse, Gang rausnehmen, anhalten, grüne Ampel, erster Gang, anfahren, schalten, beschleunigen. Sein Körper machte die Arbeit, während vor seinem inneren Auge die Bilder vorbeirasten: die schlafende Susanne, der Blick in die Wolken von den Gleisen aus, die chemische Formel auf dem Gutachten, der Westernheld auf seinem Pferd aus dem Film, den er gestern gesehen hatte. Die Bilder reihten sich wahllos aneinander, keines ließ dem vorherigen genug Zeit, um es wirklich betrachten zu können, und so flimmerte es in seinem Kopf und der Druck in seiner Brust wurde immer größer.

Als Heinrich wieder zu sich kam, stand er bereits in der Einfahrt. Der Motor lief noch, seine Hände hielten das Lenkrad so fest, dass seine Knöchel sich weiß färbten. Er hatte keine Ahnung, wie lange er hier schon stand. Hastig schaltete er das Auto ab, schloss die Augen und legte die

Stirn auf das Lenkrad. Das Leder drückte unangenehm gegen seine Haut, aber in der Dunkelheit kam sein Geist langsam zur Ruhe. Schließlich stieg er aus und ging hinüber zur Haustür. Er blieb vor ihr stehen, hatte beinahe schon den Schlüssel ins Schloss gesteckt. Was sollte er jetzt tun? Hineingehen und sich vor den Fernseher setzen? In den Keller gehen und seine Modelleisenbahn anwerfen, auf der die Züge immer genau so fuhren, wie er es sich wünschte? Er konnte nicht, wollte keinen Fuß in das Haus setzen.

Ihm blieb nichts anderes übrig, als weiterzugehen. Es war kühler geworden, der Himmel war bedeckt und die grauen Wolken versprachen Regen. Heinrich ging los, schaute auf den Boden und setzte stur einen Fuß vor den anderen. Mit der Zeit beruhigte er sich. Die Luft war frisch und das Laub glitschig unter seinen Füßen. Er hatte diese Art von Wetter schon als Kind gemocht. Seine Mutter hatte ihn immer zu Hause behalten wollen, damit er nicht nass wurde und sich erkältete. Aber er war trotzdem hinausgegangen. Der Spielplatz war leer gewesen bei diesem Wetter, anscheinend waren alle Mütter wie die seine. Er war dann durch die Gegend gelaufen und hatte sich vorgestellt, der einzige Mensch auf der Welt zu sein, der Letzte seiner Art. Er stellte sich vor, wie er in alle Häuser hineinging und mit Schuhen auf die Betten der Leute stieg, wie er in ihren Schränken nach Süßigkeiten suchte und ihre Sparschweine leerte. Und niemand wäre da, um ihm zu sagen, was er zu tun hätte. An solchen Tagen kam er oft zu spät nach Hause und fürchtete sich vor seinen Eltern, aber sie lachten nur und seine Mutter machte ihm eine heiße Milch, an der er seine kalten Hände wärmen konnte.

Als Heinrich aufschaute, sah er, dass er unwillkürlich denselben Waldweg genommen hatte, den er gestern mit einem Kissen unter dem Arm entlanggegangen war. Ohne recht zu wissen, warum, bog er ins Unterholz ab und schlug sich bis zu der Stelle durch, an der er auf den Bahnschienen gelegen und die Wolken beobachtet hatte. Von seiner gestrigen Aktion war nichts zu sehen, als hätte die Natur ihn gar nicht bemerkt. Er sah eine kleine Pflanze, die sich zwischen den groben Steinen hervorschob. Wenn sie noch ein wenig weiter wuchs, würden die Züge ihr den kleinen, grünen Kopf abschlagen. Sie tat ihm leid. All die Willensstärke, die es ihr ermöglicht hatte, sich durch die Steine zu kämpfen, würde ihr nichts nützen gegen die Kraft der Maschine. Er tat einen Schritt auf das Pflänzchen zu, es war eine winzige Eiche. Seine Hände begannen schon, die Steine um den schmalen Stamm zu entfernen, da hörte er den Zug. Er sah auf die Uhr. Er war eine Stunde früher dran als gestern, es war noch heller, und dieser Zug war nicht der ICE 74. Noch war der Zug hinter der Kurve verborgen, aber Heinrich spürte das aggressive Surren, das durch die Schienen in seine Knochen drang. Er blickte zu dem Bäumchen hinunter, zuckte mit den Schultern, als sähe es ihn. Dann drehte er sich um, trat von den Schienen und blieb neben den Brombeersträuchern stehen. Als das massige, weiße Gefährt um die Kurve kam, erklang das Warnsignal. Der Zugführer musste ihn gesehen haben, ein Mensch so nah an der Trasse, das konnte nichts Gutes bedeuten. Heinrich blieb, wo er war, und schaute dem Zug entgegen. Das Signal ertönte erneut. Gerade so konnte er das Gesicht des Fahrers hinter der Scheibe ausmachen, Panik in den Augen. Dann raste der Zug an ihm vorbei.

Keine zehn Sekunden später war er weg, der Wind zerrte noch an Heinrichs Kleidern. Er stieg wieder auf die Gleise. Die winzige Eiche stand noch da, beinahe unverändert. Nur eine kleine, ausgefranste Stelle an ihrer Spitze deutete darauf hin, dass sie Schaden genommen hatte. Sie würde nie größer werden, als sie in diesem Moment war.

Erst als es dunkel war, kam Heinrich nach Hause. Als er die Tür aufsperrte, erwartete ihn Susanne in Mantel und Stöckelschuhen.

»Wir kommen zu spät.«

Sie drehte sich um, griff nach ihrer Handtasche und marschierte an ihm vorbei zu ihrem Auto. Heinrich stöberte in seinem Kopf nach einem Termin, einer Verabredung, konnte sich aber beim besten Willen nicht erinnern. Also folgte er Susanne, die bereits aus der Auffahrt zurücksetzte. Er ging hinter dem Auto lang, die Abgase wärmten für einen Moment seine kalten Waden, dann stieg er auf den Beifahrersitz. Noch bevor er die Tür richtig geschlossen hatte, fuhr sie los.

Sie glitten schweigend über die Landstraßen in Richtung des Nachbarorts. Susanne hielt das Lenkrad locker umfasst, sah gelegentlich zu Heinrich hinüber, der sich schuldig fühlte.

»Du hättest dich noch umziehen können«, sagte sie schließlich.

»Du schienst es eilig zu haben.«

»Aber so bist du wohl etwas zu leger angezogen.«

Heinrich musste lachen. Susanne warf ihm einen fragenden Blick zu.

»Was ist daran lustig?«

»Ich bin immer so angezogen.«

Sie schaute wieder auf die Straße, umrundete einen Kreisverkehr. »Du hast es vergessen.« Es war eine Feststellung, keine Frage. Ihr Gesichtsausdruck verriet weder Wut noch Enttäuschung, vielmehr schien sie die Tatsache vollkommen neutral aufzunehmen. Heinrich meinte, einen Hauch von Resignation um ihren Mundwinkel zu erkennen. Es tat ihm leid, dass sie sich so fühlen musste.

»Ja, ich habe es vergessen.«

Sie nickte. »Es macht keinen Unterschied.«

Sie bogen in eine Auffahrt ein, an deren Ende ein großes, rechteckiges Haus stand, grauer Putz, symmetrische Fenster. Die Fensterrahmen waren aus Edelstahl und warfen das Licht der Scheinwerfer zurück. Das Haus eines Architektenpaares. Yvonne und Gerd. Yvonne war Susannes älteste Freundin, die beiden hatten sich schon in der Grundschule gekannt und pflegten seit jeher eine enge Freundschaft. Eine große Frau, hoch und dick und laut, aber erträglich. Gerd war noch größer als Yvonne, ein Berg von einem Mann mit unnatürlich starkem Haarwuchs im Gesicht. Er gehörte zu der Sorte Mensch, die gerne zeigt, was sie hat. Einmal hatte er es geschafft, Heinrich einen Abend lang jede Funktion des neu installierten Sicherheitssystems zu erklären. Er schleifte Heinrich durch das gesamte Haus, deutete in Zimmerecken und auf unsichtbare Lichtschranken, las ganze Passagen aus dem Handbuch vor und sinnierte über die vielen Einbrecher, die in der Gegend herumlungerten, während Heinrich nickte und an den richtigen Stellen die Augenbrauen hob. Das ging so weit, dass Gerd aus Demonstrationsgründen den stillen Alarm auslöste und der Sicherheitsdienst anrief, um zu fragen, ob alles in Ordnung sei. Gerd tat die Sache mit einem kehligen Lachen ab und beendete seine Tirade wie immer, indem er Heinrich auf einen Zettel schrieb, wo er selbst sich diese großartige Technik zulegen könnte. Heinrich nahm die Zettel jedes Mal pflichtbewusst mit nach Hause, streckte sie beim Abschied noch einmal durch das offene Autofenster und winkte damit. Einmal zu Hause wanderten sie direkt in den Müll.

Vor der Tür klingelte Susanne, schob ihren Arm um Heinrichs Ellenbogen und setzte ein strahlendes Lächeln auf. Heinrich konnte ihre Spiegelung in der Glastür sehen: Hätte er sie nicht gekannt, hätte er ihr Lächeln für echt gehalten. So standen sie da, er, ein unscheinbarer Endvierziger mit Strickpulli und gescheiteltem Haar über der rahmenlosen Brille, der es nicht schaffte, diesen Ausdruck von Verwirrung aus seinem Gesicht zu kriegen, und neben ihm Susanne, herausgeputzt und fröhlich. Heinrich war es, als hätte er fremde Menschen vor sich. Endlich ging das Licht im Flur an und das Spiegelbild wich einer enthusiastischen Yvonne, die auf die Tür zustürzte.

Es gab Fisch in Salzkruste, dazu gedünstetes Gemüse und Salat. Brot nur für die Gäste, Yvonne hatte sich und Gerd auf eine Low-Carb-Diät gesetzt. Gerd stand auf, wenn er Wein nachschenken sollte, und legte sich ein Trockentuch über den Arm wie ein Kellner in einem vornehmen Restaurant. Die Frauen lachten jedes Mal hysterisch. Yvonne und Susanne warfen Gesprächsthemen durch den Raum wie Konfetti. Kaum hatte Heinrich sich etwas überlegt, das er beitragen konnte, ohne vollständig idiotisch zu klingen, waren sie schon beim nächsten Thema. Also blieb er die meiste Zeit stumm und beobachtete die anderen wie durch eine Glasscheibe im Zoo. Er begann, Susanne zu studieren, sich jede Bewegung ganz genau einzuprägen: ihren Augenaufschlag, wie sie ihr Weinglas hielt, mit zwei Fingern und Daumen ganz oben am Stiel, wie sie die Lippen beim Lachen weit zurückzog und viel Zahn zeigte. Er war sich sicher, in all den Jahren alles schon einmal gesehen zu haben, aber sie kam ihm nicht bekannt vor, nichts an ihr, als wäre sie über Nacht ein anderer Mensch geworden. Er versuchte, sich an die frühere Susanne zu erinnern, die Frau, die er im Studium kennengelernt hatte. Hatte sie damals schon so gelacht? Hatte er es attraktiv gefunden? Hatte sie damals ihr Glas schon so gehalten, oder hatte sie es sich später angewöhnt, es sich abgeschaut von jemandem? Er konnte sich Szenen ins Gedächtnis rufen, ein Essen beim billigen Italiener um die Ecke, sie hatte sich die Bluse mit Tomatensoße vollgekleckert und sie hatten gekichert wie Schulkinder. Aber jetzt kam es ihm vor, als wäre es eine Szene aus einem Film, den er mal gesehen hatte, nicht sein eigenes Leben. Susanne war nicht mehr diese Person, war es vielleicht nie gewesen, und bei sich selbst war er sich auch nicht so sicher. Seine Vergangenheit schien unecht, hölzern und fremd.

Dann konzentrierte er sich auf Gerd und Yvonne, beobachtete sie als Paar, registrierte jeden kleinen Blick, jede Berührung. Sie legte ihre Hand auf seine, wenn sie über ihn sprach. Er legte den Arm auf ihre Stuhllehne, ohne sie direkt zu berühren. Wenn er ihr Wein einschenkte, bedankte sie sich mit einem Luftkuss, woraufhin er jedes Mal in einer O-la-la-Manier die Augenbrauen hochzog. Heinrich erschien alles so einstudiert, automatisiert, ohne Blut. Als spielten die zwei ihre Beziehung wie vor Publikum. Susanne hätte es gefallen, wenn auch sie beide eine solche Routine gehabt hätten. Er sah es an der Art, wie sie das Gesicht senkte und ihm einen verstohlenen Blick zuwarf. Hatten sie das mal gehabt? Diese kleinen Gesten, die die Beziehung nach außen hin erst real werden ließen? Er wusste es nicht. Alles, woran er sich erinnern konnte, waren das morgendliche Aufstehen, die Duschgeräusche, er beim Kaffeemachen. Es gab Tage, an denen ihm erst beim Hinausgehen bewusst wurde, dass er sie nicht ein einziges Mal angesehen hatte. Vielleicht brauchte es die kleinen Spielchen, die Yvonne und Gerd so meisterlich beherrschten, um sich nicht aus den Augen zu verlieren.

Statt Dessert reichte Yvonne Käse, Gerd schenkte reichlich Grappa aus, auf den Susanne verzichtete, sie müsse ja noch fahren. Heinrich merkte den Alkohol unangenehm in den Gelenken, sie wurden heiß und weich, seine Muskeln erschlafften und er fühlte sich unkoordiniert. Außerdem begann er zu schwitzen.

»Heinrich, wie wär's, wenn wir die Damen mal ihrem Tratsch überlassen und ich dir meine neueste Errungenschaft zeige?«

Heinrich rang sich ein Lächeln ab, nichts interessierte ihn weniger, als was auch immer Gerd ihm zeigen wollte, aber es konnte nicht schaden, ein paar Schritte zu gehen, wenn auch nur durch das Haus. Er erhob sich ungelenk, schob den Stuhl quietschend mit den Kniekehlen weg und folgte Gerd in sein Arbeitszimmer. Der Raum hatte doppelte Etagenhöhe, ihre Schritte hallten leicht von den Wänden wider. Durch die Oberlichter konnte man die Sterne sehen – bei Tag war das Licht hier drin phänomenal. Gerd brauchte es für den riesigen Zeichentisch, der in der Mitte des Zimmers stand. Darauf lagen Entwürfe für ein

Mehrfamilienhaus, das aus aufeinandergestapelten Würfeln zu bestehen schien. Heinrich betrachtete die Zeichnungen, während Gerd durch den Raum zum Regal hinüberging und an etwas herumwerkelte. Er drehte Heinrich den Rücken zu, als hätte er etwas zu verbergen, bis er sich mit einem Ruck umdrehte und ein dröhnendes »Tadaaaa!« von sich gab. Im ersten Augenblick erkannte Heinrich nicht, was Gerd in den Händen hielt. Dann stieg hinter Gerd ein kleiner Quad-Copter in die Luft, durchquerte den Raum und blieb über dem Zeichentisch in der Luft stehen. Heinrich wich einen Schritt zurück. Er spürte den Wind, den die kleinen Propeller verursachten, auf seinem Gesicht. Es war kühl und angenehm nach der Hitze des Alkohols.

»Und?« Gerd wartete auf Heinrichs Begeisterung.

»Ganz toll.«

»Ja, Drohnen sind der letzte Schrei. Gar nicht so leicht zu steuern«, er deutete mit der Nase auf die riesige Fernbedienung in seinen Händen, »aber irgendwann hat man den Dreh raus. Wenn wir draußen wären, würde ich dich auch mal lassen, aber hier drin ist es etwas gefährlich.«

Heinrich war erleichtert. »Kein Problem.« Er beobachtete, wie Gerd das Fluggerät höher steigen ließ, bis es knapp unter der Decke anhielt und sich wieder langsam senkte. »Und was macht man damit?«

»Man lässt es fliegen.«

»Schon klar, aber so rein praktisch. Also, kann es irgendwas?«

»Warte, ich zeig dir ein paar Sachen. Geh mal ein paar Schritte zurück!«

Heinrich stellte sich in die offene Tür und schaute Gerd dabei zu, wie er die Drohne in akrobatischen Manövern durch den Raum steuerte. Gerd strahlte dabei wie ein kleiner Junge, riss die Augen auf, wenn es zu Beinahezusammenstößen mit Stehleuchte oder Kunstobjekt kam, und lachte laut, wenn er den Crash gerade noch so verhindern konnte. Heinrich lachte pflichtbewusst mit. Er genoss es, wenn das Gerät in seine Nähe kam und ihm leichten Wind ins Gesicht blies. Die Wirkung des Alkohols ließ langsam nach, seine Arme und Beine fühlten sich wieder fester an und die Hitze wich aus seinem Kopf. Aus dem Esszimmer drangen leise die Stimmen der Frauen zu ihm herüber.

»... um dann zwei Stunden im Stau zu stehen«, sagte Yvonne gerade. »Weil ja alle mit dem Auto unterwegs waren, wegen des Zugs.«

Heinrich drehte den Kopf leicht, um die beiden besser verstehen zu können.

Susannes Stimme klang leiser als Yvonnes. »Welcher Zug?«

»Hast du das nicht mitbekommen? Gestern hat jemand anonym beim Bahnhof Hannover angerufen und gesagt, in einem der ICEs liege eine Bombe. Da fuhr nichts mehr, sie haben den ganzen Bahnhof geräumt.«

»Nein!«

»Doch. War natürlich nur eine Ente. Da wollte wohl so ein Teenager-Rüpel Unruhe stiften. Aber natürlich sind dann alle mit dem Auto gefahren anstatt mit dem Zug.«

Heinrich erstarrte. Erst jetzt wurde er sich bewusst, dass er sich nicht wirklich gefragt hatte, was seinen Zug aufgehalten hatte. Er hatte es als persönliches Scheitern verbucht, als gemeinen Witz des Schicksals, aber er hatte keinen weiteren Gedanken an die praktischen Ursachen verschwendet. Aber hier war die Antwort: Es lag nicht an ihm, er hatte sich nicht selbst sabotiert. Es ging noch nicht einmal um ihn. Die Tatsache, dass er noch lebte, war das Resultat eines Streichs eines jungen Menschen. Er war nicht gestorben, weil jemand sich einen schlechten Scherz erlaubt hatte. Mit einem Mal wurde er wütend. Was für eine Frechheit! Hatte dieses Kind sich auch nur einen Moment lang überlegt, welche Pläne es da durchkreuzte? Wie viele Menschen nicht rechtzeitig nach Hause gekommen waren seinetwegen, wie viele Termine verpasst wurden? Wie viele Menschen noch lebten, obwohl sie hätten tot sein müssen?

»So was muss doch bestraft werden«, sagte Susanne mit ehrlicher Entrüstung in der Stimme.

»Sie wissen schon, wer es war. Hat sich etwas blöd angestellt, der Junge, ist ja heutzutage alles kameraüberwacht in der Stadt.«

»Na, dem wird jetzt was blühen.«

Heinrich brach erneut der Schweiß aus. Sein Blick fuhr ziellos über die Marmorfliesen, fand keinen Punkt, an dem er sich hätte festhalten können. Es war ein Mensch, ein einziger Mensch, der seinen Tod verhindert hatte. Der eine Entscheidung getroffen hatte. Und nur deswegen war Heinrich jetzt hier, in diesem Haus, überhaupt irgendwo, wenn er eigentlich nicht mehr hätte existieren sollen. Das alles machte nicht den geringsten und gleichzeitig sehr viel Sinn. Es gab einen konkreten Grund, warum er noch lebte. Und nur dieser Junge kannte ihn.

Wie in Trance ging er zurück zum Tisch und ließ sich neben Susanne auf den Stuhl sinken. Die beiden Frauen verstummten und sahen ihn fragend an. Er musste einen beunruhigenden Anblick abgeben.

Aus dem Arbeitszimmer hörte man Gerd rufen: »Heinrich? Ist alles in Ordnung?«

Susanne legte ihm eine Hand auf den Arm. Sie war schwer und unangenehm, er wollte sie abschütteln, konnte aber die Kraft nicht aufbringen.

»Mir ist nicht gut«, flüsterte er.

Gerd trat an den Tisch. »Ist alles okay?« Seine Stimme dröhnte in Heinrichs Ohren.

»Ihm ist nicht gut«, antwortete Yvonne.

»Was hat er denn?« Gerd legte seine Hand auf Heinrichs Schulter. Sie war noch schwerer als Susannes. Es fühlte sich an, als würde er von allen Seiten zu Boden gedrückt.

»Ich denke, wir fahren jetzt besser.« Susanne erhob sich und zog ihn hinter sich her. Er folgte, ohne zu erfassen, was um ihn passierte. Am Rande bekam er mit, dass ihm eine Jacke in die Hände gedrückt wurde. Er hörte die Stimmen der anderen, konnte aber keine Worte ausmachen. Immer wieder sah er vor sich die Wolken, in die er gestern stundenlang geschaut hatte, als er auf seinen Zug gewartet hatte. Dann saß er plötzlich im Auto und Susanne fragte immer wieder, ob er okay sei. Er nickte jedes Mal, obwohl nichts okay war, wirklich überhaupt nichts. Sie ließ das Fenster an seiner Seite ein wenig herunter, und die kühle Nachtluft strich ihm um die Nase. Er begann zu frieren, und das Gefühl half ihm, in die Gegenwart zurückzufinden. Als sie zu Hause ankamen, hatte er sich wieder so weit gefasst, dass er die Tür aufschloss und Susanne zuerst hindurchließ. In der Diele hängte er seine Jacke auf und blieb einen Moment planlos stehen. Sie legte ihm die Handfläche an die Wange und wartete darauf, dass er sich erklärte.

»Ich gehe ins Bett«, sagte er schließlich und schob sich an ihr vorbei. Als er die Treppe hinaufstieg, spürte er ihren Blick auf seinem Rücken, und als sie sich ein paar Stunden später neben ihn ins Bett legte, stellte er sich schlafend.

3

Am nächsten Morgen stand Heinrich schon unter der Dusche, als Susannes Wecker klingelte. Sie stand einige Sekunden ratlos vor der transparenten Tür der Duschkabine und schaute ihm verständnislos zu, während er ungerührt seine Haare einseifte.

»Was tust du da?« Ihre Stimme war rauchig vom Schlaf, aber er konnte den Vorwurf trotzdem heraushören.

»Ich bin sofort fertig.«

Er spülte sich hastig den Rest Shampoo vom Körper, während sie sich bereits aus ihrem Pyjama schälte. Als er die Tür öffnete und auf die Badematte trat, zwängte sie sich sofort an ihm vorbei.

»Ich habe es eilig.«

Flüchtig berührte ihr Po seinen nassen Schenkel. Der leichte Druck, das Nachgeben ihrer Haut, die Schlafwärme, die noch auf ihrem Körper hing. Susannes Schultern zuckten bei der Berührung zusammen und sie zog ihre Hüfte weg wie eine Bauchtänzerin. Mit tropfenden Haaren verharrte er auf der Badematte und hielt mit der Hand die gläserne Tür. Ihm wurde bewusst, dass er Susanne seit Jahren nicht mehr nackt gesehen hatte. Natürlich waren sie nackt gewesen, hatten ab und an mal Sex gehabt, aber meist im Dunkeln und unter der Decke. Er hatte immer nur Teile von ihr gesehen: eine Brust, die Schultern, ein Bein, aber seit Jahren nicht mehr ihren ganzen Körper. Sie war alt geworden, ihre Brüste hingen, auf ihrem unteren Bauch hatte sich ein kleines Fettpölsterchen gebildet. Ob er es schön fand oder nicht, konnte er nicht sagen. Er betrachtete sie einfach, prägte sich das Bild ein, jedes Detail, bis sie ihn schließlich brüsk anfuhr.

»Darf ich, bitte?«

Er schloss die Tür, Susanne schaltete das Wasser ein, und Heinrich trocknete sich ab. Vor dem Spiegel föhnte er sein Haar und rasierte sich gründlich, während der zitronige Duft von Susannes Duschcreme den Raum erfüllte. Als er sich die Reste des Rasierschaums vom Gesicht wusch, stellte Susanne gerade da Wasser ab, trat aus der Kabine und wickelte sich sofort in ihr Handtuch.

Im Hinausgehen sagte Heinrich: »Machst du dir deinen Kaffee heute bitte selbst? Ich habe es eilig.«

Sie schaute ihn verwirrt an. »Was ist los mit dir?«

Er lächelte. »Nichts. Ich habe es nur eilig.« Er schloss die Badezimmertür, bevor sie etwas sagen konnte.

Um acht Uhr kam er im Büro an, eine halbe Stunde früher als üblich. Trotzdem war er nicht der Erste; es war Freitag und viele Mitarbeiter kamen früh, um ebenso früh ins Wochenende entfliehen zu können. Voller Elan marschierte er über den blassblauen Teppich des Flurs zu seinem Büro und grüßte jeden, an dem er vorbeikam. In seinem Büro schloss er die Tür, warf seine Aktentasche auf den Boden und setzte sich sofort an den Computer. Er hatte eine Aufgabe. Die Erkenntnis war in der vergangenen Nacht gekommen, einer weiteren schlaflosen Nacht. Er hatte wieder an die Decke gestarrt und Susannes Atem gelauscht, während Yvonnes Worte in seinem Kopf Reigen getanzt hatten. Sie wissen schon, wer es war – alles kameraüberwacht – den ganzen Bahnhof geräumt. Er hatte versucht, sich ein Gesicht vorzustellen, dem Jungen ein Äußeres zu geben, aber es war ihm nicht gelungen. Die Worte tanzten weiter, und dann hatte er verstanden. Es gab einen Grund, aus dem er noch lebte, und er musste diesen Grund kennen, ihn verstehen. Dann würde alles einen Sinn ergeben.

Er klickte sich durch die Nachrichtenseiten und suchte nach Artikeln über die Bombendrohung. Alle schrieben das Gleiche: Ein anonymer Anruf habe die Sicherheitskräfte des Hannoveraner Bahnhofs dazu veranlasst, alle ein- und ausgehenden Züge zu stoppen und das Gebäude zu räumen. Wie sich jedoch herausstellte, habe es keine Bombe gegeben. Der Anruf sei von einem jungen Erwachsenen von einer Telefonzelle aus getätigt worden, der mit einer linken Organisation in Verbindung gebracht werde. Er sei dank der kürzlich installierten Kameraüberwachung schnell identifiziert und aufgegriffen worden und werde bald dem Landgericht vorgestellt. Der Bahnverkehr sei schon zum späten Mittwochabend wieder aufgenommen worden, viele Tausend Bahnfahrende hätten dennoch in ganz Niedersachsen und darüber hinaus mit erheblichen Verspätungen und Zugausfällen zu kämpfen gehabt.

Heinrich las jeden einzelnen Artikel genau durch. Es dauerte, bis er auf der Seite einer Boulevardzeitung endlich auf einen Namen stieß: Felix T. Felix. Es klang nach jemandem, der gute Noten in Mathe und Physik hatte, nach jemandem, der zu schüchtern war, um ein Mädchen zu fragen, ob sie mit ihm gehen wolle. Es klang nicht nach jemandem, der einen ganzen Bahnhof außer Gefecht setzte.

Heinrich suchte weiter. Er tippte ein paar Stichwörter bei Google ein und stöberte durch die Suchergebnisse. Erst auf der vierten Seite stieß er auf einen Kommentar in einem Forum. Der Text war kompliziert geschrieben und sprach von Dingen, die Heinrich an eine längst vergangene Zeit erinnerten: bürgerliches Aufbegehren, antikapitalistische Revolution, Arbeiterbewegung. Der Autor theoretisierte über viele Absätze darüber, ob und wie notwendig radikale Aktionen seien, und begrüßte ganz ausdrücklich, was in Hannover passiert war. Heinrich überflog den Großteil des Textes, bis er im vorletzten Absatz plötzlich aufmerksam wurde.

»Der Täter wird aus unbestätigten Quellen mit einer kleinen Hannoveraner Gruppe namens HaKom 42 in Verbindung gebracht. Früher als linksradikale Zelle mit Verbindungen zur RAF bekannt, ist die HaKom 42 heute wenig mehr als eine Gruppe junger Menschen, die gemeinsam in einem Haus wohnen und gelegentlich öffentlichkeitswirksam gegen Konsumismus und Kapitalismus demonstrieren. Wieso ein Mitglied einer so handzahmen Gruppe zu einem doch so drastischen Mittel greift, ist dem Autor schleierhaft. Vielleicht sehen wir hier ein neues Aufleben des bürgerlichen Aufbegehrens.«

Heinrich öffnete ein weiteres Browserfenster und gab »HaKom 42« in die Suchmaschine ein. Sie schienen keine eigene Webseite zu haben, aber Heinrich fand einige Artikel über frühere Aktionen der Gruppe. Im Frühjahr hatten sie vor dem Hauptsitz einer lokalen Zeitschrift ein kleines Theaterspiel veranstaltet, in dem es um die angebliche Unfreiheit der Presse ging. Im Winter davor hatten sie auf allen Weihnachtsmärkten der Stadt Flugblätter verteilt, auf denen Bilder von chinesischen Kindern beim Besticken von Weihnachtspullis zu sehen waren. Die Artikel waren meist kurz und beschränkten sich auf die wichtigsten Fakten; es wurden weder die Mitglieder noch andere Details erwähnt. Heinrich suchte weiter, durchforstete das Netz nach Aktionen bürgerlichen Aufbegehrens in Hannover in den letzten Jahren. Er fand wenig, ein paar Blogeinträge von Aktivisten, die sich meist über den Zustand der Politik ausließen, wobei sie kein verbales Klischee scheuten – zum ersten Mal seit Jahrzehnten las Heinrich Worte wie Proletariat, Arbeiterrevolution, systemimmanente Unterdrückung. Natürlich hatte er sich in seiner Jugend mit all diesen Themen auseinandergesetzt. Er hatte Marx gelesen, nicht zuletzt wegen seiner Eltern. Mit ihnen war er auf die Straße gegangen, hatte Kundgebungen besucht. Die Begriffe und Ideen waren ihm nicht neu, aber als er sie jetzt las, als er sah, dass es immer noch Menschen gab, die Großkonzerne anklagten und kommunale Projekte ins Leben riefen, kam er sich alt vor. Alt und verknöchert.

Je weiter Heinrich sich durch die Suchergebnisse klickte, desto dünner wurden die Informationen. Er hatte schon fast aufgegeben, da fiel ihm ein Eintrag auf: Runaway Hannover. Der Auszug, der als Beschreibungstext dabeistand, lautete: »... wusste ich nicht, wo ich hin sollte. Ein Freund hat mir von einem Haus erzählt, wo ein Typ junge Leute aufnimmt, die kein ...«

Heinrich klickte auf den Link und gelangte auf die Startseite eines Forums. Man bat ihn, sich einzuloggen oder einen Account zu erstellen. Er versuchte, das Menü zu bedienen, aber jeder Link führte ihn zurück auf die Hauptseite. Er blickte auf die Uhr. Inzwischen war es nach elf, bald würde die Abteilungsassistentin kommen, um die Prüfberichte abzuholen, die er noch keines Blickes gewürdigt

hatte. Er minimierte das Browserfenster auf seinem Bildschirm, nahm sich eine Handvoll Papiere von dem Stapel
zu seiner Linken und setzte in aller Eile sein Kürzel auf die
Seiten, ohne auch nur einen Satz zu lesen. Früher hatte seine
Firma mal echte Medikamente geprüft, Pillen gegen Mig-
räne, gegen kreisrunden Haarausfall, Cremes gegen Haut-
ausschlag und Hormonmangel. Heute ging es nur noch um
Marken. Die Produzenten ließen sich immer spannendere
Namen einfallen für etwas, das lediglich eine neue Dosierung eines alten Medikaments war. Schmerzmittel speziell
für Teenager, weil Eltern offensichtlich vergessen hatten,
wie man Pillen in zwei Hälften bricht. Pillchen und Pül-
verchen in schicken Döschen mit einprägsamen Namen,
die genau genommen niemand brauchte. Im Labor testeten
sie die Zusammensetzung, und er musste entscheiden, ob
ein Mittel in die Produktion gehen konnte oder nicht. Nur
selten gab es Einschränkungen zu melden.

Es hatte eine Zeit gegeben, da hatte er seine Arbeit
genossen. Zugegeben, als Kind hatte er von einer anderen Karriere geträumt. Auch als Teenager. Er hatte Ideale
gehabt, hatte die Welt verändern wollen. Eine Art Fami-
lientradition: Seine Eltern hatten ihn mit auf die Straße
genommen, als man noch Pflastersteine warf. Als die de-
mokratische Idee einer Gleichschaltung durch die Große
Koalition zum Opfer zu fallen drohte. Er hatte erst mit
seinen Spielzeugautos und dann mit seinen Comicbüchern
unterm Küchentisch gesessen, als seine Eltern mit ihren
Freunden über diversen Packungen Roth-Händle und einer Kiste Müller-Thurgau Marx und Engels diskutierten.
Seine Eltern gaben sich radikal, beschrien das Ende des
sozialen Zusammenhalts. Sie besuchten die örtlichen De-

monstrationen, nahmen ihren Sohn zwischen sich, um ihm ein politisches Bewusstsein zu vermitteln.

Als Heinrich älter wurde, erkannte er die wahre Natur seiner Eltern. Sie konzentrierten sich immer mehr auf ihre Arbeit, den schnöden Gelderwerb, für den sie ihre eigenen Eltern angeprangert hatten. Die täglichen Sorgen um Auto, Lebensversicherung und Osterdekoration verdrängten die sozialistischen Ideale aus ihrem Bewusstsein wie aus dem Bewusstsein der gesamten Republik. Als die RAF den Anschlag auf Ramstein verübte, saß Heinrichs Mutter kopfschüttelnd vorm Fernseher und murmelte etwas von sinnloser Gewalt. Sein Vater kletterte währenddessen die Karriereleiter hinauf, vom kleinen Redakteur zum Ressortleiter. Er hörte auf, die spannenden Fragen zu stellen, und schaute stattdessen auf die Verkaufszahlen. Noch immer, wenn genug Müller-Thurgau floss, rühmten die Eltern sich als Revoluzzer der ersten Stunde. Aber die eigentlichen Ideale waren vergessen.

Aber Heinrich hatte nicht vergessen. Er verweigerte den Kriegsdienst. Seine Eltern rühmten ihren Erziehungsstil, aber Heinrich sprach ihnen jeden Anspruch auf seine Entscheidung ab. Anfang der 90er, als das Land sich vereint und satt fand, als die Bedrohung aus dem Osten verschwunden war und Kohl mit seiner Kanzlerschaft verwachsen schien wie ein Efeu mit einer vorstädtischen Betonfassade, begann Heinrich, Wirtschaft und Politik zu studieren. Er wollte gewappnet sein für den Kapitalismus, träumte davon, das System von innen heraus zu zersetzen. Wieder klopften seine Eltern sich gegenseitig auf die Schulter und schenkten ihrem Sohn wohlwollende Blicke über den weihnachtlichen Festtisch hinweg. Zum Eklat kam es erst, als

Heinrichs Mutter nach einer seiner üblichen Predigten über die Gefahr der Wirtschaftskriege ihre Hand auf seinen Arm legte und sagte: »Ich sehe so viel von deinem Vater in dir.« Da flippte er aus. Nannte seinen Vater einen bourgeoisen Blender, einen Standardkapitalisten. »Dein Gewissen ist genauso schmutzig wie das eines Großindustriellen«, schrie er. »Du glaubst, es reicht, hier und da mal die Grünen zu wählen«, schrie er. »Euer Leben ist so scheißnormal, ihr wart nie echte Revoluzzer«, schrie er und übersah die Tränen seiner Mutter, als er aus dem Haus stürmte.

Sie rief ihn ein paar Tage später in seiner Studentenwohnung an, aber er entschuldigte sich nicht und sie drückte sich um das Thema. Seine Besuche wurden seltener, stattdessen verbrachte er seine Zeit mit Susanne, die er gerade kennengelernt hatte. Obwohl sie selbst unpolitisch war, lauschte sie seinen Ansprachen mit großen Augen. Er genoss es, ihr die Welt verständlich machen zu können. Er warnte sie vor Konsum und Umweltverschmutzung, sie machten Picknicks im Park im Einklang mit der Natur und besuchten Vorträge an der Uni. Sie tippte seine Seminararbeiten ab und kümmerte sich um seine BAföG-Unterlagen. Praktisches und Organisatorisches lagen ihr, sie behielt den Überblick und wusste immer, was getan werden musste. Sie hatten eine bequeme Beziehung.

Bis Heinrichs Eltern starben. Es war etwa ein Jahr nach dem verhängnisvollen Weihnachtsessen, bei dem Heinrich den Keil zwischen sie getrieben und ihn nie wieder gelockert hatte. Zweimal hatte er seine Eltern seitdem besucht, einmal waren sie in der Stadt gewesen und er hatte sie in einem Café getroffen. Susanne hatten sie nie kennengelernt. Der Anruf kam an einem kalten Donnerstagabend im November, Heinrich hatte ein paar Freunde zum Essen eingeladen. Er konnte den Polizisten am anderen Ende kaum verstehen, weil das Gespräch in der Küche laut geworden war über der Frage, ob Günther Grass ein guter Schriftsteller sei oder nicht. Er musste sich das freie Ohr fest zudrücken, bevor er verstand, was der Mann ihm sagen wollte. Der andere sprach schnell, reihte Fakten aneinander von einer glatten Straße und einer scharfen Kurve und einem zweiten Fahrzeug. Immer wieder wiederholte er: »Es tut mir wirklich leid«, aber Heinrich verstand nicht. Er stand nur da, presste die Hand auf sein eines Ohr und den Hörer auf sein anderes und schrie in die Muschel: »Ich verstehe nicht.« Irgendwann zog Susanne ihm fast gewaltsam den Hörer aus der Hand und schob ihn beiseite. Es war still geworden mit einem Mal, er spürte die Blicke der Gäste auf seinem Rücken. Susanne hörte zu, sagte etwas, hörte wieder zu, dann bedankte sie sich und legte auf. Sie ließ Heinrich stehen, wo er war, komplimentierte die Gäste aus der Wohnung, setzte ihn an den noch gedeckten Tisch und stellte ihm einen Schnaps hin. Sie saßen zwei Stunden wortlos voreinander, Heinrich trank fünf Schnäpse, dann begann er zu weinen.

Die Wochen und Monate danach fühlten sich an wie ein zäher Sirup, jeder Schritt war unfassbar anstrengend, jede Bewegung ein Kampf. Susanne übernahm die Kontrolle, organisierte die Beerdigung, suchte Blumen aus, sortierte die Besitztümer von Heinrichs Eltern, verkaufte das Haus. Er lag währenddessen im Bett und starrte die Decke an. Seine Prüfungstermine kamen und gingen, er versäumte es, sich für das nächste Semester einzuschreiben oder das übernächste. Immer wieder sah er sich am Esstisch seiner

Eltern, wie er ihnen Gemeinheiten entgegenbrüllte, immer wieder sah er das Gesicht seines Vaters vor sich, die Lippen fest aufeinandergepresst, die Augenbrauen zusammengezogen. Immer wieder die Kälte zwischen ihnen, wenn sie sich danach trafen. So hatte er sie zurückgelassen.

Sie zogen in Susannes Heimatdorf, sie suchte ein Haus aus und bezahlte es von seinem geerbten Geld. Sie besorgte ihm eine Ausbildungsstelle im Chemiebetrieb ihres Vaters, der ein einfacher, anständiger Mensch war. Und dort lernte Heinrich die Schönheit der Chemie kennen, die sauberen Versuchsaufbauten, die klare Vorhersagbarkeit. Es war ehrliche Arbeit. Damals. Er hatte ein schnelles Chemiestudium angehängt, war aufgestiegen zum Kontrollleiter, durfte Personal führen, die Arbeit anderer überprüfen. Der Weg hatte zu gerade vor ihm gelegen, um ihn nicht zu gehen. Entscheidungen waren ihm abgenommen worden, er hatte sich ausgeruht, sich führen lassen. Die klaren Strukturen hatten ihm einen beruhigenden Rahmen gegeben. Damals. Irgendwann wurde es zur Routine, dann zur Qual. Und dann hatte er sich entschieden, sich auf die ICE-Trasse zu legen. Es war viel Zeit vergangen.

Heinrich kritzelte gerade seine Unterschrift auf eines der letzten Papiere, als ein leises Pochen ertönte.

»Kommen Sie herein, Sonja.«

Die Tür öffnete sich einen Spaltbreit und die Teamassistentin der Prüfungsabteilung schlüpfte hinein. Auf dem Arm trug sie bereits einen Stapel Faltmappen, die sie in den umliegenden Büros eingesammelt hatte. Sie blieb an der Tür stehen und hielt den Blick gesenkt, wartete darauf, dass er seine Berichte in eine Faltmappe schob und in sein Postausgangsfach legte. Dann würde sie durch den Raum huschen, die Mappe an sich nehmen und verschwinden wie jeden Tag, ohne eine Spur ihrer Anwesenheit zurückzulassen. Heinrich zeichnete schnell den letzten Bericht ab und griff schon nach der Mappe, als ihm ein Geruch in die Nase stieg. Ein sanfter Duft, trocken und leicht herb, der ihn an Meer und Sonne erinnerte. Er blickte auf. Sonja stand wie immer an der Tür und wartete geduldig.

»Sonja, haben Sie ein neues Parfum?«

Bei dem Klang ihres Namens zuckte sie merklich zusammen. Es kostete sie einige Überwindung aufzublicken, und auch dann konnte sie seinem Blick kaum standhalten, sondern schaute im Raum umher wie ein scheues Reh. »Das ist vielleicht mein Shampoo.«

Heinrich konnte sich nicht erinnern, jemals ihre Stimme gehört zu haben. Sie war tiefer, als er erwartet hatte, etwas rau. »Es riecht sehr gut.«

Er legte seine Berichte in die Faltmappe und streckte sie ihr entgegen. Sie zögerte einen Moment, dann trat sie an seinen Schreibtisch und griff nach der Mappe.

»Danke«, sagte sie.

Heinrich lächelte. »Ich habe zu danken.«

Sonja lächelte zurück, dann drehte sie sich um und verließ sein Büro. Mit ihr verschwand auch der Meeresduft. Heinrich nahm sich vor, sie am nächsten Tag zu fragen, welches Shampoo sie benutzte.

Dann widmete er sich wieder seinem PC. Er rief das Browserfenster auf, auf dem ihn das Forum immer noch bat, ein Benutzerkonto einzurichten. Er klickte sich durch das kurze Formular, trug eine alte E-Mail-Adresse ein, die er eigentlich nicht mehr benutzte, und kam ins Stocken, als er einen Benutzernamen wählen sollte. Er überlegte, probierte einige Abkürzungen und Kombinationen seines Namens aus, zögerte aber. Er kam sich nackt vor, sichtbar. Schließlich tippte er »ICE 74« in die Zeile und speicherte seine Daten.

Das Forum war einer der traurigsten Orte, die er je erlebt hatte. Hunderte von Einträgen reihten sich aneinander, und alle trugen ähnliche Überschriften: Ich muss weg von zu Hause, wo soll ich hin? Wo schlafen auf der Straße? Jugendamt anrufen, ja oder nein? Vater schlägt, was soll ich machen?

Er gab »HaKom 42« in das Suchfeld des Forums ein und erhielt eine Liste an Einträgen, in denen der Name vorkam. Er klickte auf den Ersten:

tom01

hey ich bin 15 und muss von zuhause weg. hab schon ein paarmal bei freunden übernachtet aber von da holen sie mich immer zurück. vor der straße hab ich irgendwie angst. weiß jemand was wo man hin kann? wäre echt dankbar für hilfe.

TankBoy

hey tom01 voll scheiße tut mir leid dass es so schlimm ist bei dir. ich hab mal ne Woche in der HaKom 42 gepennt. das ist in der steigertahlstraße. frag nach roger merani der leitet das. ist ganz cool aber halt auch ein bisschen politisch. hat mich dann genervt und ich bin zu nem kumpel nach berlin. aber für wenn du nix hast ist es vielleicht ganz gut. sonst jugendamt?

tom01

danke TankBoy. ich weiß echt nicht weiter jugendamt will ich nicht wegen meiner mutter die wäre dann voll traurig. vielleicht schau ich da mal vorbei klingt aber komisch. muss man da bei irgendwas mitmachen? auf so sekten scheiße hab ich gar keinen bock.

SweetStray99
ist keine sekte. sind voll liebe menschen, die einfach noch ein paar ideale haben und sich für eine bessere gesellschaft einsetzen. da zwingt dich keiner zu irgendwas. geh da ruhig hin, die sind super.

TankBoy
hey SweetStray99, eben, total politisch. aber für ein paar nächte ist es sicher okay.

tom01
Danke euch ich überlegs mir.

Heinrich las sich noch zwei weitere Unterhaltungen durch. Die Meinungen über die Kommune gingen auseinander: Die einen hielten sie für einen Ort, an dem junge Menschen gemeinsam für ein höheres Ziel kämpften, für die anderen war die Organisation zu extrem.

Er suchte auf Google Maps nach der Adresse. Obwohl er nur zwei Stunden von Hannover entfernt wohnte, war er nur selten dort gewesen und kannte sich nicht aus in der Stadt. Der kleine Pfeil zeigte ihm ein Haus in einem engen Wohnviertel, rote Dächer, Grünflächen in den Innenhöfen. Die Straße lag direkt am Fluss, machte einen Bogen um einen lang gezogenen Wohnblock herum. Zum ersten Mal in seinem Leben probierte Heinrich die Street-View-Funktion aus. Vor seinen Augen flog die Kamera in die Straße hinein und zeigte ihm das Haus: weiß-beige Fassade, fünf Stockwerke. Um die Fenster waren Rahmen auf die Wand gemalt. Vor dem Haus stieg eine Frau aus einem Auto. Auf der gegenüberliegenden Straßenseite stand ein Junge mit einer Sporttasche an die Häuserecke gelehnt. Er versuchte, an die Klingelschilder heranzuzoomen, konnte aber nichts erkennen. Er zoomte wieder raus und schaute das Haus an. Teile waren verpixelt, andere von Bäumen verdeckt. Es gab viele Eingänge in den Wohnblock, und keiner ließ erkennen, ob er derjenige war, den Heinrich suchte. Es hing nichts in den Fenstern außer ein paar Vorhängen. Er schaute jedes Fenster einzeln an. Irgendwo im ersten Stock stand eine Blume auf dem Sims. Hier und dort konnte er eine Lampe oder ein Regal erkennen. Und dann, im dritten Stock des letzten Hauses, sah er hinter einem der Fenster eine Silhouette. Schmale Schultern, viel Haar, kaum zu erkennen, als sähe er einen Geist. Er zoomte erneut ran. Das Gesicht blieb unkenntlich, die Konturen unscharf. Dort, wo er den Kopf vermutete, leuchtete ein heller Punkt – wahrscheinlich zog sie gerade an einer Zigarette. Sie. Genau genommen konnte er nicht erkennen, ob es sich bei der Person um einen Mann oder eine Frau handelte. Er zoomte wieder raus, stellte sich vor, er stünde auf der Straße und sähe hinauf.

Er hatte sich angestrengt, mit allem fertig zu sein, bevor Susanne nach Hause kam. Er wollte ihr so wenig Zeit wie möglich geben, ihn ausfragen zu können. Sein Vorwand war fadenscheinig, das war ihm klar, aber auch wenn er den ganzen Heimweg gegrübelt hatte, ihm war nichts Besseres eingefallen. Es würde reichen müssen, und so sollte die Eile ihm helfen, sich herauszuwinden.

Er stellte gerade seinen Koffer im Flur ab, als sie den Schlüssel ins Schloss steckte. Er hastete zur Garderobe, griff nach seinem Mantel und schob seinen Arm hinein. Er spürte den Schweiß auf seiner Stirn. Er war es nicht gewohnt, Susanne anzulügen.

Sie blieb in der Tür stehen, als sie ihn sah. Ihr Blick glitt über seine Stirn, über seinen Arm, der unbeholfen im Mantel steckte, und fiel dann auf den Koffer. »Heinrich?«

Eine Sekunde lang starrten sie sich an. Heinrich suchte in seinem Kopf nach den Sätzen, die er sich so pfleglich zurechtgelegt hatte, aber er fand sie nicht. Stattdessen fiel ihm ihr Haar auf und wie grau es geworden war in den letzten Jahren. Wieder hatte er das Gefühl, einer Fremden gegenüberzustehen.

Erst, als Susanne sich wieder bewegte, einen Schritt auf ihn zu machte, brach der Damm in seinem Kopf. »Schatz, es tut mir leid, ich muss auf eine Konferenz.« Jetzt kamen die Worte wie aus der Pistole geschossen, seine Stimme klang wie die eines Roboters. Mit Gewalt schob er seinen Arm in den Mantel. Er spürte, wie das Futter einriss.

»So plötzlich?«

»Drechsler sollte hin, ist krank geworden. Der Chef will, dass wir Präsenz zeigen. Also muss ich ran.« Er lächelte gequält, als wäre es für ihn eine lästige Pflicht. Susanne legte langsam die Schlüssel auf die kleine Anrichte im Flur und schälte sich aus ihrer Jacke.

»Aber du warst seit Jahren nicht mehr auf einer Konferenz.«

»Ich weiß.« Endlich hatte er es geschafft, seinen Mantel anzuziehen. Er warf sich den Schal über die Schultern und griff nach seinem Koffer. »Es tut mir leid, ich muss los. Heute ist noch ein Empfang, da muss ich mich sehen lassen. Am Sonntag bin ich wieder da.«

Er schob sich an ihr vorbei, zog den Rollkoffer ungeschickt hinter sich her und fuhr ihr beinahe über die Füße. Er war schon durch die Tür, hatte fast sein Auto erreicht, das am Bürgersteig parkte, als Susanne ihm hinterherrief. »Heinrich!«

Er blieb stehen, drehte sich um und versuchte, ein entspanntes Lächeln aufzusetzen. »Was denn?«

»Wo fährst du überhaupt hin?«

»Nach Hannover, Schatz. Nur nach Hannover.«

Sie stand in der geöffneten Tür, das Licht fiel aus dem Flur auf die Schwelle und beleuchtete sie von hinten. Er konnte ihr Gesicht nicht genau erkennen. Sie sah mit einem Mal sehr klein aus. Kurz spürte Heinrich den Impuls, zu ihr zu gehen und sie in den Arm zu nehmen, aber er hielt sich zurück.

»Ich rufe dich an, okay?«

»Okay.« Ihre Stimme klang höher als sonst, dünner. »Gute Fahrt!«

»Danke.« Er drehte sich wieder zum Auto, packte den Koffer auf den Rücksitz und stieg ein. Susanne blieb in der Tür stehen, bis er den Wagen anließ, dann ging sie zurück ins Haus und schloss die Tür hinter sich. Einen Moment blieb Heinrich mit laufendem Motor vor seinem Haus stehen und atmete tief durch, bis seine Hände nicht mehr zitterten. Er legte den Gang ein und fuhr los. Sonntag Abend musste er wieder hier sein. Was genau er in diesen zwei Tagen tun wollte, wusste er nicht. Es würde sich ergeben. Er steuerte den Wagen über die Landstraße Richtung Autobahn, das Leder des Lenkrads fühlte sich warm und trocken an unter seinen Händen. Er schaltete das Radio ein und suchte einen Sender, auf dem Klassiker aus den 60er- und 70er-Jahren liefen. Leise summte er mit, als *Earth, Wind & Fire* das *Boogie Wonderland* verkündeten. Zum ersten Mal, seit er sich vor zwei Tagen von den Gleisen erhoben hatte, auf denen er hatte sterben wollen, war er entspannt.

4

Heinrich erreichte die Stadt am späten Abend. Es nieselte leicht und das Licht der Straßenlaternen spiegelte sich auf dem feuchten Asphalt. Die Stadt wirkte unecht. Es waren keine Menschen unterwegs, stattdessen schlängelten sich Autos durch die engen Straßen. Automatisch folgte Heinrich den Schildern in Richtung Innenstadt, ohne zu wissen, was er dort tun sollte. Auf der Autobahn war er noch voller Vorfreude gewesen, hatte bei jedem Kilometerschild das Lächeln nicht unterdrücken können. Je näher er der Stadt kam, desto leichter fühlte er sich. Jetzt war er nur noch verwirrt. Er kannte sich nicht aus, wechselte Spuren wie ein Irrer auf der Suche nach dem richtigen Weg. Er hatte den Straßennamen im Kopf – Steigertahlstraße – aber wie er dorthin kommen sollte, wusste er nicht. Hatte er alles überstürzt? Es war weit nach zehn, niemand würde einem Fremden jetzt noch die Tür öffnen. Und was sollten sie auch von ihm halten, wenn er leicht verschwitzt vor ihrer Tür auftauchen würde? Was sollte er sagen? Ein Mann mittleren Alters auf der Suche nach einem Teenager. Er hatte das alles nicht richtig durchdacht. Er musste nachdenken, einen Plan machen und nicht ziellos durch eine ihm fremde Stadt fahren.

Schließlich fand er sich am Bahnhof wieder. Der Regen war stärker geworden und es fiel Heinrich schwer, die Straßenschilder zu entziffern. An einer Kreuzung blieb er stehen, unsicher, ob er nach rechts oder links abbiegen sollte. Er spähte in beide Richtungen, aber nichts gab einen Hinweis, nichts lockte, alles sah gleich aus, grau und nass. Die Grünphase verstrich, ein Wagen hinter Heinrich hupte aufgeregt. Er legte einen Moment die Stirn auf das Lenkrad, atmete ein, hielt die Luft an, dann hob er den Blick, schaute noch einmal in beide Richtungen und erkannte rechts in einiger Entfernung die Einfahrt zu einem Parkhaus. Nun gut, dann sollte es wohl so sein. Als die Ampel wieder auf Grün schaltete, bog er ab und steuerte auf die Einfahrt zu. Der Wagen hinter ihm hupte erneut und zog an Heinrich vorbei, der Fahrer streckte ihm dem Mittelfinger entgegen und schrammte fast Heinrichs Stoßstange, als er vor ihm einscherte. Dann beschleunigte er und war verschwunden, noch bevor Heinrich in das Parkhaus fuhr.

Im Parkhaus suchte er sich eine dunkle Ecke, stellte den Wagen ab, stieg aus, nahm seinen Koffer vom Rücksitz und suchte den Ausgang. Das Gebäude war wie ausgestorben. Heinrich wunderte sich, dass an einem Freitagabend niemand in dieser Stadt unterwegs zu sein schien. Die Treppe führte ihn in den Bahnhof, den ein paar vereinzelte Menschen ziellos durchwanderten. Aus einem McDonalds tropfte eine Gruppe junger Mädchen, ihre Zöpfe flogen bei jedem Drehen des Kopfes durch die Luft. Sie kreischten sich unverständliche Worte entgegen und lachten so laut, dass das Echo die Halle füllte. Eines von ihnen bemerkte Heinrich, der stehen geblieben war, um sie zu beobachten. Schnell setzte er sich wieder in Bewegung, und sein Koffer surrte hinter ihm her. Aus dem Augenwinkel sah er, wie das Mädchen mit dem Finger auf ihn zeigte und ihren Freundinnen etwas zuflüsterte. Dann lachten sie wieder laut, noch lauter als zuvor, und Heinrich zog den Kopf zwischen die Schultern.

Er fand sich auf dem halbrunden Bahnhofsvorplatz wieder, der umsäumt war von Cafés und billigen Bekleidungsgeschäften. Geradeaus führte eine Straße in die Einkaufsmeile. Auch bei Nacht waren die Ladenschilder beleuchtet. Buchstabenkürzel, Marken, die sogar er kannte, die alle Innenstädte zu Abbildern voneinander machten. Das immer Gleiche an fremden Orten. Auf der rechten Seite erkannte Heinrich das Schild eines Hotels. Er fasste den Griff seines Rollkoffers und hielt auf die gläserne Tür zu. Die Rollen klapperten lautstark über das Kopfsteinpflaster.

Die Glastüren des Hotels glitten lautlos auf, als Heinrich sich ihnen näherte. Die Lobby war schmal, aber edel: die Rezeption aus Marmor, ebenso die Wände, moderne Malerei links und rechts. Der Concierge warf Heinrich einen freundlich-kühlen Blick zu und wartete geduldig, bis der Gast direkt vor ihm stand, bevor er seine eingeübten Sätze mit der Routine eines Computers herunterratterte.

»Herzlich willkommen. Wie kann ich Ihnen helfen?«

»Ich bräuchte ein Zimmer.«

»Haben Sie reserviert?«

»Nein.«

Der Gesichtsausdruck des Concierge entglitt leicht und enthüllte einen Hauch von Missbilligung. Er tippte auf seiner Tastatur herum, raunte, tippte wieder. »Wie lange möchten Sie bleiben?«

»Zwei Nächte?«

»Abreise Sonntag«, murmelte der Mann, während er weiter auf seine Tastatur einhämmerte. Er raunte wieder, legte die Stirn in Falten, als wäre es eine der schwersten

Aufgaben seines Lebens, ein freies Zimmer zu finden.

»Einzel- oder Doppelzimmer?«

»Einzelzimmer, bitte.«

»Wir haben leider nur noch Doppelzimmer.«

»Dann eben ein Doppelzimmer.«

»Es wird ein Aufschlag berechnet, wenn Sie das Doppelzimmer allein beziehen.«

»Ist okay.«

»Das Doppelzimmer wird 129 Euro die Nacht kosten.«

»Okay.«

Der Concierge hielt kurz inne. »Sind Sie sicher?«

Heinrich wusste nicht, was er darauf antworten sollte. Glaubte der Mann, er könne sich das Zimmer nicht leisten? »Ich denke schon.«

»Ich brauche eine Kreditkarte als Sicherheit.«

Heinrich holte sein Portemonnaie hervor und zog die Kreditkarte heraus. Er zögerte. Er und Susanne hatten ein gemeinsames Konto, sie würde die Abbuchung auf der Abrechnung sehen. »Aber nur als Sicherheit, richtig? Ich kann auch bar bezahlen?«

»Beim Auschecken, natürlich.« Der Concierge hatte jetzt nichts Freundliches mehr an sich. Er nahm Heinrich die Karte aus der Hand, tippte erneut, holte einen Zettel und einen Kugelschreiber hervor und legte beides vor Heinrich auf die Theke. »Wenn Sie das ausfüllen könnten?«

Heinrich begann zu schreiben. Seine Hand zitterte, er wollte so schnell wie möglich seinen Schlüssel und von dieser Person wegkommen. Er fühlte sich klein und schmutzig, offensichtlich war der andere sich sicher, dass er kein angemessener Gast war. Von außen hatte das Hotel nicht den Anschein erweckt, zur gehobenen Klasse zu gehören.

Vielleicht kamen hier viele Gestrandete vorbei, vielleicht ließen sich viele von den Zimmerpreisen abschrecken. Vielleicht gehörte es zur Aufgabe des Mannes, mindere Klientel wegzuekeln. Aber ab wann gehörte man zur minderen Klientel? Und wieso zählte Heinrich dazu?

Noch bevor er fertig geschrieben hatte, schob der Concierge ihm das Heftchen mit der Schlüsselkarte zu. »Zimmer 105, erster Stock. Frühstück zwischen sieben Uhr dreißig und zehn. Ich wünsche einen schönen Abend.«

Wortlos nahm Heinrich den Schlüssel und wendete sich ab.

In Zimmer 105 ging Heinrich als Erstes zum Fenster und öffnete es. Unter ihm der ausgestorbene Bahnhofsvorplatz. Die kühle Nachtluft drang in Wellen in den Raum, und Heinrich schloss für einen Moment die Augen und atmete einfach nur, spürte der Luft hinterher, die sich frisch und sauber in ihm ausbreitete. Dann drehte er sich um und hievte seinen Koffer auf die dafür vorgesehene Ablagefläche neben dem Fernsehtischchen. Erst dann zog er seine Jacke aus, ging ins Bad und wusch sich die Hände. In dem gelben Licht meinte er erkennen zu können, was den Concierge an ihm gestört hatte: Seine Haare waren unordentlich, wahrscheinlich, weil er bei offenem Fenster gefahren war. Er hatte dunkle Ringe unter den Augen und die rechte Kragenspitze seines Hemdes steckte im Pulli, während die linke darüber lag. Susanne war es, die diese Dinge richtete, die an ihm fummelte und zupfte, um ihn präsentabel zu machen. Er würde jetzt selbst auf sich achten müssen.

Mit einem Mal war er unendlich müde. Angezogen legte er sich auf das militärisch akkurat gemachte Bett, bemühte sich noch nicht einmal, die kleine Schokoladentafel vom Kopfkissen zu nehmen, und starrte an die Decke. Was machte er hier? Und als in seinem Kopf keine Antwort entstand, fragte er es laut in den Raum: »Was mache ich hier?« Als gäbe es jemanden, der diese Frage für ihn beantworten könnte. Aber niemand sprach, nur das leise Verkehrsrauschen drang von draußen in das Zimmer, und Heinrich fühlte sich wie der letzte Mensch auf der Welt. Die Vorfreude, die er bei seiner Abreise empfunden hatte, war verflogen. Vielleicht war es normal, redete er sich ein, dass man vor dem Abenteuer aufgeregter ist als nach der ersten Etappe. Was sollte er hier schon finden? Was, wenn der Junge Felix ihn nicht sehen wollte, nichts mit ihm anfangen könnte, mit diesem alten Mann, der verrückt genug gewesen war, sich auf eine ICE-Trasse zu legen? Vielleicht würde er ihn auslachen. Der Junge war ein Teenager, was wusste Heinrich schon über Teenager? Er konnte sich kaum an die Zeit erinnern, als er selbst so jung gewesen war. Er stellte sich vor, wie er vor der Tür dieser Gemeinschaft stand, was er sagen würde. Er spielte die Situation wieder und wieder durch, aber jedes Mal klang er unbeholfen und sperrig, wie ein verwirrter Penner, der Verschwörungstheorien vor sich hin brabbelte. Vielleicht würden sie ihn gar nicht reinlassen. In seinem Kopf begannen die Gedanken zu rasen, und trotzdem, beinahe ohne es zu merken, schlief er ein.

Ein lautes Klappern holte Heinrich aus seinem Schlaf. Er brauchte einen Augenblick, bis er erkannte, dass es seine eigenen Zähne waren, die das Geräusch verursachten. Der Himmel draußen wurde grau und die morgendliche Kälte drang durch das geöffnete Fenster in sein Zimmer.

Sein Atem kristallisierte zu kleinen Wölkchen über seinem Gesicht. Er rappelte sich auf und schloss mit steifgefrorenen Fingern das Fenster. Auf dem Platz spazierten jetzt die Tauben in ungeordneten Kreisen und Linien umher. Einen Moment sah er ihnen zu, dann drehte er sich um, zog die Kleider aus und schob sich umständlich unter die fest gespannten Laken des Hotelbettes. Der Wecker auf dem Nachttisch zeigte 5:37, der Doppelpunkt zwischen den Zahlen blinkte im Sekundentakt. Langsam wurde Heinrich warm, zuerst in den Fingern, die er unter die Achseln geklemmt hatte, dann an den Füßen und schließlich auch in der Brust. Er starrte auf den blinkenden Doppelpunkt und zählte in der Hoffnung, wieder einschlafen zu können. Es gelang ihm nicht.

Früher, als sie beide noch jung waren, war er mit Susanne im Sommer oft zum Zelten gefahren. Holland, Dänemark, Italien – wo immer sie sein rostiger Opel Kadett hinfahren konnte. Heinrich erinnerte sich an eine Woche an der Ostsee, der Name des Ortes war ihm entfallen. Es war in dem Sommer, nachdem er sich mit seinen Eltern zerstritten hatte. Seine Beziehung zu Susanne war noch ganz frisch, alles an ihr war neu und aufregend. Während des Urlaubs wurden sie von einem Sommersturm überrascht, der sie drei Tage in ihr Zelt einsperrte. Sie ernährten sich von Knäckebrot, Harzer Käse und drei Kilo Äpfeln, die sie an einem Straßenstand auf dem Weg gekauft hatten. Während der Regen auf das Zeltdach prasselte und der Wind an den Heringen zerrte, hatten er und Susanne sich die Zeit mit Kartenspielen und Sex vertrieben, zusammen in einem Schlafsack geschlafen und sicher ein Dutzend Bücher gelesen. Sie hatte nachts schrecklich gefroren, und er hatte sie in den

Armen gehalten, während sie ihre kalten Finger unter seine Achseln schob. Sie lebten in ihrer sechs Kubikmeter großen Blase, hatten beinahe ununterbrochen Körperkontakt, und er konnte sich keinen anderen Ort vorstellen, an dem er lieber hätte sein wollen. Als der Regen schließlich aufhörte und sie das Zelt wieder verlassen konnten, war es geradezu verstörend, sie nicht mehr jederzeit neben sich zu spüren.

Jetzt, 20 Jahre später, teilten sie ein ganzes Haus miteinander, sahen sich tagsüber kaum, und doch fühlte Heinrich sich eingesperrt. Nicht, dass es Susannes Schuld gewesen wäre. Man war selbst verantwortlich für das, was man tat, das war ihm klar. Und doch war er sich ihrer Erwartungen an ihn immer bewusst, nahm sie als Leitfaden für seinen Tagesablauf. Irgendwann hatte er aufgehört, Entscheidungen zu treffen. Wahrscheinlich etwa zu der Zeit, als seine Eltern starben, als er sein Leben in Susannes Hände legte, weil jede Entscheidung für ihn selbst zu anstrengend war. Seine Willensstärke war es gewesen, die ihn seinen Eltern entfremdet hatte. Keine erstrebenswerte Eigenschaft. Es lag Frieden in der Gleichmütigkeit, mit der er sich von Susanne leiten ließ. Sie etablierte ihre Routinen, sie legte Hobbys fest, wählte Freunde aus, und wie ein treuer Hund folgte er ihr ehrerbietig. Er hatte diese Ruhe immer genossen.

Genau konnte er sich nicht erinnern, wann ihm dieses Leben plötzlich fremd vorgekommen war. Vielleicht war es letzten Sommer gewesen, als er nach einem ausladenden Squash-Match mit Susanne in der Umkleide vor seinem Spind stand und ein fremder Mann ihn ansprach.

»Hi«, sagte der Fremde. Er trug eine gegelte Tolle im Haar, und die ledrige Textur seiner Haut zeugte von langjährigem Solariummissbrauch.

»Hi«, antwortete Heinrich.

»Spielen Sie schon lange hier?«

»Ein paar Jahre.«

»Und? Ist es ein guter Club? Ich bin neu, mein erstes Mal hier.«

Heinrich spürte, dass sich eine lange Unterhaltung anbahnte, auf die er eigentlich keine Lust hatte. »Uns gefällt es hier. Probieren Sie es einfach aus.« Er steckte den Kopf in seinen Spind und wühlte in seiner Tasche, ohne tatsächlich etwas zu suchen.

»Das werde ich«, sagte der andere. »Ich liebe Squash. Das Adrenalin, die Geschwindigkeit – ein großartiger Sport.« Als Heinrich nicht antwortete, schob er nach: »Und Sie?«

Und in diesem Moment fiel Heinrich nichts anderes ein als: »Meine Frau mag es.« Was er nicht sagte, weil er wusste, wie es sich anhörte. Stattdessen presste er die Lippen zu einem gequälten Lächeln und nickte hektisch – ein Wink, den der Fremde offensichtlich verstand und sich seiner eigenen Sportbekleidung widmete.

War es so? Ging Heinrich nur zum Squash, weil es Susanne gefiel? Mochte er Squash? Mochte er Sport? Es war eine Frage, die er sich nie zuvor gestellt hatte, und jetzt traf sie ihn mit der Wucht einer Dampfmaschine. Er wusste nicht, was er mochte. Außer seiner Modelleisenbahn im Keller, die Susanne mit einem fast mütterlichen Lächeln bedachte, und den Westernfilmen, die in den dritten Programmen liefen, gab es nichts, mit dem er sich auch ohne Susannes Einsatz beschäftigt hätte. Es war nicht so, dass sie ihn zu all dem überredet hatte, dem Squash, den Wochenendwanderungen, der Sukkulentensammlung, die sie durch die Gärtnereien ganz Niedersachsens streifen ließ. Sie hatte lediglich vorgeschlagen, und er hatte eingewilligt. Das war sein Leben: ihre Vorschläge, seine Einwilligung.

Hier, in diesem Hotelbett, in dem sein Körper langsam zu einer adäquaten Temperatur zurückfand, war er sich mit einem Mal sehr fremd. Er hatte nicht nur Distanz zwischen sich und Susanne gebracht, als er hierhergekommen war, sondern auch zwischen zwei Instanzen seiner selbst. Hier konnte er sein Leben von außen betrachten. Er fühlte sich, als hätte er zum ersten Mal einen klaren Blick. Als er auf den Gleisen gelegen hatte, hatte er sich eingebildet, dies wäre der einzige Weg, sich selbst zu entfliehen. Aber das stimmte nicht, das wusste er jetzt. Was genau allerdings zu tun war, dessen war er sich nicht klar. Er würde es herausfinden müssen. Wenigstens glaubte er, am richtigen Ort zu sein.

Das Zimmermädchen weckte Heinrich. Das laute Klappern ihres Schlüsselbunds ließ ihn hochschrecken, und er war der festen Überzeugung, dass er eben erst das Fenster geschlossen, eben erst nur mit einer Unterhose bekleidet ins Bett gekrochen war, aber draußen strahlte eine warme Herbstsonne und der Wecker stand auf kurz vor elf. Das Zimmermädchen, mehr eine Zimmerfrau von sicher über fünfzig Jahren, zuckte leicht, als sie ihn aufrecht im Bett sitzen sah, senkte sofort den Blick, murmelte ein »Ich komme später wieder« und verließ ohne Umschweife das Zimmer. Er blieb verdutzt sitzen. Das Zimmer sah im Tageslicht steriler aus als am Abend zuvor. Jetzt erst bemerkte er die Fotografie, die über dem Fernseher hing: eine Parklandschaft in schwarz-weiß. Ein seltsam belangloses Bild, das sich so gar nicht in das Zimmer einfügen wollte.

Heinrich stand auf und duschte ausgiebig, rasierte sich und betrachtete lange seine ergrauende Brustbehaarung im Spiegel. Er strich mit der Hand darüber, spürte die Textur, dann zog er saubere Sachen an. Als er sein Handy aus der zusammengeknüllten Hose zog, die er letzte Nacht einfach auf dem Boden hatte liegen lassen, sah er, dass Susanne zweimal versucht hatte, ihn anzurufen. Er schrieb ihr eine SMS: »Gerade zwischen zwei Vorträgen, tolle Kontakte hier, ich rufe dich heute Abend an.« Dann griff er sich seinen Mantel und verließ das Zimmer.

Der unfreundliche Concierge vom Vorabend war durch eine sonnige junge Frau ersetzt worden, die ihm ein herzliches Lächeln schenkte, als er aus dem Aufzug stieg. Er trat an den Tresen und sie erwartete mit großen Augen seine Anfrage.

»Gibt es noch Frühstück?«, fragte er mit leiser Stimme, obwohl er die Antwort schon kannte. Die Frau lachte laut und legte eine Hand auf seine.

»Das haben Sie knapp verpasst. Frühstück nur bis zehn Uhr. Vielleicht schaffen Sie es morgen?«

Heinrich nickte, zog seine Hand unter ihrer hervor und wandte sich schon zum Gehen, als sie ihn hektisch am Ärmel packte. Sie streckte den rechten Arm in Richtung Tür und knickte ihre Hand nach außen ab, wie es Stewardessen tun, wenn sie die Notausgänge zeigen. Flugbegleiterinnen, hörte er Susannes Stimme in seinem Kopf sagen.

»Gehen Sie rechts in die Bahnhofstraße. Da gibt es genug Cafés und Restaurants, da kriegen Sie auch jetzt noch Frühstück, wenn Sie wollen, oder gleich ein Mittagessen.« Sie zwinkerte ihm zu und er fühlte sich jung.

Die Stadt war voll von Teenagern, die mit Tüten bepackt von einem Geschäft ins nächste schlenderten. Dazwischen sah er Männer in Anzügen, Frauen mit Kinderwagen, vereinzelt Obdachlose und Halbstarke, die demonstrativ lässig an ihren Zigaretten zogen. Er fand ein Café, in dem Frühstück bis 18:00 Uhr serviert wurde, und bestellte sich eine doppelte Portion Bacon und Rührei. Durch das Panoramafenster beobachtete er die Passanten, während er sich eine Gabel nach der anderen in den Mund schob, und lauschte den Gesprächen an den Nebentischen. Niemand schien Notiz von ihm zu nehmen, und in diesem Moment gefiel es ihm, allein durch die Stadt zu ziehen. Er fühlte sich wie einer der Lonesome Ranger aus den Western, die er so liebte. Nur für sich selbst verantwortlich sein, vor niemandem Rechenschaft ablegen müssen. Es war ein neues Gefühl, irgendwie verwegen und aufregend. Er konnte mit diesem Tag machen, was er wollte.

Als er mit dem Essen fertig war, bestellte Heinrich sich noch einen Kaffee und blieb an seinem Tisch sitzen. Draußen zogen die Menschen an ihm vorbei wie Wolken am Himmel, und er ließ sie ungehindert in sein Blickfeld eindringen, verfolgte den einen oder anderen für einen Moment und ließ sie wieder verschwinden. Es war unterhaltsam, und trotzdem drängte sich ihm die Frage auf, was er jetzt tun sollte. Schon wurden seine Knie unruhig, er bestellte einen weiteren Kaffee, um sein Bleiben vor der Bedienung zu rechtfertigen. Es gab immer noch keinen Plan. Er wusste, wo das Haus der HaKom 42 war, wusste, wie er dort hinkommen würde, alles fußläufig, wenn man genug Zeit einplante. Aber was er dort tun würde, wusste er nicht. Was sollte er Felix sagen? Würde Felix überhaupt da sein? Wieder kam ihm dieser Ausflug wie eine überstürzte Kurzschlussreaktion vor. Aber einfach nach Hause fahren konnte er auch nicht. Mit einem Gefühl der Resignation zahlte er, stand auf und machte sich auf den Weg.

Er folgte der Straße, den Bahnhof im Rücken, schlängelte sich durch ein paar kleinere Gassen, bis er auf den Fluss stieß. Bach wäre ein passenderer Ausdruck gewesen. Er ging mit der Fließrichtung vorbei an kleinen und großen Brücken, Wohnhäusern, Restaurants und kleinen Geschäften und ertappte sich dabei, wie er besonders lange die Auslagen studierte, seinen Schritt verlangsamte, um Speisekarten zu lesen und verstohlene Blicke in Hinterhöfe zu werfen. Er sträubte sich wie ein Pferd vor dem Anhänger. Schließlich gab er nach und setzte sich auf eine Bank am Ufer. Er brauchte einen Plan. Er versuchte, sich vorzustellen, wie er an einer Tür klingelte und ein junger Mann öffnete. Doch schon da haperte es mit seiner Fantasie. Was für ein Mensch war Felix? In seinem Kopf war sofort ein ordentlich gekleideter, wohl gekämmter junger Mensch erschienen, der sein Hemd in die Hose steckte und freundlich Bitte und Danke sagte. Würde so jemand eine Sabotageaktion bei der Deutschen Bahn initiieren? Er tauschte seinen Felix gegen einen der rauchenden Halbstarken aus, die ihm heute Morgen begegnet waren. Jetzt lümmelte da ein gelangweilt dreinblickender Typ mit rasierten Schläfen und tiefem V-Ausschnitt. So jemand würde die Tür vielleicht erst gar nicht öffnen. Doch auch das kam Heinrich unwahrscheinlich vor. Sagten nicht alle, die gemeine Jugend wäre so unpolitisch? Waren es nicht die Punks, die Linksautonomen mit gefärbten Haaren und zerschlissenen schwarzen Jeans, die solche Aktionen durchführten? Also stellte er einen hageren Lulatsch mit gepiercter Nase in die Tür seiner Fantasie. Schon die Idee dieses Menschen verunsicherte ihn. Wie sollte er so jemanden dazu bringen, ihm auch nur eine Minute seiner Zeit zu schenken, ohne ihn für absolut verrückt zu halten? Hallo, ich wollte mich umbringen, aber du hast es verhindert? Zu direkt. Uns verbindet ein besonderes Schicksal? Zu schwülstig. Vielleicht sollte er sich einen Vorwand überlegen. Etwas, das nichts mit all dem zu tun hatte. Wenn er dann erst mal im Haus war, konnte er sich ganz vorsichtig an das Thema herantasten, erst einmal sehen, wer Felix überhaupt war, ohne sich sofort preisgeben zu müssen. Die Idee behagte ihm. Ohne es zu merken, richtete er sich auf, rutschte mit dem Gesäß an die Kante der Bank, wie es aufmerksame Schüler tun, die nur darauf warten, ihre Hand in die Höhe zu strecken, um eine Frage richtig zu beantworten.

Eine Rolle also. Aber welche? Wer klingelte unerwartet an der Tür? Er ging die Liste an Fremden durch, die je an seiner Tür geklingelt hatten, kam aber nicht über die gelegentlichen Zeugen Jehovas und spontane Handwerkerbesuche hinaus. Beides würde er nicht glaubwürdig genug verkörpern können. Und dann fiel es ihm wie Schuppen von den Augen: Er kannte sich nur mit einer Sache wirklich gut aus, und das war die Chemie. Er sprang auf, hastete zurück in die Innenstadt und suchte ein Kaufhaus. In der Küchenabteilung kaufte er ein paar kleine Schraubgläser und eine Plastikwanne mit Henkel, dann schaute er noch bei den Schreibwaren vorbei und besorgte ein paar selbstklebende Etiketten und einen Kugelschreiber. Für jemanden, der sich kein bisschen auskannte – und wieso sollten diese Leute sich mit Chemie auskennen – würde das reichen. Mit schnellen Schritten ging er wieder zum Fluss und folgte seinem Lauf, bis er in einen größeren Fluss mündete. Er nahm die nächste Brücke, bog einmal rechts, dann wieder links und dann wieder rechts ab, wie er es sich eingeprägt hatte, und stieß schließlich auf die Steigertahlstraße.

Auf der Rasenfläche gegenüber dem Haus saßen ein paar Jungen und lasen in einem Pornomagazin. Sie lachten zu laut und stachen mit ihren Fingern auf die Bilder ein, einer forscher als der andere. Heinrich blickte an dem Haus hinauf. Es sah anders aus als im Internet, größer, irgendwie schmutziger. Von irgendwo hörte er Musik. Im zweiten und dritten Stock waren ein paar Fenster geöffnet. In einem saß ein Mädchen und rauchte, ihre Haare in ein Handtuch gewickelt. Sie sah ihn, lächelte und winkte. Er winkte verstohlen zurück und ging dann auf die Tür zu, bis sie ihn nicht mehr sehen konnte. Er blickte sich noch einmal um, um sicherzugehen, dass ihn niemand beobachtete. Die Jungen mit dem Pornoheft beachteten ihn nicht. Dann nahm er die Gläser aus der Tüte, klebte ein Etikett auf jedes Glas und stellte sie in die Plastikwanne. Den Kugelschreiber schob er in die Hosentasche und die nun leere Plastiktüte versteckte er hastig unter einem der Sträucher, die neben der Tür wuchsen. Er richtete sich auf, hielt jetzt die Wanne an ihrem Henkel in der linken Hand, hob die rechte zur Klingel und hielt inne. Für jedes Stockwerk gab es ein eigenes Klingelschild. Die meisten waren nur dürftig beschriftet, mit Bleistift gekrakelte Initialen und übereinander geschriebene Namen, die kaum zu entziffern waren. Irgendjemand hatte tatsächlich Hulk Hogan auf das Schild für die Dachgeschosswohnung geschrieben. Heinrich suchte nach einem Anhaltspunkt und hatte beinahe aufgegeben, als er auf dem Schild für den zweiten Stock die Buchstaben HKHQ entdeckte. Entweder hatten sich ein paar Eltern bei dem Namen ihres Kindes vollständig verkünstelt, oder die Buchstaben standen für HaKom Headquarters. Heinrich nahm seinen Mut zusammen und klingelte. Nichts passierte. Er klingelte erneut, wartete eine Minute, klingelte ein drittes Mal, aber das Haus blieb stumm. Er trat ein paar Schritte zurück, wie man es eben tat, schaute an dem Haus hinauf und blickte direkt in das Gesicht des rauchenden Mädchens mit dem Handtuch auf dem Kopf.

»Kann ich helfen?«, rief sie zu ihm hinunter.

»Ich«, krächzte Heinrich, räusperte sich und sagte noch mal, deutlicher: »Ich muss in den zweiten Stock?«

»Ah, deren Klingel ist kaputt. Warte, ich mach dir die Tür auf.«

Sie warf die Zigarette auf den Gehweg und verschwand. Heinrich starrte immer noch auf das offene Fenster, als der Summer ging. Er hechtete hin, schob die schwere Tür auf und betrat das Treppenhaus.

Drinnen war es kühl und feucht. Er fand keinen Schalter für das Licht und tastete sich im Halbdunkel die zwei Stockwerke hoch. Die Stufen knarzten laut unter seinem Gewicht. Vor der Wohnungstür blieb er stehen. Es war so still, dass er meinte, seinen eigenen Puls hören zu können. In der Dunkelheit tastete er die Wand neben sich ab, fand schließlich die Klingel und drückte sie. Er hörte das mechanische Schrillen hinter der Tür, dann blieb es einen Moment lang still, schließlich näherten sich Schritte. Heinrich räusperte sich, um sicherzugehen, dass seine Stimme gleich funktionieren würde, als ein junger Mann öffnete. Er war kaum größer als Heinrich, hatte ein rundes Gesicht, das von ungepflegt aussehenden, hellbraunen Rastazöpfen umrahmt wurde. Er trug ein weites Holzfällerhemd und schlabberige Jeans, seine Füße waren nackt. Er lächelte Heinrich freundlich an, die ungetrübte Offenheit eines echten Hippies.

»Wie kann ich helfen?«

Heinrich räusperte sich noch mal und sagte: »Guten Abend. Ich bin von der Stadt. In einem der Häuser in diesem Wohnkomplex hat es eine Wasserverunreinigung gegeben. Wir möchten gerne alle Wohnungen testen, um sicherzugehen, dass keine Gefahr besteht. Ich müsste eine Wasserprobe aus jedem Ihrer Hähne nehmen, wenn es möglich wäre.«

Der andere schaute verdutzt, sein Blick fiel auf die Wanne mit den Glasbehältern, die Heinrich in der Hand hielt.

»Es dauert keine zehn Minuten«, versicherte Heinrich.

Der Mann überlegte einen Moment, dann lächelte er und schob die Tür auf. »Dann kommen Sie mal rein. Ich zeige Ihnen, wo alles ist.«

Heinrich trat in einen langen Gang, von dem mehr Türen abgingen, als er so schnell zählen konnte. An den Wänden hingen Plakate von alten Filmen, rechts an der Wand quoll eine Garderobe über vor Jacken, Mänteln, Mützen und Schals, die alle grau oder olivgrün zu sein schienen. Darunter stapelten sich Schuhe auf zwei kleinen Regalen.

Der Mann legte Heinrich eine Hand auf die Schulter – Heinrich zuckte etwas zurück unter der unerwarteten Berührung – und schob ihn durch die erste Tür zu seiner Rechten.

»Hier ist die Küche.«

Das Mobiliar war zusammengewürfelt. Auf einem großen Holztisch, der in der Mitte des Raums stand, reihten sich Tassen und Gläser auf. Ein Aschenbecher quoll über. Zwei große Fenster führten in den Hof, der schon in Dunkelheit getaucht war.

Heinrich ging durch den Raum zum Waschbecken. Arbeitsfläche, Ablaufbehälter und Becken waren sauberer, als der erste Anblick der Küche hätte vermuten lassen. Der Wasserhahn war hoch und gebogen und hatte zwei Regler, einen für kaltes und einen für warmes Wasser. Heinrich stellte die Wanne neben sich auf die Arbeitsfläche und fischte mit zittrigen Fingern eines der Gläser heraus. Er konnte es immer noch nicht fassen, dass er so einfach Zutritt bekommen hatte. Er war sich ziemlich sicher, dass der Mann, der ihm geöffnet hatte, nicht Felix war. Dafür war er zu alt. Aber hier gab es Informationen, da war Heinrich sich sicher.

Er drehte das kalte Wasser auf und ließ es in das erste Glas laufen. »Ich nehme hier zwei Proben, einmal kaltes und einmal warmes Wasser.«

Der andere war in der Tür stehen geblieben. Heinrich fühlte seinen Blick auf seinem Rücken.

»Aber sicher. Was ist es denn für eine Verunreinigung?«

»Blei. Wahrscheinlich alte Rohre. Zu wievielt wohnen Sie hier?«

»Zu dritt momentan.«

»Irgendwelche Fälle von Schlaflosigkeit, Verstopfung, Krämpfen, Erbrechen oder so?«, fragte Heinrich und war froh, dass erst vor Kurzem ein Fall von Bleivergiftungen an einer Schule durch die Nachrichten gegangen war.

»Nein, nicht, dass ich wüsste.«

Er schraubte das erste Glas zu, krakelte etwas mit dem Kugelschreiber auf den Aufkleber, stellte es in die Wanne und nahm das zweite Glas heraus, während er mit der anderen Hand das warme Wasser aufdrehte.

»Roger?« Die Stimme kam aus einem der anderen Zimmer. Es war eine Frauenstimme, tief und sonor, aber unverkennbar weiblich.

»Alles gut, Schatz. Jemand von der Stadt. Dauert nicht lange.«

Endlich wusste Heinrich, wen er vor sich hatte – niemand geringeren als Roger Merani, den angeblichen Leiter dieser Gemeinschaft. Heinrich warf einen kurzen Blick über die Schulter, um sich den Mann noch mal anzusehen. Was er im Internet über diese Gruppe gelesen hatte, passte zu dem immer lächelnden Mann, den er vor sich sah. Er wirkte wie ein in die Jahre gekommenes Blumenkind, das viel von der Revolution redete und alle zum Frieden bekehren wollte. Dass er seine Zöglinge zu einer falschen Bombendrohung anstiften könnte, traute Heinrich ihm nicht zu.

Heinrich drehte das Wasser ab, schraubte das zweite Glas zu, vergaß beinahe, etwas draufzuschreiben, kritzelte dann doch eine schnelle Notiz und stellte es in die Wanne. Als er sich umdrehte, stand eine Frau neben Roger. Sie war groß gewachsen, hatte breite Schultern und langes, pechschwarzes Haar. Ihre hervortretenden Augen schauten Heinrich durchdringend an.

»Wer sind Sie?«

Roger legte ihr eine Hand auf den Arm. »Selin, er ist von der Stadt, er nimmt nur Wasserproben.«

Sie schüttelte seine Hand ab. »An einem Samstag? Kann ich Ihren Ausweis sehen?«

Heinrich brach der Schweiß aus. »Den habe ich im Auto gelassen.« Seine Stimme klang dünn. Er versuchte ein selbstsicheres Lächeln. Es fühlte sich absurd an auf seinem Gesicht, also entspannte er seine Muskeln und sah zu Boden, schaute aber dann wieder hoch, um nicht ausweichend zu wirken.

Sie verengte ihre Augen zu Schlitzen und starrte ihn an. Ihr Blick war heiß auf seinen Wangen. Sie machte einen Schritt auf ihn zu.

Roger griff erneut nach ihrem Arm und zog jetzt daran. »Selin, jetzt sei doch nicht paranoid. Der Mann nimmt hier Wasserproben.«

Sie ging einfach weiter, Roger stolperte einen Schritt hinter ihr her und ließ sie dann los. Sie griff in die Wanne, zog eines der Gläser heraus, ein leeres, und schaute es an. Dann drehte sie es auf den Kopf. An der Unterseite klebte noch das Etikett aus dem Kaufhaus.

Ihr Gesicht war jetzt wutverzerrt. »Da kriegen Sie also Ihre total sterilen Gläser her?«

Heinrich zog die Schultern hoch. Er schwitzte jetzt stark, wollte an ihr vorbei und aus der Wohnung huschen, aber ihre schiere Größe versperrte den Fluchtweg. Seinem Instinkt folgend brachte er den Esstisch zwischen sich und die Frau, hob die Wanne vor seine Brust und suchte nach einer Lücke.

»Ich gehe jetzt wohl besser«, stammelte er.

Roger schaute verwirrt zwischen den beiden hin und her, während die Frau jetzt brüllte. »Was wollen Sie hier?«

»Bitte, lassen Sie mich einfach gehen.«

»Sagen Sie mir, was Sie hier wollen!«

»Ich suche jemanden«, entschlüpfte es ihm, ohne dass er es wirklich sagen wollte. Sie beugte sich vor, nahm sein gesamtes Blickfeld ein.

»Wen suchen Sie?«

Er schwieg.

»Suchen Sie Felix?«

Er drückte die Wanne so fest an sich, dass die Kante schmerzhaft in seine Brust schnitt.

»Sagen Sie schon!«

Er nickte.

Jetzt ging sie um den Tisch herum, während Roger sich von der anderen Seite näherte. Heinrich war eingekesselt.

»Sind Sie ein Scheißreporter?«, schrie Selin ihn an.

»Neinnein«, stammelte Heinrich, »ich bin kein Reporter. Ich bin Chemiker.«

»Was wollen Sie dann von ihm?«

»Es ist wegen des Zuges.«

»Was ist wegen dem Zug?«

»Dass ich noch lebe.«

Er hatte es noch nie ausgesprochen. Das Gefühl des Scheiterns drückte wieder in seinem Magen, doch gleichzeitig war er jetzt, wo ihm die Worte tatsächlich über die Lippen gekommen waren, auch ein wenig befreiter. Als wäre es erst durch das Aussprechen der Worte Realität geworden: Er lebte noch.

Roger und Selin waren stehen geblieben und schauten ihn so verwundert an, dass ihre Gesichter maskenhaft erschienen. Die Wut war verflogen, der Raum war wie eingefroren.

Roger war der Erste, der aus der Erstarrung erwachte. »Was meinst du damit?«

Heinrich atmete tief ein, schaute in die Wanne auf seine Einmachgläschen und sagte: »Ich hatte mich auf die Gleise gelegt, aber dann fuhren wegen Felix keine Züge mehr. Ich wäre jetzt tot, wenn er nicht gewesen wäre.«

Sie schwiegen wieder. Roger zog sich einen Stuhl heran und ließ sich darauf sinken. Schließlich sagte Selin: »Woher wissen wir, dass das die Wahrheit ist?«

»Weil sich niemand so einen Scheiß ausdenkt«, antwortete Roger. Er schob auch Heinrich einen Stuhl hin, und Heinrich setzte sich, aber nur auf die Kante, jederzeit bereit, aufzuspringen und die Flucht zu ergreifen. Selin drehte sich um, ging zu einem Schrank, nahm eine Flasche Schnaps heraus und setzte sich zu ihnen. Sie zog drei der saubersten Gläser vom Tisch zu sich heran, schenkte ein und schob jedem ein Glas hin. Ohne anzustoßen, tranken sie und Roger. Heinrich, der immer noch die Wanne auf seinem Schoß hielt, nippte nur und schaute weiterhin nach unten.

»Wie heißen Sie?«, fragte Selin ihn.

»Heinrich Knopp.«

Roger streckte ihm die Hand hin. »Ich bin Roger, das ist meine Freundin Selin. Uns gehört das Haus.« Heinrich nahm die Hand. Sie war weich und der Händedruck kraftlos.

»Und was wollen Sie jetzt genau von Felix?«, fragte Selin. Sie saß aufrecht wie eine Soldatin. Noch schien sie ihm nicht zu trauen.

»Ich weiß es ehrlich gesagt nicht genau«, gab Heinrich zu. »Ich wollte ihn kennenlernen.«

»Woher wissen Sie überhaupt, dass er hier wohnt?«

Heinrich blickte auf. »Er wohnt wirklich hier?«

»Beantworten Sie meine Frage!«

»Internet«, sagte Heinrich schnell. »So ein Blog. Ich war nicht sicher.«

Roger und Selin sahen sich an – eine stumme Konversation. Schließlich seufzte Selin und unterbrach den Blickkontakt. »Nun, Felix ist im Moment nicht da. Sie gehen also besser.«

»Warte«, warf Roger ein. »Das hier ist was Gutes. Felix kann so was jetzt wirklich gebrauchen nach all der Scheiße. Er kann doch hier warten.«

Selin stand auf und verließ die Küche. Roger folgte ihr, ohne dass es einer Aufforderung bedurfte. Sie blieben im Flur stehen und flüsterten miteinander. Selin hatte Mühe, ihre Stimme leise zu halten, also konnte Heinrich ein paar Satzfetzen aufschnappen – »wir kennen ihn nicht« und »immer so gutgläubig« und »deine Verantwortung«. Als sie fertig waren, kam Roger alleine in die Küche zurück, während hinten in der Wohnung eine Tür knallte.

»Nicht böse sein, sie ist einfach sehr misstrauisch«, sagte er mit einem beschwichtigenden Lächeln. Als Heinrich nicht antwortete, setzte er nach: »Felix kommt heute wahrscheinlich spät nach Hause. Du kannst auf ihn warten, wenn du willst. Er hätte sicher nichts dagegen. Ein herzensguter Junge. Ich zeige dir sein Zimmer.«

Heinrich rappelte sich auf. Er kam sich bescheuert vor mit seiner Plastikwanne, dem Überbleibsel seines jämmerlichen Täuschungsversuchs. Also stellte er sie an der Garderobe ab wie eine Handtasche und folgte Roger den Gang hinunter. Sie blieben vor einer geschlossenen Tür stehen, an der eine kleine Postkarte klebte, auf der ein blaues Häuschen auf einer Klippe am Meer zu sehen war.

»Hier ist es«, sagte Roger. »Bad ist direkt nebenan. Wenn du was brauchst, ich bin dort.« Er deutete auf eine weitere geschlossene Tür. Dann legte er Heinrich die Hand auf den Arm, wie er es bei Selin gemacht hatte. »Ich glaube daran, dass die Menschen einem das zurückgeben, was man ihnen gibt. Ich vertraue dir, Heinrich. Wir vertrauen uns hier, okay?«

Heinrich wäre gerne zurückgewichen, aber hinter ihm war der Türrahmen. »Okay«, antwortete er.

»Gut.« Roger lächelte wieder, diesmal etwas selbstsicherer. »Dann kümmere ich mich jetzt mal um Selin.«

»Gut«¬, antwortete Heinrich und sah Roger hinterher, der durch die Tür in das andere Zimmer trat. Dann war Heinrich allein auf dem Flur in der fremden Wohnung. Er konnte immer noch nicht fassen, dass er hier war. Gestern noch hatte er in seinem Büro gesessen und heute schon war er in einer anderen Stadt, in einer fremden Wohnung und würde vielleicht später den Menschen treffen, wegen dem er noch lebte. Er war sich immer noch nicht sicher, was er erwartete, aber die reine Tatsache, dass mit einem Mal alles anders war, breitete sich tief in seinen Eingeweiden aus wie ein warmes Kribbeln. Er fühlte sich lebendig. Langsam drückte er die Klinke hinunter und trat in Felix' Zimmer.

Im Zimmer war es dunkel. Heinrich betätigte den Lichtschalter neben der Tür. Nichts passierte. Er versuchte es noch mal und noch mal, als bräuchte der Lichtschalter nur eine kleine Aufmunterung. Schließlich gab er auf. Mit ausgestreckten Armen ging er langsam in das Zimmer hinein. Er trat vorsichtig auf, schleifte die Füße über den Boden, um nicht versehentlich auf etwas Wertvolles zu treten. Schließlich erreichte er einen Tisch. Er tastete darauf herum, bis er eine kleine Lampe fand. Als er sie anschaltete, überraschte ihn, was er sah. Der Schreibtisch, über dem er lehnte, war penibel aufgeräumt. Auch der Rest des Zimmers war ordentlich, wenn auch spärlich eingerichtet. Felix schlief auf einer auf dem Boden liegenden Matratze. Daneben lag ein Stapel mit Büchern. Heinrich zog die Jacke aus, setzte sich auf das gemachte Bett und nahm das oberste Buch zur Hand: Hermann Hesses *Siddhartha*. Darunter lag noch mehr Hesse, ein Buch von Max Frisch, ein paar Spiderman-Comics. Heinrich hatte seit seiner Studienzeit nicht mehr viel gelesen, doch natürlich kannte er Hesse, erinnerte sich, wie er nächtelang jedes Wort aufgesaugt hatte. Auch Frisch hatte er gelesen. Diese Bücher waren Überbleibsel aus seiner eigenen Jugend.

Er legte den Hesse zurück und schaute sich weiter im Zimmer um. Neben Bett und Schreibtisch gab es nur noch einen Kleiderschrank. Er stand auf und öffnete ihn vorsichtig. Die kleine Lampe auf dem Schreibtisch leuchtete nicht hell genug, um ihn wirklich erkennen zu lassen, was Felix für Kleidung besaß, aber Heinrich war erstaunt genug darüber, dass es relativ viel zu sein schien. Er nahm einen Bügel mit einem Kleidersack heraus, zog den Reißverschluss auf und fand einen Anzug, ein Markenfabrikat, das er selbst sich niemals geleistet hätte. Vorsichtig schloss Heinrich den Sack wieder und hängte ihn zurück.

Sein Blick fiel auf einen Schuhkarton, der unten im Schrank stand. Er nahm ihn heraus und setzte sich wieder aufs Bett. Als er den Karton öffnete, fand er darin Hunderte Fotos, lose durcheinandergeworfen. Auf dem ersten waren zwei Jungs zu sehen, der eine hager und dunkelhaarig, der andere mit wildem, blondem Schopf. Beide waren braun gebrannt und lachten eindeutig betrunken in die Kamera. Heinrich versuchte, sich zu entscheiden, welchen der beiden er für Felix halten sollte. Auf dem nächsten Bild derselbe blonde Lockenkopf, das Gesicht darunter jünger, wache blaue Augen. Er hielt eine Urkunde in den Händen und grinste breit. Auf dem nächsten Foto war er mit einigen Freunden zu sehen. Sie saßen auf einer Wiese, die Jungen mit freiem Oberkörper, und schienen sich angeregt zu unterhalten. Weiter unten fand Heinrich Kinderfotos. In Anorak und Pudelmütze im ersten Schnee. Im Arm einer blonden Frau, deren Gesichtszüge so ebenmäßig waren, dass sie aussah wie aus Marmor geschlagen. Auf dem Schoß einer alten Frau, wahrscheinlich einer Großmutter, mit einer abgewetzten Ausgabe des Struwwelpeters in der Hand. Auf einem Fahrrad mit Stützrädern in einer breiten Einfahrt, dahinter ein zweistöckiges, kubistisches Haus, hellblau getüncht mit enormer Fensterfront. Ein stolzer Vater im Hintergrund. Der Mann kam Heinrich bekannt vor, er hatte eines dieser geraden, klassischen Gesichter, wie man sie in Werbungen für Versicherungen sah. Das Gesicht eines Erfolgsmenschen. Heinrich schaute das Bild lange an, den konzentrierten Blick des Jungen, die Knopfaugen auf die Straße gerichtet, die Zunge leicht hervorgestreckt. Als löste er gerade eine schwere Matheaufgabe. Heinrich steckte das Bild in sein Portemonnaie. Dann schloss er den Karton und stellte ihn zurück in den Schrank.

In dem kleinen Zimmer war es warm. Heinrich ging zum Fenster und öffnete es. Er stützte sich auf den Sims und streckte die Nase in die kühle Nachtluft, als plötzlich etwas Leichtes auf seine Haare fiel. Er strich darüber und ein paar Aschekrümel purzelten herab. Er sah nach oben und schaute in die Augen des Mädchens, das ihm vorhin die Tür geöffnet hatte.

»Entschuldigung.« Ihr langes Haar, jetzt befreit vom Handtuch, wehte in der Brise. Es war pechschwarz und schimmerte. Ein leichter Duft von Kokos und Kirsche streifte Heinrich.

»Nichts passiert«, antwortete er, ein wenig überrascht über die Ruhe in seiner Stimme. »Danke noch mal fürs Reinlassen.«

»Kein Problem. Die Klingel da unten geht oft nicht, dann stehen die Leute vor der Tür und brüllen.« Sie lächelte. Ihre weißen Zähne blitzten. »Ich heiße übrigens Mieze.«

»Ich heiße Heinrich.«

»Hallo, Heinrich.«

»Hallo, Mieze.«

In der Dunkelheit wirkten ihre Augen genauso schwarz wie ihr Haar. Dann zog sie an ihrer Zigarette, und die orangene Glut erhellte ihren Teint, als würde sie erröten.

»Mieze, wo kommt das her?«, fragte Heinrich.

»Eigentlich heiße ich Miriam. Roger hat mich Mieze getauft, als ich hier im Haus neu war. Mir gefällt's.«

»Mir auch.«

»Und hast du gefunden, wonach du gesucht hast?«, fragte sie, nahm den letzten Zug von ihrer Zigarette und schnippte den Rest auf den Gehsteig.

»Noch nicht.«

»Na dann, viel Glück!« Sie lächelte verschmitzt und strich sich wie beiläufig das Haar aus der Stirn. Ihre grazilen Finger zwirbelten die Strähne zwei, drei Mal, dann verschwand die Hand wieder.

»Danke«, sagte Heinrich.

»Gerne!« Sie warf ihm erneut eines dieser leuchtenden Lächeln zu. »Dann, gute Nacht!«

»Gute Nacht, Mieze.«

Sie verschwand in ihrem Zimmer, er hörte, wie sie das Fenster schloss. Noch einen Moment atmete er die frische Nachtluft ein. Er meinte, einen Rest Kokos riechen zu können, aber ob das nur seine Erinnerung war, konnte er nicht sagen. Dann schloss auch er das Fenster, schaltete die Schreibtischlampe aus und legte sich in das fremde Bett, ohne seine Kleider auszuziehen.

Den ersten Tritt baute Heinrich in seinen Traum ein. Ein Auto, ein Hund, der über die Straße lief, das schnelle Rumreißen des Lenkrads. Der Schub, der den Körper zur Seite riss. Und natürlich der Schreck. Erst das geflüsterte »Hey!« weckte ihn. Dem zweiten Tritt wich er bereits aus.

Über ihm schwebte ein Gesicht, unsichtbar in der Dunkelheit. Alles, was er erkennen konnte, waren die Locken. Heinrich konnte sehen, wie eine Gestalt zum Schreibtisch ging. Dann klickte es, und im fahlen Licht der kleinen Lampe sah Heinrich den Jungen von den Fotos vor sich.

»Wer bist du und wer hat dich in mein Zimmer gelassen?«

»Roger«, krächzte Heinrich. Seine Kehle war schrecklich trocken und er bekam einen Hustenanfall.

»Das ist doch scheiße«, murmelte Felix und ging aus dem Zimmer. Einen Moment später kam er mit einer Flasche Wasser zurück, die er Heinrich hinhielt. Heinrich nickte dankend und trank langsam und ausgiebig. Fieberhaft überlegte er, wie er das, was er dem Jungen zu sagen hatte, sagen konnte, ohne wie ein Psychopath zu klingen.

Felix hatte sich auf den einen vorhandenen Stuhl gesetzt und sah ihn müde an. »Geht's wieder?«

Heinrich nickte stumm und schaute zu Boden. Er kam sich unfassbar fehl am Platz vor, hier in Felix' Bett. Heinrich warf die Decke zur Seite und setzte sich auf den Rand der Matratze.

»Also, ich weiß nicht, was Roger dir erzählt hat, aber das ist mein Zimmer und seine Freunde können nicht einfach so hier pennen, wenn ich mal nicht da bin. Tut mir leid.«

»Genau genommen bin ich kein Freund von Roger.«

Felix seufzte. »Ist mir egal, wie ihr zueinander steht, ich will bitte einfach nur in mein Bett.«

Heinrich sah Felix an. Er hatte tiefe Ringe unter den Augen und seine Mundwinkel hingen herab. »Ich bin wegen dir hier. Aber du warst nicht da.«

»Bist du von der Presse?«

»Nein, ich bin nicht von der Presse.«

»Stimmt, sie hätten dich nicht reingelassen, wenn du von der Presse wärst.« Misstrauen breitete sich in Felix' Gesicht aus. »Bist du ein Bulle?«

»Nein, ich bin auch kein Bulle. Ich bin aus privaten Gründen hier.«

»Und die wären?«

Heinrich schloss die Augen und sammelte die Worte zusammen. »Der Zug, also einer von den Zügen, die deinetwegen nicht gefahren sind, das war mein Zug.« Heinrich schüttelte den Kopf, dachte noch mal neu nach. »Ich hatte mir diesen Zug ausgesucht. Dieser Zug sollte mich umbringen. Ich lag auf den Gleisen, und er kam nicht. Wegen deines Anrufs. Deswegen bin ich hier.«

Felix' Augen waren groß geworden. Wie ein Kind starrte er Heinrich an, bewegungslos und ohne einen Laut von sich zu geben. Draußen fuhr ein Auto vorbei und warf kreisende Schatten an die Zimmerdecke. Dann war es wieder still.

Unvermittelt stand Felix auf und verließ erneut das Zimmer. Als er wiederkam, hielt er eine Flasche Wodka in der Hand. Er setzte sich vor Heinrich auf den Boden, schraubte den Verschluss von der Flasche und nahm einen tiefen Zug. Dann hielt er Heinrich die Flasche hin. Der Alkohol brannte in seiner Kehle. Er gab Felix die Flasche zurück, der noch einen Schluck nahm und sie auf den Boden stellte.

»Wieso?«, fragte Felix schließlich.

»Ich wollte wissen, wer du bist, glaube ich.«

»Nein, nicht wieso du hier bist. Wieso hast du dich auf die Gleise gelegt?«

Heinrich zuckte mit den Schultern. »Ich kann es nicht genau sagen. Es schien Sinn zu machen. Es war alles immer gleich. Ich wusste nicht, wie ich rauskommen sollte. Und ich wollte nicht, dass es immer so weitergeht.«

»Und wieso hast du es nicht einfach wieder versucht?«

Heinrich überlegte. Er erinnerte sich an seinen Spaziergang am nächsten Tag, den herannahenden Zug, die schrecklich laute Hupe. »Es hat sich nicht mehr richtig angefühlt. Irgendwie wie Schummeln. Verstehst du?«

Felix überlegte einen Moment und Heinrich betrachtete seine Hände, die angefangen hatten, am Etikett der Flasche zu knibbeln. »Ich glaube schon«, sagte er schließlich.

Sie saßen eine Weile stumm da und tranken abwechselnd. Heinrich wurde schwindelig, aber seine Gedanken schienen glasklar, klarer als jemals zuvor. Er sah den blonden Jungen an, der da vor ihm saß mit Flaum auf den Wangen und diesen schrecklich müden Augen, und er war ihm nicht fremd. Gab es nicht in irgendeinem Kulturkreis irgendein Sprichwort? Dass man der Person, die einem das Leben gerettet hat, für immer verpflichtet war? Oder war es andersherum gewesen? Er wusste es nicht mehr.

»Aber du weißt schon, dass das ziemlich fetter Blödsinn ist, oder?«, fragte Felix schließlich.

Heinrich stutzte. »Was meinst du?«

»Dass dein Leben immer so weitergehen muss. Ich meine, die Welt ist so groß. Man muss doch nur rausgehen und etwas machen, was man noch nie gemacht hat.«

Heinrich schaute auf seine Hände und überlegte. Eigentlich stimmte es nicht, dass er nie etwas erlebt hatte, das ihm neu war. Susanne hatte ihn oft genug zu Feiern mitgenommen, auf denen er neue Leute kennengelernt hatte. Sie hatten gemeinsam immer wieder andere Städte besucht. Vor ein paar Jahren hatte Susanne einen Wellensittich ins Haus gebracht, der leider nach ein paar Monaten durch ein versehentlich geöffnetes Fenster ausgebüxt war. Es gab Neues, Kleines und Großes, das war eigentlich nicht das Problem gewesen. Es hatte ihn nur nicht interessiert. Nichts von alldem wäre wichtig genug gewesen, um zu bleiben. Als er sich entschied, sich das Leben zu nehmen, gab es nichts, das er nicht hätte loslassen können.

»Macht dein Leben denn Spaß?«

Felix lachte. »Ich habe einen gesamten Bahnhof lahmgelegt, wurde festgenommen und musste vorhin mit meinem Vater und seinem Anwalt drüber reden. Ehrlich gesagt macht mein Leben gerade heute nicht so megaviel Spaß.«

Auch Heinrich musste schmunzeln.

Felix nahm noch einen Zug aus der Flasche. »Ich dachte echt, die ganze Aktion hätte rein gar nichts gebracht. Aber jetzt bist du hier. Das ist doch was.«

Heinrich lächelte. »Ja, das ist was.«

Hinter den Fenstern wurde der Himmel langsam hell. Sie saßen schweigend da und nahmen abwechselnd einen Schluck aus der Flasche. Heinrich hatte nicht gewusst, wie es sein würde, Felix zu treffen. Es hatte keinen inneren Monolog gegeben, keine Fantasien über Tränen und Umarmungen, keine Wünsche oder Hoffnungen. Er war hierhergekommen, ohne zu wissen, was er hier suchte, und jetzt hatte er das Gefühl, es gefunden zu haben. Was es genau war, der brennende Schnaps, das jungenhafte, müde Gesicht vor ihm, auf das sich ein leises Lächeln gelegt hatte, der Geruch von Schlaf und Frühnebel, er wusste es nicht, aber er fühlte sich wach. Ruhig und wach und kein bisschen taub. Er dachte zurück an die Stunde, die er auf den Bahngleisen gelegen hatte, die Sicherheit, mit allem abgeschlossen zu haben. Es war irreal. Nicht, dass er jetzt hier war, sondern dass er vor so kurzer Zeit dort gewesen sein sollte. Als wäre das jemand anderem passiert.

Als hätte er seine Gedanken gehört, sagte Felix, ohne aufzublicken: »Ich habe dir das Leben gerettet«. Sie blickten sich an, beide dasselbe schelmische Grinsen im Gesicht. »Und ich weiß noch nicht mal, wie du heißt.«

Heinrich streckte Felix die Hand hin. »Heinrich Knopp.« Felix nahm sie und sie schüttelten Hände wie Staatsmänner.

5

Als die HaKom langsam aufwachte und sie Schritte aus der Wohnung über ihnen hörten, nahm Felix Heinrich mit hinauf. »Die beste Kaffeemaschine im ganzen Haus«, sagte er. Heinrich hoffte insgeheim, das Mädchen vom Vorabend wiederzusehen. Die Tür wurde allerdings nicht von ihr, sondern von einer pummeligen Blondine geöffnet, die sich ihm mit dem Namen Anja vorstellte und dann im Bad verschwand. Felix bog zielstrebig nach rechts in die Küche ab. Im Spülbecken stapelte sich schmutziges Geschirr und überall standen vertrocknete Kräuter in Plastiktöpfen. Heinrich folgte Felix nur langsam, schaute den Flur entlang, bis seine Augen an der geschlossenen Tür hängen blieben, die in Miezes Zimmer führen musste. Das letzte Zimmer rechts, genau über dem vom Felix. Sie war weiß gestrichen, die Farbe blätterte an einigen Stellen ab und ließ das Holz darunter erkennen. Erst als Felix nach ihm rief, riss er sich los und ging in die Küche. Der Kaffeevollautomat brummte bereits einladend.

Obwohl Heinrich kaum geschlafen hatte, war er nicht müde. Er hatte Felix erzählen lassen über seine kurze Zeit in Polizeigewahrsam, die wohl viel weniger schlimm gewesen war, als Felix es erwartet hatte. Sie hatten ihn dann seinem Vater übergeben, der schon beinahe im Flieger nach London gesessen hatte, als ihn der Anruf erreichte. Felix' Gesicht verfinsterte sich, als er von seinem Vater sprach.

»Ich denke, er hat sich etwas anderes vorgestellt, als er einen Sohn in die Welt gesetzt hat. Einen Erben der Von-Thum-Dynastie, einen Stammhalter. Ich bin wohl eine herbe Enttäuschung.«

Von Thum – der Name kam Heinrich bekannt vor, aber er konnte ihn nicht einordnen. Felix berichtete, wie sein Vater ihn schweigend nach Hause gefahren hatte, und zwar nicht hierher, sondern in das elterliche Zuhause. Seine Mutter hatte weinend die Tür geöffnet, war ihm weinend um den Hals gefallen und dann weinend in ihrem Schlafzimmer verschwunden. Wahrscheinlich schlief sie den Rest des Abends wie ein Stein, dank einer Handvoll Schmerzmittel, die ihr Arzt ihr wie Bonbons zukommen ließ. Der Vater hatte sich in sein Arbeitszimmer zurückgezogen, und Felix war allein im Flur stehen geblieben, während ihm die Kälte des Marmors durch die Schuhsohlen in die Füße zog.

Gleich am nächsten Tag hatte Felix' Vater einen Anwalt herbeizitiert, und man hatte sich unter Juristen über den Fall unterhalten. Felix hatte daneben gesessen wie ein Statist. Gelegentlich wurde ihm eine simple Ja-Nein-Frage gestellt, aber aus allen Entscheidungen wurde er ausgeschlossen. Dennoch hatte er aufmerksam zugehört, und sein Fall stellte sich wie folgt dar: Obwohl er schon achtzehn Jahre alt war, würde er aller Wahrscheinlichkeit nach unter das Jugendstrafrecht fallen, und da niemand zu Schaden gekommen war, würde es wohl auf Sozialstunden hinauslaufen. Der Anwalt hatte noch erwähnt, dass es wegen der Größe des finanziellen Schadens zu einer Entschädigung kommen müsse, woraufhin Felix' Vater bereits die Nummer eines Mitglieds des Bahnvorstands aus seinem Handy kramte, mit dem er mittwochs Golf spielte. Die Ironie darin war für Felix kaum zu ertragen.

Als der Anwalt ging, ging auch Felix. Er nutzte als Vorwand, irgendwelche Unterlagen aus der WG holen zu müssen, aber er hatte nicht vor, ins Haus seiner Eltern zurückzukehren. Es würde noch dauern, bis man offiziell Anklage gegen ihn erheben würde, und bis zum eigentlichen Gerichtstermin könnten Wochen vergehen.

»Und was hast du jetzt vor?«, fragte Heinrich, während sie sich am Tisch gegenübersaßen und in ihre Tassen pusteten.

»Weiß nicht«, sagte Felix. »Ich denke, ich mache einfach weiter wie bisher.«

Sie schwiegen eine Weile und schlürften Kaffee. Zwischendurch kam Anja in die Küche und warf Felix einen fragenden Blick zu, aber er nickte nur und sie verschwand wieder in ihrem Zimmer. Es war still im Haus. Hier und da konnte man ein paar verlorene Schritte im Treppenhaus hören, und jedes Mal hoffte Heinrich, dass gleich die Tür aufgehen und Mieze hereinkommen würde, aber die Tür blieb geschlossen und aus ihrem Zimmer war kein Laut zu hören. Heinrich vermutete, dass sie noch schlief. Er stellte sie sich vor, das Gesicht entspannt, die Arme über dem Kopf, das schwarze Haar in wilden Strähnen auf dem Kissen verteilt.

Er war so in das Bild vertieft, dass er aufschreckte, als Felix ihn ansprach.

»Und du?«

»Und ich was?«

»Was machst du jetzt?«

Das war eine gute Frage, die Heinrich sich nicht gestellt hatte. Eine, die er sich hätte stellen sollen, wie ihm jetzt klar wurde. Er hatte seine Sachen noch im Hotel, er hatte sich nicht bei Susanne gemeldet und eigentlich musste er bald aufbrechen. Heinrich kramte sein Handy aus der Hosentasche und stellte fest, dass es aus war. Als er versuchte, es einzuschalten, erschien nur das große, blinkende Symbol des Akkus, der leergelaufen war.

»Ich muss bald aus meinem Hotel auschecken«, sagte er zu Felix, während er schon aufstand, plötzlich von einem Gefühl der Eile getrieben. »Wie spät ist es?«

Felix zeigte auf eine kleine Uhr an der Wand, sie stand auf halb zehn. Bis elf musste er sein Zimmer geräumt haben. Und wo war sein Mantel? Er blickte sich um, war mit einem Mal verwirrt und spürte jetzt deutlich den Alkohol in seinen Gliedern.

»Es tut mir leid«, stammelte er, »ich muss los.«

Felix stand auf. »Ich begleite dich.«

»Das musst du nicht.«

»Ich möchte es.«

Sie standen sich gegenüber, Felix lächelte, seine Gesichtszüge weich und freundlich und ohne einen Hauch von Zweifel. Eine Offenheit, die jede Vermutung von Hintergedanken verbot. Dieser Blick berührte einen Punkt hinten an seiner Schädeldecke, oder vielleicht hinterm Solarplexus, jedenfalls fühlte Heinrich sich sofort ein wenig ruhiger.

»Gut«, sagte er, »gehen wir.«

Der Morgen war herbstlich kühl. Über Nacht hatten die Bäume einen Großteil ihrer Blätter abgeworfen, die Wege waren bedeckt von trockenem Laub. Jeder Schritt raschelte. Mausgraue Wolken schoben sich über den Himmel, nur gelegentlich lugte die Sonne hervor und brachte das Laub zum Leuchten, sodass Heinrich die Augen zusammenkneifen musste.

Sie gingen wortlos nebeneinander her, immer an dem kleinen Fluss entlang, der ihm schon gestern den Weg gewiesen hatte. Außer ihnen waren kaum Menschen auf der Straße. Gerade schlug irgendwo eine Kirchenglocke zehnmal. Vor ihnen lief ein Paar mit zwei Kindern. Der Vater trug das kleinere Mädchen, während die Mutter das größere, gekleidet in ein leuchtend blaues Mäntelchen, an der Hand hinter sich herzog. Zu spät zum Gottesdienst, dachte Heinrich.

Felix hatte die Hände tief in die Hosentaschen geschoben und lief mit hochgezogenen Schultern. Heinrich beobachtete ihn aus dem Augenwinkel. Er hatte nie viel mit jungen Menschen zu tun gehabt, hatte mit den gelegentlichen Praktikanten im Labor nur schwer umgehen können. Er kannte ihre Themen nicht, interessierte sich nicht für sie, kam sich generell albern vor, wenn er versuchte, eine Konversation mit ihnen zu beginnen. Manchmal belauschte er sie im Pausenraum, sah ihnen aus dem Augenwinkel dabei zu, wie sie sich gegenseitig Hände auf Unterarme legten und Schulter an Schulter auf ihre Telefone schauten. So viel Körperkontakt, dachte er oft und meinte sich zu erinnern, dass es in seiner Jugend anders gewesen war. All die Vokabeln, die er nicht verstand, die Referenzen, die ihm nicht geläufig waren. Eine fremde Kultur mit fremden Ritualen.

Und dann dachte er an sich selbst und seine Freunde mit Anfang 20, wie sie Erwachsene gespielt hatten in ihren Studentenbuden, über billigem Supermarktwein und Nudelaufläufen. Gestritten hatten sie sich, lautstark und leidenschaftlich, über die Vorteile des freien Marktes und die brodelnde Veränderung der russischen Politik. Wie Idealisten hatten sie sich gefühlt, damals, und auch heute noch konnte sich Heinrich gut an dieses Gefühl erinnern, die eigene Wichtigkeit, die er im Nachhinein als Arroganz erkannte. Aber die Wärme, die es verursachte, wenn man glaubte, Recht zu haben, die Welt zu einem besseren Ort machen zu können, diese Wärme durchflutete ihn immer noch, wenn er an diese Abende zurückdachte.

Jetzt, im Gleichschritt neben Felix, kam er sich wie ein Heuchler vor. Was hatte er jemals zustande gebracht, außer Reden zu schwingen? Felix war jemand, der sich für seine Ideale einem Risiko ausgesetzt hatte. Heinrich hatte nie wirklich etwas riskiert, nie hatte er seine Reden in die Realität umgesetzt. Er hatte gewählt, natürlich immer Rot, das war es aber auch schon. Und während sich seine Partei immer weiter in die politische Mitte bewegte, tat Heinrich es ihr nach, ohne es wirklich zu merken.

»Hast du Kinder?«

Die Frage riss Heinrich aus seinen Gedanken. Er sah zu Felix auf, der der Familie hinterherschaute, die gerade über eine Brücke eilte. Das größere Mädchen hatte angefangen zu weinen und beklagte sich, dass es nicht so schnell laufen könne.

»Nein«, sagte Heinrich, »ich habe keine Kinder.«

»Aber du hast eine Frau.«

Beim Gedanken an Susanne brandete das schlechte Gewissen wieder über Heinrich hinweg. Er würde sie vom Hotel aus anrufen müssen. »Wir haben versucht, schwanger zu werden, vor ein paar Jahren. Es hat aber nicht geklappt.«

»Und das war's?« Der Junge sah zu ihm herüber.

»Ich denke schon«, stammelte Heinrich, nicht recht wissend, was für eine Antwort von ihm erwartet wurde.

»Und hat es dir gefehlt, Kinder zu haben?«

Natürlich war die Frage in den Jahren immer wieder mal aufgekommen. Wenn man mit Bekannten zusammensaß und die von ihren Kindern erzählten, die jetzt laufen lernten oder den Kindergarten besuchten oder Abitur machten oder in eine andere Stadt zogen. Dann hatte es immer mal wieder jemanden gegeben, der Susanne und ihm diesen musternden Gesichtsausdruck schenkte und fragte: »Und ihr bereut es gar nicht?« Über die Jahre hatten sie eine Routine entwickelt. Susanne nahm dann seine Hand oder legte ihre auf seine Schulter, je nachdem was sich gerade anbot. Und dann sagte sie mit einem sanften, selbstsicheren Lächeln: »Es hat nicht sollen sein, und wir haben uns sehr gut damit eingerichtet.« Ob es ihre Worte waren oder ihre Haltung, der stolz gereckte Hals, der leicht kämpferische Unterton in der Art, wie sie ihre Augenbrauen hob, Heinrich wusste es nicht, aber meistens beließ der Fragende es dabei und die Unterhaltung wandte sich anderen Themen zu. Die Wahrheit war, dass Heinrich sich nicht vorstellen konnte, Vater zu sein. Er hatte nicht das Gefühl, einem kleinen Menschen irgendetwas von Bedeutung mitgeben zu können. Kinder verursachten ihm Unwohlsein, er wusste nicht mit ihnen umzugehen und die meisten mieden ihn instinktiv. Susanne allerdings blühte auf, wenn sie ein Baby im Arm hielt. Für Heinrich war dieser Anblick jedes Mal wie eine unausgesprochene Anklage gewesen. Irgendwie hatte er immer angenommen, dass ihre Kinderlosigkeit sein Verschulden war.

»Ich glaube nicht, dass ich ein guter Vater gewesen wäre«, sagte er.

Felix stieß ein einziges, bitteres Lachen aus. »Du wärst sicher ein besserer Vater gewesen als meiner.«

»Ich bin mir sicher, dass er tut, was er kann.« Heinrich wusste nicht, warum er das sagte, und in dem Moment, als er es ausgesprochen hatte, kam es ihm dumm vor.

»Weißt du, wer mein Vater ist?«

»Ich habe den Namen gehört.«

Felix reckte den Hals, atmete tief ein und sagte mit der Stimme eines Nachrichtensprechers: »Ferdinand von Thum ist Gründer und Vorsitzender der Thum AG, einer multidisziplinären Investmentfirma, die Assets aus den verschiedensten Industrien unter einem Dach vereint.« Er blickte Heinrich mit ernster Miene an, bis seine Mundwinkel zu zucken begannen und er schließlich doch ein kurzes Lachen ausstieß. »Den Satz musste ich auswendig lernen. Eigentlich heißt das, dass mein Vater verdammt reich ist und ihm halb Hannover gehört. Und ich bin sein Thronerbe.«

»Du hast keine Geschwister?«

»Nein. Tatsächlich ist es ziemlich speziell, dass es mich überhaupt gibt. Im Gegensatz zu dir und deiner Frau haben meine Eltern alles mitgemacht, um ein Kind zu kriegen. Ich bin aus dem Reagenzglas. Muss wohl ziemlich anstrengend für meine Mutter gewesen sein, nach mir wollte sie das nicht noch mal durchmachen.«

Er stellte sich den kleinen Felix-Embryo in einer Petrischale vor. Ein hausgemachter Erbe, keine Kosten und Mühen und gesundheitlichen Leiden gescheut. Wie groß musste die Not des Ehepaares von Thum gewesen sein? Oder war es nur Herr von Thum gewesen?

»Und die Geschäfte deines Vaters interessieren dich nicht?«, fragte er.

»Ich verstehe den ganzen Kram überhaupt nicht. Und ich habe sicher keine Lust, morgens einen Anzug anzuziehen und dann den ganzen Tag in einem Büro zu sitzen und mit anderen Anzugträgern zu sprechen«, antwortete Felix. Seine Stimme war laut geworden, er redete sich in Rage. »Aber mein Vater will das nicht hören. Für ihn zählen nur die Schulnoten und an welche Uni ich mal gehe, und welches Studienfach sich besser eignet, BWL oder Jura. Ihn interessiert nicht, was ich will. Vorgestern hat er davon gesprochen, mich auf ein Internat nach England zu schicken, weil ich hier nur auf dumme Gedanken komme. Abschieben will er mich, damit ich funktioniere.«

»Und deine Mutter?«

Felix machte eine wegwerfende Handbewegung. »Die schluckt ihre Pillen und macht, was ihr gesagt wird.«

»Bist du böse auf sie?«

»Nein.« Er stockte. »Vielleicht. Eigentlich darf ich nicht böse sein. Immerhin schiebt sie mir immer noch heimlich Geld zu, damit ich die Miete in der WG zahlen und was Vernünftiges essen kann.«

Eine Weile gingen sie schweigend. Felix schleifte die Füße durch das knisternde Laub, ließ mit jedem Schritt ein paar Blätter von seinen Schuhspitzen in die Höhe wirbeln. Neben ihnen rauschte das Wasser, bis sie schließlich nach rechts abbogen und den Fluss hinter sich ließen. Die Innenstadt war leer, vom Shopping-Verkehr des Vortags war nichts übrig geblieben außer überfüllten Mülleimern und Zigarettenkippen auf den Gehwegen. Im Eingang eines H&M-Geschäfts lag ein schlafender Obdachloser. Ein paar Tauben stolzierten umher auf der Suche nach etwas Essbarem.

Heinrich dachte über das nach, was Felix ihm gesagt hatte. Er fühlte sich genötigt, einen Rat zu geben. Immerhin war er der Erwachsene und sollte doch die eine oder andere Lebensweisheit erlangt haben. Aber ihm fiel nichts ein, das nicht schrecklich prätentiös klang.

»Was sagen denn Roger und Selin dazu?«, fragte er schließlich, um zu sehen, ob wenigstens die zwei eine Weisheit parat hatten, der er sich anschließen konnte.

Felix zuckte mit den Achseln. »Roger sagt, ich soll auf meine innere Stimme hören und mich nicht von anderen kontrollieren lassen. Was ich ja auch tue, immerhin bin ich ausgezogen und gehe nicht mehr wirklich zur Schule. Roger meint, wenn sich das richtig anfühlt, dann ist es richtig.«

»Fühlt es sich denn richtig an?«

»Weiß nicht. Denke schon.«

Als Felix nichts weiter sagte, hakte Heinrich nach. »Und Selin?«

Felix schmunzelte. »Sie kann ein echter Haudegen sein. Und sie und Roger sind sich oft nicht einig. Sie sagt mir, ich solle mit meinen Eltern reden und ihnen klarmachen, was ich will, anstatt einfach abzuhauen. Aber sie kennt meinen Vater nicht. Mit dem kann man nicht reden.«

Heinrich war nicht sonderlich überrascht von den beiden Standpunkten. Viel mehr wäre ihm selbst auch nicht eingefallen. Trotzdem konnte er spüren, dass für Felix nichts davon einen Unterschied machte. Er sah verloren aus, dünn und blass und müde. Er war jetzt ein Straftäter, der auf seinen Prozess wartete. Instinktiv hob Heinrich den Arm, legte ihn Felix um die Schultern und zog den Jungen im Gehen an seine Seite.

»Das wird schon, mit Sicherheit«, sagte er. »Auch das hier geht vorbei. Und denk immer daran, du hast einem Menschen das Leben gerettet.«

Felix hob den Blick und lächelte. Für ein paar Schritte gingen die zwei nebeneinander her und sahen sich lächelnd an. Wie Vater und Sohn, dachte Heinrich. Dann senkte Felix den Blick wieder und murmelte: »Danke.«

Als Heinrich wieder nach vorne schaute, erstreckte sich vor ihm der Bahnhofsplatz. Sie bogen nach links ab und blieben vor dem Eingang des Hotels stehen.

»Also dann«, begann Heinrich, unschlüssig, was er jetzt sagen wollte. Auch Felix sah nervös aus.

»Irgendwie komisch, wenn du jetzt einfach wegfährst. Bist ja gerade erst aufgetaucht. Wir hatten gar nicht wirklich Zeit.«

»Ich kann leider nicht bleiben«, sagte Heinrich.

»Wieso?«

Er stutzte. »Na ja, ich muss aus dem Hotelzimmer raus.«

»Du könntest in der WG schlafen, da ist immer irgendein Zimmer frei.«

»Aber ich muss morgen zur Arbeit, und dann ist da auch noch Susanne.«

Felix hatte einen herausfordernden Gesichtsausdruck aufgelegt. »Komm schon«, sagte er. »Einfach nach Hause fahren und weitermachen wie bisher? Fühlt sich das richtig an?«

Das tat es nicht. Die Erkenntnis war klar und präsent, als hätte sie nur auf diesen Moment gewartet, um sich Gehör zu verschaffen. Nein, er wollte nicht zurück nach Hause, er wollte nicht morgen in seinem Büro sitzen und Prüfberichte durcharbeiten. Und er wollte nicht Nacht für Nacht neben der regungslosen Susanne liegen und so tun, als sei alles wie immer. Er hatte sich auf die Gleise gelegt, weil er das nicht wollte. Er hätte tot sein können, jetzt war er einfach nur weg. War das nicht besser? Mit einem Mal überkam ihn eine freudige Wärme, eine Wachheit, das Gefühl von Macht und Sinn und Aufregung, alles auf einmal, und Heinrichs Gesicht wurde heiß. Er merkte, dass er angefangen hatte zu nicken. Felix stand vor ihm und nickte ebenso.

»Ich hole nur schnell meine Sachen«, sagte er.

Hinter dem Tresen stand der Concierge vom Freitag. Er blickte auf, als Heinrich die Lobby betrat, musterte ihn von oben bis unten und senkte dann den Blick zurück auf den Bildschirm vor sich. Heinrich sah das herablassende Lächeln, das der Mann zu unterdrücken versuchte.

»Guten Morgen, der Herr. Ich hoffe, Sie hatten eine angenehme Nacht.«

»Morgen«, murmelte Heinrich zurück und zog die Schultern hoch, als könnte er sich vor der Häme des Concierge schützen.

Er war bereits beim Fahrstuhl, als ihm auffiel, dass da ein neues Gefühl in seiner Magengegend rumorte. Etwas Kraftvolles, das sich nicht unterdrücken ließ. Seine Hand, die bereits vor dem kleinen Knopf schwebte, der den Fahrstuhl rufen würde, zitterte. Heinrich zog sie zurück und drehte sich um.

»Wissen Sie was?« Er machte ein paar Schritte auf den Mann zu. »Sie sind wirklich sehr unfreundlich.«

Der Concierge hob nicht einmal den Blick. »Möchten Sie eine Beschwerdekarte ausfüllen?« Er wühlte mit der Linken in einer Schublade neben sich und zog ein Blatt Papier hervor.

»Nein«, sagte Heinrich. »Ich möchte keine Beschwerde-karte ausfüllen. Ich hätte eigentlich ganz gerne eine Ent-schuldigung von Ihnen.«

Der Concierge ließ das Blatt zurück in die Schublade gleiten. »Entschuldigen Sie«, sagte er, ohne aufzublicken.

Heinrich blieb einen Moment mit offenem Mund ste-hen. »Sie sind wirklich unmöglich«, sagte er schließlich und stützte die Hände auf den Tresen. Endlich blickte der ande-re auf. »Sie halten sich wohl für was ganz Besonderes, wie? Glauben Sie, Sie sind besser als ich? Ich will Ihnen mal was sagen: Sie sind nichts weiter als ein besserer Diener. Ich bin Gast in diesem Hotel, und Sie haben gefälligst freundlich zu mir zu sein.« Der Concierge öffnete den Mund, aber Heinrich sprach weiter. »Und wo ich letzte Nacht war, geht Sie einen feuchten Dreck an. Sie haben nicht das Recht, über mich zu urteilen. Sie wissen nichts über mich. Also sparen Sie sich Ihr arrogantes Getue, Sie Schnösel.«

Sein Herz klopfte triumphierend bis in seine Schläfen hi-nauf. Er beobachtete, wie der Concierge erneut den Mund öffnete, ihn wieder schloss, dann wieder öffnete wie ein ge-strandeter Fisch. Doch bevor er sich sammeln konnte, schlug Heinrich mit der rechten Hand leicht auf den Tresen, mach-te kehrt und ging hinüber zum Aufzug. Sobald er den Knopf gedrückt hatte, glitten die Türen auf. Er trat ein, drehte sich um, drückte den Kopf für seine Etage und blickte dem Con-cierge in die Augen. Der Mann hatte sich nicht gerührt. Sie blickten sich noch an, bis die Türen sich schlossen. Im Metall sah er sein Spiegelbild. Erst jetzt fiel ihm auf, dass er lächelte.

Er lächelte immer noch, als er in sein Hotelzimmer trat und zum Telefonhörer griff. Er wählte seine eigene Festnetznummer, und es klingelte nur ein einziges Mal, als Susannes Stimme aus der Muschel gegen sein Trommelfell prallte wie eine Dampfwalze.

»Heinrich?«

Er zuckte zusammen, hielt den Hörer etwas vom Ohr weg und antwortete: »Ja, Susanne, ich bin es. Es gibt keinen Grund, sich Sorgen zu machen.«

»Ich habe versucht, dich anzurufen. Du bist nicht rangegangen.« Sie klang erregt und ängstlich, ihre Stimme zitterte. Er konnte sie vor sich sehen, wie sie im Wohnzimmer auf und ab ging, beide Hände fest um das Telefon geschlungen.

»Es ist spät geworden gestern. Es gab noch eine kleine Feier nach der Konferenz. Kein Grund zur Sorge.« Eine kleine Lüge, ein spannender Abend, eine Einladung von einem Partner. Es war so einfach.

Susanne schwieg. Heinrich drückte das Telefon wieder fester an sein Ohr und hörte sie atmen. »Susanne?«, fragte er.

»Wieso lügst du mich an?«

Sofort begann er zu zittern. »Ich lüge dich nicht an.« Aber seine Stimme klang schon nicht mehr selbstsicher.

»Spar es dir. Ich habe mit Drechsler telefoniert. Es gibt keine Konferenz.«

Seine Knie knickten ein und er plumpste auf das unberührte Bett. Er versuchte zu denken, aber es funktionierte nicht. Stattdessen sah er Susannes Gesicht vor sich, den vorwurfsvollen Blick, den er so gut kannte. Mit der freien Hand rieb er sich über die Augen, doch das Bild blieb, brannte sich in seine Netzhaut ein.

»Hast du eine andere?«

»Susanne, ich bitte dich.« Der Duft von Kokosnuss, schwarzes Haar, das Aufleuchten einer Zigarette. »Natürlich habe ich keine andere.«

»Wieso lügst du mich dann an? Was machst du in Hannover?«

Er sah sich selbst auf den Gleisen liegen, sah Susanne, wie sie das Kissen im Flur fand. Immer wieder kehrte er dahin zurück, zu diesem Nachmittag, an dem er alles hatte beenden wollen. Aber er konnte es ihr nicht erzählen. Und jetzt wurde ihm auch klar, wieso nicht. Er schämte sich. Es war nicht die Sorge, dass er sie verletzen könnte. Er fürchtete nicht den Vorwurf, dass er sie allein gelassen hätte – und der würde sicher kommen. Er schämte sich, weil es ihm nicht gelungen war, sich umzubringen. Weil er überhaupt diesen Weg des geringsten Widerstandes gewählt hatte. Nicht nur würde Susanne es nicht verstehen, sie würde noch mehr auf ihn herabblicken, als sie es sowieso schon tat.

»Ich musste mal raus.«

»Was soll das heißen?«

»Ich …« In seinem Kopf wühlte Heinrich nach Floskeln, die er aus Filmen und Büchern kannte, und versuchte, sie in eine halbwegs logische Reihenfolge zu bringen. »Mir ist einfach die Decke auf den Kopf gefallen. Ich brauchte etwas Abstand.«

»Aber von was denn? Von … mir?« Sie machte eine Pause vor dem letzten Wort, als sei ihr das Konzept neu. Heinrich registrierte, dass ihr Tonfall sich geändert hatte. Sie klang jetzt verwirrt und weniger vorwurfsvoll. Sein Zittern ließ langsam nach.

»Von allem. Ich denke, ich brauche einfach ein bisschen Zeit.« Sie schwieg, und er nutzte die Pause. »Ich melde mich, wenn ich bereit bin, nach Hause zu kommen.«

»Aber wie lange bleibst du denn weg?«

Er lächelte sanft, als könnte sie ihn sehen. »Ich weiß es nicht. Ein paar Tage, vielleicht eine Woche.«

Sie schwieg wieder. Er konnte hören, wie sie einmal scharf einatmete, als würde sie zum Reden ansetzen, dann die Luft anhielt und schließlich seufzend ausatmete.

»Susanne?«

»Ich weiß nicht, was ich sagen soll.«

»Das ist schon in Ordnung.«

»Aber ich verstehe das alles nicht.«

»Ich erkläre es dir, wenn ich zurückkomme.« Wieder schwieg sie. Beinahe tat sie ihm leid. »Ich muss jetzt los, okay?«

»Okay?« Es klang wie eine Frage, aber er ließ es nicht gelten.

»Gut. Ich melde mich. Mach es gut.«

Und ohne eine Antwort abzuwarten, legte er auf.

Einen Moment lang saß Heinrich regungslos auf dem Bett und starrte auf den dunkelgrauen Teppich zu seinen Füßen. Dann begann er zu lachen. Er lachte so sehr, dass er einen Schluckauf bekam. Er ließ sich nach hinten auf das Bett fallen, streckte die Arme über den Kopf und lachte weiter. So also ging es. Er hatte immer geglaubt, niemals die Machtverhältnisse zwischen sich und Susanne umdrehen zu können. Wenn es zum Streit gekommen war, war immer sie diejenige gewesen, die ihn entweder nicht zu Wort kommen lassen hatte oder ins Brüllen übergegangen war, und beidem konnte Heinrich nichts entgegenstellen. Er kam sich albern vor, wenn er schrie, hatte es nie ausgehalten, einfach über sie hinwegzureden, sodass am Ende keiner mehr verstand, was der andere sagte. Und jetzt: Er hatte sie sprachlos gemacht. Er hatte es geschafft, sie so zu verunsichern, sie so sehr zu verwirren, dass sie keinen Punkt mehr hatte, an dem sie ansetzen konnte. Er hatte sich ihr vollständig entzogen. Er fühlte sich warm im Bauch und breit in den Schultern. Es war Stolz, dachte er. Heinrich war zum ersten Mal seit vielen Jahren stolz auf sich. Und dann sagte er es laut zur Hotelzimmerdecke: »Das habe ich gut gemacht.«

Er blieb noch eine Minute lang liegen, dann stand er auf und ging ins Badezimmer, wo er versuchte, mit einem Glas Wasser seinen Schluckauf unter Kontrolle zu bringen. Er packte seine Sachen zusammen, zog seinen Rollkoffer auf den Flur hinaus und ging zurück zum Aufzug. Unten wartete Felix, der Junge, der ihm das Leben gerettet hatte. Es war Sonntag, es war noch früh, er musste nicht zurück nach Hause, und er hatte einen Bärenhunger.

Heinrich lud Felix zum Frühstück ein. Sie fanden ein kleines Café in einer Seitenstraße, das schon bis zum Bersten mit zottelig aussehenden Mittzwanzigern gefüllt war. An einem winzigen Blechtisch in einer Nische nahmen sie Platz. Heinrich bestellte Eier und Speck wie am Vortag, woraufhin Felix ihn mit einer kurzen Ansprache zur Massentierhaltung strafte und selbst demonstrativ nach vegetarischen Optionen fragte. Die sichtlich gehetzte Bedienung verwies ihn unbeeindruckt auf die Karte, in der jeder Intoleranz und Überzeugung eine eigene Sektion gewidmet war.

»Du kannst dich nicht um die Menschen sorgen und gleichzeitig einen Scheiß auf die Tiere geben«, sagte Felix. Heinrich wollte ihm widersprechen, immerhin war es doch genau das, was er sein ganzes Leben getan hatte, bis ihm auffiel, dass er auch auf die Menschen einen Scheiß gegeben hatte, sich selbst eingeschlossen.

Die Bedienung brachte ihnen Kaffee und Saft und verschwand ohne ein weiteres Wort wieder im Getümmel. Während Felix löffelweise Zucker in seinen Kaffee schüttete, beobachtete Heinrich ihn über den Rand seiner Tasse hinweg. Felix sah immer noch müde aus, machte aber einen weniger bedrückten Eindruck als noch vor einer Stunde während ihres Spaziergangs zum Hotel. Heinrich freute sich darüber auf eine Art, die ihm unbekannt war. Es wärmte sein Inneres, den Jungen entspannt zu sehen.

»Du gehst also nicht zur Schule?«, fragte er und nahm einen Schluck aus seiner Tasse.

»Im Moment nicht.«

»Bist du nicht verpflichtet, zur Schule zu gehen?«

Felix zog einen Mundwinkel hoch. »Du klingst wie mein Vater.«

»Ich bin nur neugierig.«

Schlürfend nahm Felix einen Schluck Kaffee, griff dann noch mal zum Zuckertopf und rührte einen weiteren Löffel in die Tasse. »Offiziell bin ich in der 12, ich habe also meine zehn Jahre Schulpflicht hinter mir. Ich bin ein freier Mann.« Er grinste, doch dann fror sein Gesicht ein und er senkte die Augen.

Heinrich rührte in seiner Tasse, ohne zu wissen, ob er das Thema ansprechen sollte oder nicht. Schließlich siegte die Neugier. »Du machst dir große Sorgen, nicht wahr?«

Felix zuckte mit den Schultern. »Schon. Ich hab echt Angst vorm Gefängnis. Aber wenn alles gut geht, kommt es ja nicht dazu.«

Heinrich hatte sich über den Tisch gelehnt. »Das ist doch gut, oder nicht?«

»Wahrscheinlich.« Felix' Stimme klang resigniert. Heinrich wartete geduldig, bis der Junge von alleine weitersprach. »Das Problem ist nur, dass jetzt genau das passiert, was ich nie wollte: Mein reicher Vater haut mich raus.« Er schüttelte den Kopf. »Das ist irgendwie erniedrigend.«

Heinrich schob die heruntergefallenen Zuckerkörner auf der hellblauen Tischplatte zu seinem Häufchen zusammen. »Aber du schuldest ihm ja nichts.«

Felix blickte auf. »Wie?«

»Na ja«, sagte Heinrich und suchte nach den richtigen Worten. »Er bezahlt das Geld ja nicht, weil du ihn darum gebeten hast. Er tut es freiwillig. Und du kannst trotzdem weiter genau das tun, was du tun willst. Du schuldest ihm nichts.«

»Aber genau das denkt er«, sagte Felix mit so lauter Stimme, dass zwei bärtige Männer am Nebentisch sich mit mahnendem Blick umdrehten. Mit gedämpfter Stimme fuhr Felix fort. »Er denkt, weil er bezahlt, gehe ich dann auf sein beschissenes Internat nach England.«

Heinrich zog die Augenbrauen hoch und schob das Zuckerhäufchen auf dem Tisch herum. »Das denkt er, aber es verpflichtet dich nicht. Du bist ihm nichts schuldig, wenn du das nicht willst.«

Felix dachte kurz nach. »Aber immerhin tut er das für mich.«

»Tut er das? Oder tut er das für sich?«

Der Junge starrte auf das Zuckerhäufchen und schwieg. Heinrich konnte sehen, wie es in seinem Kopf arbeitete. Mit einem Mal fiel Heinrich das letzte Treffen mit seinen

Eltern wieder ein, in einem Café, das diesem hier nicht unähnlich gewesen war. Sie hatten sich steif gegenübergesessen und Höflichkeiten ausgetauscht. Seine Mutter hatte tatsächlich gefragt, wo er seinen Pullover gekauft hatte, so schwer war ihnen die Unterhaltung gefallen. Nach anderthalb qualvollen Stunden hatten sie sich auf der Straße verabschiedet, und als Heinrich ein paar Schritte gegangen war, drehte er sich doch noch einmal um und sah, wie sein Vater den Arm um die Schultern seiner Mutter legte und sie sich im Gehen an ihn lehnte, und er hatte sich mit einem Mal sehr einsam gefühlt. Damals konnte er nicht wissen, wie endgültig dieses Gefühl sein würde.

Ihr Schweigen wurde von der scharfen Stimme der Kellnerin unterbrochen. »Eier mit Speck?«

Heinrich hob die Hand und nahm den Teller entgegen, den sie ihm hinstreckte. Die Eier dampften noch. Den anderen Teller, Müsli mit Obst und Sojajoghurt, stellte sie vor Felix ab, der, das fiel Heinrich jetzt auf, ihn mit festem Blick anschaute.

»Du hast recht«, sagte er. »Ich schulde ihm nichts. Und wenn er deswegen den Schadenersatz nicht zahlen will, dann finde ich schon einen anderen Weg. Ich suche mir einen Job oder so. Ich schaffe das schon.« Er blickte Heinrich weiter an, als wartete er auf eine Bestätigung.

»Eben«, sagte Heinrich. »Da findet sich sicher ein anderer Weg.« Er lächelte breit, und Felix erwiderte das Lächeln. Dann widmeten sie sich ihrem Essen. Heinrich überlegte, wie hoch dieser Schadenersatz wohl sein würde, und rechnete im Kopf nach, wie hoch der Betrag auf seinem Sparkonto war. Er würde diesen Jungen nicht unter die Räder kommen lassen, koste es, was es wolle.

Als sie am späten Nachmittag gemeinsam die WG betraten, Felix vorneweg, Heinrich mit seinem Rollkoffer hinterher, da empfand Heinrich sich selbst bereits als so festen Bestandteil dieses Ökosystems, kam sich so am rechten Platz vor, dass er unvorbereitet war. Felix hatte sich bereits in sein Zimmer geschoben, während Heinrich noch im Flur seinen Mantel auszog und vergeblich nach einem freien Haken an der übervollen Garderobe suchte. Gerade wollte er aufgeben und den Mantel mit in Felix' Zimmer nehmen, er drehte sich bereits um, als plötzlich Selin neben ihm stand. Sie ragte turmhoch über ihm auf, hatte die Arme vor der Brust verschränkt und die buschigen Augenbrauen in der Mitte zusammengezogen.

»Sie sind noch hier?«

Heinrich erschreckte sich so sehr, dass ihm der Griff des Koffers aus der Hand glitt und sein Gepäck mit einem Knall auf die abgetretenen Holzdielen krachte. Er wollte pflichtschuldig antworten, aber weder wusste er, was er sagen sollte, noch spielte seine Stimme mit, weswegen er ihr nur ins Gesicht krächzte wie ein Vogeljunges. Sie verzog keine Miene. Heinrich räusperte sich, schaute sich um, als läge eine passende Antwort irgendwo auf dem Boden bereit, und er müsse sie nur aufheben. Aber da war nichts außer den speckigen Dielen und seinem Koffer. Er kam sich vor wie ein Kind und schämte sich gleichzeitig für seine Schwäche. Sie machte ihn wütend, diese Frau, diese große, plumpe Frau mit ihren zu dicken Augenbrauen. Es machte ihn wütend, wie sie ihn zu einem Männlein reduzierte mit ihrer Masse an Körper und Mensch und Aggression. Nichts hatte er ihr getan, aber sie brachte ihm nur Misstrauen entgegen. Während seine Augen über den Boden streiften, fühlte er eine neue Wärme in seiner Wirbelsäule, die seinen Nacken nach oben zu ziehen begann. Ja, er war auch wütend auf sich selbst, dass er das mit sich machen ließ, dass er erlaubte, dass diese Fremde, die ihn nicht kannte, die ihm nur das Schlechteste unterstellte, ihn so einschüchterte. Ihm fiel sein Gespräch mit Susanne wieder ein, und langsam, wie heißer Kaffee, der einem die Kehle runter rinnt, kam dieser Heinrich zurück, füllte zuerst seine Brust, dann den Bauch, kroch bis in die Fingerspitzen und hob sein Gesicht.

»Ich werde ein paar Tage bleiben.«

Selin verzog immer noch keine Miene, aber Heinrich meinte, etwas in ihren Augen zu sehen, ein Zögern, eine Unsicherheit. Sie bewegte sich nicht, aber die Aura, die ihn noch vor ein paar Sekunden gen Boden gedrückt hatte, war schwächer. Sie wartete nicht. Stattdessen überlegte sie, was sie jetzt machen sollte. Heinrich musste ein Lächeln unterdrücken. Die beiden standen voreinander, der Größenunterschied nur noch eine rein physische Komponente, und starrten sich an.

»Ob Sie bleiben oder nicht, entscheidet Roger«, sagte sie schließlich und atmete danach tief aus, als hätte sie die Luft angehalten.

Hinter ihr schlurfte Felix aus seinem Zimmer, sah zu ihnen hinüber und sagte: »Ich kläre schnell mit Roger, dass du bleiben kannst.« Dann verschwand er in den heiligen Gemächern von Roger und Selin, und jetzt konnte Heinrich sich das Lächeln nicht mehr verkneifen, grinste ihr ins Gesicht, hob seinen Koffer auf und ging noch einen kleinen Schritt auf sie zu, jetzt definitiv zu nah für jedes Verständnis von Komfortzone.

»Darf ich mal?«, fragte er und deutete mit dem Kinn auf den Gang hinter ihr, den sie ihm mit ihrem Körper versperrte. Einen Moment lang blieb sie noch stehen, aber dann trat sie zur Seite, nahm die Arme herunter und ließ ihn vorbei.

In Felix' Zimmer machte Heinrich die Tür hinter sich zu und ließ die Schultern sinken. Jetzt erst fiel ihm auf, wie anstrengend es war, sich gegen all diese Menschen durchzusetzen, den ekeligen Concierge, Susanne, jetzt Selin. Und das an einem Tag. Vorgestern erst hatte er ausladende Lügen erfinden müssen, um einem Konflikt mit Susanne aus dem Weg zu gehen, und heute hatte er die Konfrontation nicht gescheut, sie vielleicht sogar gesucht. Heinrich ließ sich auf den Schreibtischstuhl sinken und legte die Hände auf die blanke Holzplatte. Er wurde nicht ganz schlau aus sich selbst. Er kannte sich so nicht. Trotzdem war er stolz auf sich. Ein neuer Heinrich. Vielleicht wurde es Zeit, sich selbst ein bisschen über den Haufen zu werfen. Was hatte er schon zu verlieren außer seinen Wunsch, nicht mehr zu existieren? Es war ein befreiendes Gefühl. Er musste nicht der alte Heinrich Knopp bleiben, nebensächlicher Kontrollleiter in einem drittklassigen Unternehmen, gefangen in einer Ehe, die ihre Existenzberechtigung schon vor Jahren verloren hatte. Er konnte sein, wer er sein wollte. Jetzt musste er sich nur noch überlegen, wie diese Person aussah.

Hinter ihm trat Felix ins Zimmer und klatschte in die Hände. »Alles klar, du kriegst das Zimmer gegenüber der Küche.«

Heinrich drehte sich um und sah, wie der Junge über das ganze Gesicht strahlte. Es brachte auch ihn zum Lächeln.

»Nachher beim Gruppentreffen stellt er dich den anderen vor.«

»Gruppentreffen?«

»Muss sein«, sagte Felix und zog sich seinen Pullover über den Kopf. »Einmal in der Woche treffen sich alle, die hier wohnen, und es werden wichtige Dinge besprochen. Probleme, Geldsachen, geplante Aktionen. Wirst schon sehen, tut nicht weh.« Er stieg aus seiner Hose und holte frische Wäsche aus dem Schrank.

»Ich geh erst mal duschen. Dein Zimmer ist offen, richte dich ein, ich hol dich dann in einer halben Stunde.«

Spartanisch war das erste Wort, das Heinrich in den Sinn kam, als er sein neues Zimmer betrat. Das Mobiliar ähnelte dem in Felix' Zimmer: ein Schreibtisch mit Stuhl, ein Kleiderschrank, Birkenfurnier, abgeplatzt an den Ecken. Eine Matratze auf dem Boden. In der Mitte des Zimmers prangte ein kreisrunder Brandfleck auf dem himmelblauen Teppich. Unfreiwillig musste Heinrich sich vorstellen, wie jemand einen noch zu heißen Topf mit Butternudeln auf dem Boden abgestellt hatte, um sich aus bröseligem Tabak eine Zigarette zu drehen. Überbleibsel vergangener Bewohner, deren Leben jetzt anders aussahen, vielleicht mit Jobs und Häusern und Ehen, so wie seines noch vor wenigen Tagen. Manche Reisen verliefen eben in entgegengesetzte Richtungen.

Heinrich stellte seinen Koffer neben das Bett, hängte seine Jacke über die Stuhllehne und öffnete den Kleiderschrank. Darin fand er eine Bettdecke und ein Kissen, zwei Laken, zwei Sets Bettzeug, vom Waschen dünn geworden, bunte Muster aus den 90er-Jahren, und ein paar Handtücher, deren ursprüngliche Farbe nur noch zu erahnen war. Ohne weiter darüber nachzudenken, bezog er das Bett, setzte sich, öffnete seinen Koffer und sortierte seine spärlichen Habseligkeiten in den Schrank. Er hatte beim Packen nicht nachgedacht, hatte sicherlich nicht damit gerechnet, auf unbestimmte Zeit wegzubleiben. Er könnte Susanne bitten, ihm Kleidung zu schicken, aber bei dem Gedanken daran, sie überhaupt um etwas zu bitten, verkrampfte sich sein Magen.

Er setzte sich an den Schreibtisch und öffnete die oberste der drei Schubladen, die die Tischplatte auf der rechten Seite stützten. Sie war leer bis auf ein paar Büroklammern. In der zweiten fand er einen flachen Stapel weißes Papier und ein paar ungespitzte Bleistifte. Er nahm ein Blatt und einen Stift heraus und malte ein paar unbeholfene Kreise, schrieb einmal seinen Namen, strich ihn dann durch und schrieb ihn erneut, diesmal mit mehr Schwung im Handgelenk. Heinrich gefielen die Prägnanz, die ausladenden Bögen, das Verhältnis von großen zu kleinen Buchstaben. Er versuchte es weiter, gab dem H zwei wehende Schleifen, dem K ein tiefes, rundes Tal und ließ die restlichen Buchstaben in reine Form zerfallen, um am Ende zwei pummelige Ps anzuhängen. Er stellte sich vor, wie er diese Unterschrift unter einen Kontrollbericht setzte, wobei ihm siedend heiß einfiel, dass er morgen auf der Arbeit erwartet wurde. Er zog sein Ladegerät aus dem Koffer und schloss sein Handy an den Strom an. Träge erwachte es zum Leben, und Heinrich schickte seinem Chef eine kurze SMS: »Grippe. Falle wohl die Woche aus. Melde mich. Knopp« Es war nicht das erste Mal, dass er sich auf diesem Weg krankmeldete, sein Chef würde sich nichts dabei denken.

Eine Woche also. Er wusste nicht so recht, was er damit anfangen sollte, was es in dieser Woche herauszufinden galt, was er erreichen wollte. Aber auch darin lag eine Form von Freiheit. Vielleicht war das seine Chance, die Dinge so zu nehmen, wie sie kamen, offen zu sein für Neues, was auch immer es war. Er nahm sich vor, nicht voreingenommen zu sein, auf Zeichen zu achten, auf sein Bauchgefühl zu hören. Noch einmal nahm er den Stift und kopierte die letzte Unterschrift mehrere Male, damit seine Hand sich an die Bewegung erinnern würde.

6

Der Keller des Gebäudes sah aus wie aus einem Horrorfilm. Gemauerte Wände, kahler Boden, funzeliges Licht. Felix führte Heinrich durch lange, schmale Korridore, von denen immer wieder andere Gänge abgingen. Überall kleine Nischen, deren Inhalt in der Dunkelheit verschwand.

Schließlich kamen sie an eine schwere Eisentür, an die irgendein Witzbold einen Biohazard-Aufkleber geklebt hatte. Dahinter hörte Heinrich leises Getuschel. Felix drehte sich zu ihm um und flüsterte: »Das Allerheiligste.«

Dann schob er die Tür auf und sie traten in einen Raum, der aller Heiligkeit entbehrte. In fünf Reihen standen Plastikklappstühle nebeneinander, jeweils zehn pro Reihe, akkurat und in regelmäßigen Abständen. In der Mitte war ein Gang freigelassen worden. Die Mitglieder der HaKom hatten sich schon eingefunden, Heinrich erkannte Mieze von hinten, ihr schwarzes Haar zu einem unordentlichen Knoten hochgebunden. Sie saß ganz am Rand neben ihrer unscheinbaren Freundin. Wie war ihr Name noch gleich? Anja. Die beiden steckten die Köpfe zusammen und kicherten über irgendetwas.

Am anderen Ende des Raumes befand sich ein großer Schreibtisch, an dem, dem Publikum zugewandt, Roger und Selin saßen und in einer übertrieben wirkenden Anzahl von Blättern kramten. Felix zog Heinrich auf einen Stuhl in der letzten Reihe.

»Gut, sie haben noch nicht angefangen«, sagte er leise.
»Roger wird sauer, wenn man unpünktlich ist.«

Während am Pult weiter in Papieren gewühlt wurde,
ließ Heinrich seinen Blick über die versammelte HaKom
schweifen. Alles in allem saßen hier vielleicht 20 Leute zusammen. Die meisten von ihnen waren jung, etwa in Miezes Alter, einige vielleicht auch schon in ihren 30ern. Auf
den ersten Blick wirkte die Gruppe bunt und ungewohnt
für Heinrichs Augen: Die einen trugen Wollpullis, die wie
selbst gestrickt aussahen, die anderen abgewetzte Marken-
klamotten. Einige trugen die Haare lang, unordentlich, außer Roger sah Heinrich zwei weitere Dreadlocks-Träger.
Andere wiederum hatten rasierte Köpfe oder die derzeit
so beliebten Undercuts, eine Frisur, die Heinrich zu sehr
an die vielen Nazi-Dokus erinnerte, die Susanne und er an
ereignislosen Sonntagen geschaut hatten. Auf den ersten
Blick machte die Gruppe keinen sehr homogenen Eindruck.

Vorne ließ das Papierrascheln nach, Roger und Selin
nickten sich zu, und Roger erhob sich von seinem Stuhl.
Gerade wollte er zu sprechen ansetzen, da hörte Heinrich,
wie die Tür hinter ihnen lautstark geöffnet wurde. Er drehte sich um, wie alle im Raum, und sah eine ältere Frau, die
gerade die schwere Eisentür zudrückte. Sie war klein, hager,
Heinrich schätzte sie auf um die 60. Ihr langes Haar war
hellgrau, beinahe silbern, und im Gegensatz zu den meisten Frauen ihres Alters hing es ihr offen um die Schultern.
Ohne eine Miene zu verziehen, setzte sie sich ebenfalls in
die letzte Reihe, auf die andere Seite des Ganges, schlug die
Beine übereinander, verschränkte die Arme vor der Brust
und sah Roger mit erhobenem Kinn in die Augen. Dessen

Züge verhärteten sich für einen Moment, dann atmete er durch und begann zu sprechen.

»Danke fürs Kommen. Wie ihr wisst, gibt es viel zu bereden, aber bevor wir zu den brisanteren Themen kommen, würde ich gerne ein paar organisatorische Dinge abhaken.«

Aus den vorderen Reihen kam genervtes Stöhnen, das von Roger mit einem missbilligenden Blick gestraft wurde. Er nahm einen der vielen Zettel in die Hand.

»Tom, du bist deinen Haushaltspflichten mal wieder nicht nachgekommen.« Er sah einen der Stöhnenden an, der ihm eine Flasche Bier entgegenstreckte.

»Kommt nicht wieder vor, Chef«, sagte er und setzte die Flasche an die Lippen. Roger schüttelte fast unmerklich den Kopf und blickte wieder auf seinen Zettel.

»Frau Böhme von nebenan hat sich schon wieder darüber beschwert, dass wir ihre Mülltonnen mitbenutzen. Leute«, seine Stimme nahm einen bittenden Ton an, »hier geht es auch um den Müll, den wir machen. Denkt an den Planeten und nehmt nicht bei jedem Einkauf drei Plastiktüten mit. Es gibt genug Jutebeutel im ganzen Haus. Seid ein gutes Beispiel.«

Heinrich neigte den Kopf zu Felix.

»Ist das immer so?«

Der schüttelte den Kopf.

»Erst seit ein paar Monaten. Davor hat er immer mit den großen Themen angefangen, aber dann haben irgendwann alle nur noch diskutiert, und er ist nicht mehr zu dem ganzen Kleinkram gekommen. Jetzt macht er es andersrum.«

Vorbei an Felix' Gesicht konnte Heinrich die ältere Frau sehen. Sie hatte ihre Position kein bisschen verändert, saß wie in Stein gemeißelt da, als warte sie auf ihren Einsatz.

»Dritter Punkt, bevor wir zur Halloween-Aktion kommen: Felix ist wieder da.«

Der Raum brach in Applaus aus. Alle drehten sich zu ihnen um, die erste Reihe stand auf, um einen besseren Blick zu haben. Felix' Gesicht lief rot an, als er mit beiden Händen abzuwinken versuchte. Auch Mieze hatte sich ihnen zugewandt und klatschte. Heinrich suchte ihren Blick, und als er ihn fand, meinte er zu erkennen, wie sie ihm zuzwinkerte. Tom aus der ersten Reihe rief: »Mein Held!« Alle lachten.

»Ist ja gut«, ertönte Rogers Stimme über den Lärm hinweg, und das Klatschen erstarb langsam. Tom gab Felix noch mal zwei Daumenhoch, bevor er sich wieder auf seinen Stuhl setzte.

»Auch wir freuen uns, dass Felix wieder da ist«, sagte Roger, und wieder hatte seine Stimme diesen leicht weinerlichen Tonfall. »Allerdings möchte ich noch mal sagen, dass wir diese Nummer nicht gutheißen. Wegen seiner Aktion muss Felix jetzt vor Gericht und wird wahrscheinlich vorbestraft. Das tut uns leid für ihn, aber ich möchte betonen, dass er die Idee für diesen Anruf nicht von uns hatte, dass wir davon nichts wussten und ihm dringend davon abgeraten hätten, hätte er es uns vorher erzählt. Dafür steht die HaKom nicht oder nicht mehr.«

»Du bist ein Feigling.« Die Frau in der letzten Reihe hatte sich kaum bewegt, immer noch saß sie zurückgelehnt, das eine Bein über dem anderen, immer noch hielt sie die Arme fest vor der Brust verschränkt, aber in ihrem Gesicht war ein Kampfgeist aufgetaucht, der beinahe unheimlich wirkte. Ihre Stimme hatte den Raum in Starre versetzt, als hätten alle nur darauf gewartet und seien nun gespannt, wer den nächsten Schlag austeilen würde.

Roger und die Frau sahen sich regungslos an, bis er schließlich als Erster den Blick senkte und sagte: »Du hast etwas zu sagen, Connie?«

Endlich bewegte sie sich, indem sie die Arme öffnete und sich auf dem Stuhl nach vorne lehnte, wie eine Katze, bereit zum Sprung. »Du bist ein Feigling und ein Verräter.«

Ein Raunen ging durch die Zuhörer.

»Du mit deinen Plakaten und Flyern und Heile-Welt-Botschaften. Nichts willst du bewirken. Du redest von der Revolution. Glaubst du, das hier ist Revolution? Putzpläne und Argumentationspamphlete? Deine weichgespülte Scheiße wird nichts verändern, rein gar nichts. Der Junge«, und dabei zeigte sie auf Felix, »der hat wenigstens noch Ideale.«

Roger lachte ein wenig, ob aus Verletztheit oder Ironie war nicht zu erkennen, und sagte: »Ich jedenfalls werde niemanden dazu anstiften, etwas Illegales zu tun. Wir haben genug Möglichkeiten, auf legalem Weg etwas zu erreichen und …«

Connie sprang auf die Füße. »Papperlapapp. Die ganzen blinden Schafe da draußen, die lesen deine Scheißflyer nicht. Und wenn doch, dann weil sie auch mal darüber nachgedacht haben, die Linkspartei zu wählen, und ein paar Globalisierungsdokus im Fernsehen gesehen haben. Die gesättigten Arschlöcher ändern sich doch nicht freiwillig. Angst,« und hier erreichte ihre Stimme eine dröhnende Stärke, die Heinrich in die Knochen fuhr, »nur mit Angst kannst du die Menschen noch mobilisieren. Guck sie dir doch an, die ganzen Populisten. Ihre Ziele sind falsch, aber ihre Methode funktioniert. Wieso sollten wir uns nicht der gleichen Mittel bedienen?«

Vereinzelter Applaus ertönte, hier und da ein »Recht hat sie!«, aber binnen weniger Momente war der Raum wieder still, und alle Aufmerksamkeit richtete sich auf Roger. Der hielt seinen Kopf gesenkt. Neben ihm wurde Selin in ihrem Stuhl immer größer. Sie schäumte sichtlich vor Wut, blieb aber stumm. Schließlich hob Roger den Kopf und sagte mit betont ruhiger Stimme: »Für diese Art von Radikalität stehen wir nicht.«

Connies Gesicht verhärtete sich, sie presste die Lippen fest aufeinander. »Deine Mutter wäre stolz auf dich«, sagte sie mit scharfem Tonfall, hielt eine letzte Sekunde Rogers Blick stand und verließ dann den Raum, ohne zu stürmen oder Stühle umzuwerfen, sondern mit der starken Ruhe eines Menschen, der sich seiner Position sicher ist.

Nachdem die Eisentür wieder ins Schloss gefallen war, saßen sie da wie eine Klasse, die gerade eine Standpauke vom Direktor bekommen hatte. Alle versuchten, so leise wie möglich zu atmen. Heinrich wollte Felix fragen, wer diese Frau war, wieso sie so wütend war, wie sie die Sache mit Rogers Mutter gemeint hatte, aber er traute sich nicht, ein Geräusch zu machen, und vertagte die Fragen auf später. Dann atmete Roger einmal tief durch, blickte in die Runde und fuhr fort.

»Machen wir weiter mit der Halloween-Aktion: Der große Halloween-Sale geht am Samstag los, bis dahin muss also alles stehen. Anja, wie sieht es aus mit den Flyern?«

Anja erhob sich von ihrem Stuhl wie eine brave Schülerin. »Sind im Druck und sollten spätestens Donnerstag geliefert werden.«

»Sehr gut.« Roger machte ein Häkchen auf einen seiner Zettel. »Ben, wie steht es mit dem Transparent?«

Aus der ersten Reihe kam eine Stimme. »Der erste Entwurf war scheiße, aber jetzt haben wir was Gutes. Machen wir in den nächsten Tagen fertig.«

Roger hob die Augenbrauen. »Willst du uns den Entwurf nicht zeigen?«

»Ähm …«, der andere zögerte, »ich hab jetzt nichts vorbereitet. Ich kann aber schnell nach oben gehen und …«

Roger winkte ab. »Lass mal, ich komm später rüber und sehe es mir an. Und jeder, der will, kann mitkommen.«

Allgemeines Nicken. Niemand schien mehr die Energie zu haben, gegen irgendetwas einen Einwand zu erheben. Connies Worte hingen im Raum und verliehen der ganzen Unterhaltung einen Anschein des Lächerlichen. Heinrich war beinahe befremdet. Er hatte nicht gewusst, dass Felix quasi im Alleingang gehandelt hatte, als er den anonymen Anruf bei der Bahn gemacht hatte. Er war immer davon ausgegangen, dass die Menschen hier einem höheren Ziel folgten und dabei ein paar Grenzen überschritten. Doch das hier, dieses Treffen, Flyer und Transparente, glich mehr einer Sitzung des örtlichen Kindergartenkomitees, das seinen jährlichen Weihnachtsmarkt plante. Beinahe fühlte Heinrich sich betrogen.

»Ach so, eine letzte Sache noch.« Roger deutete mit dem Finger auf Heinrich und alle drehten sich zu ihm um. »Wir haben einen vorübergehenden Besucher. Das ist Heinrich, ein Freund von Felix. Er wird ein paar Tage bei uns bleiben. Wir haben ihm das leere Zimmer auf unserem Flur gegeben. Heißt ihn bitte willkommen.«

Wieder klatschten alle, wenn auch weniger enthusiastisch als vorhin für Felix. Er nickte in die Runde, suchte wieder nach Miezes Blick, aber sie tuschelte mit Anja und schenkte ihm keine Aufmerksamkeit. Es stach ein bisschen in der Magengegend, bis Felix ihm auf die Schulter klopfte und ihm ins Ohr flüsterte: »Jetzt bist du einer von uns.«

Die Gemeinschaft war einnehmend. Und neu für Heinrich. Als er zusammen mit Felix die Erdgeschosswohnung betrat, die als Gemeinschaftsraum und Werkstatt diente, wehte ihm eine Aura von Neugier und Wohlwollen entgegen. Männer legten ihm die Hand auf Rücken oder Schulter, murmelten »Herzlich willkommen!« oder »Schön, dass du da bist!«. Frauen streckten sich auf ihre Zehenspitzen, um ihn auf die Wangen zu küssen. Alle Münder und Augen um ihn herum lächelten in ungespielter Aufrichtigkeit, und er fühlte sich, als würde er in ein warmes Bad eintauchen. Felix schob ihn langsam durch das große Wohnzimmer in einen zweiten, kleineren Raum, in dessen Mitte ein großer Holztisch stand. Um den Tisch herum hatten sich mehrere Leute versammelt, unter ihnen auch Anja und Roger, die auf etwas hinabblickten, das Heinrich nicht sehen konnte. Hinter Anja stand Mieze. Als sie eintraten, sah sie auf, schenkte ihm ein Lächeln, bei dem sie nur einen Mundwinkel hob, und kam zu ihm herüber.

»Herzlich willkommen im Paradies, Heinrich.«

Sie schlang die Arme um seinen Hals und küsste ihn auf die Wange. Ihre Lippen waren heiß und feucht. Er legte vorsichtig die Hände auf ihre Hüften. Durch den dünnen Stoff ihres Kleides konnte er die Hüftknochen spüren. Den plötzlichen Impuls, sie an sich zu ziehen und in ihr schwarzes Haar zu greifen, kämpfte er nieder und sagte stattdessen mit rauer Stimme: »Danke, Mieze.«

Bevor sie sich löste, flüsterte sie ihm ins Ohr: »Dann werden wir wohl in Zukunft mehr voneinander sehen.«

Mit wiegenden Schritten ging sie zurück hinter den Tisch und richtete ihre Aufmerksamkeit wieder auf das Gespräch zwischen Roger und Anja. Neben Heinrich stieß Felix ein lautes Seufzen aus.

»Mach dir nichts draus, Mieze ist ein bisschen merkwürdig.«

»Wie meinst du das?«, fragte Heinrich.

Felix zuckte mit den Schultern.

»Sie braucht immer irgendwen, dem sie hinterherjagen kann. Wenn du kein Interesse zeigst, sucht sie sich schnell einen anderen.«

Heinrich nickte und senkte den Blick. Mit einem Mal fühlte er die Schwere seines Körpers in seinen Füßen, das Alter in seinen Knien. Gerne hätte er sich hingesetzt.

»Danke für den Tipp«, sagte er, als Felix ihn näher an den Tisch zog. Endlich konnte Heinrich sehen, worüber hier diskutiert wurde. Auf dem Tisch lag ausgebreitet ein weißes Laken, auf dem in dicken Lettern geschrieben stand: Halloween ist nur Marketing. Daneben prangten ein paar Euro-Münzen mit Hexenhüten und ausgeschnittenen Fratzen, wie man sie von Kürbissen kennt. Anja faltete das Laken zusammen und ein zweites kam zum Vorschein. Dieses proklamierte: Gruseln geht auch ohne Shopping.

Roger nahm eine Hand ans Kinn, als wolle er seinen Kopf so davon abhalten, sich selbst zu schütteln.

»Ich weiß nicht«, sagte er.

Anja schien sichtlich getroffen.

»Wir können auch nur das Erste nehmen.« Ihre Stimme überschlug sich beinahe. Sie hatte die Augen aufgerissen und stand weit über den Tisch gebeugt, in beinahe demütiger Haltung zu Roger aufschauend.

»Ein Transpa reicht doch sicher aus, oder?«

Jetzt schüttelte sich Rogers Kopf doch noch.

»Ich finde beide nicht so ansprechend. Irgendwie fehlt der Pfiff.«

Er blickte in die Runde und erntete schweigendes Nicken.

»Irgendwelche Ideen?«

Das Schweigen verfestigte sich wie in einem Klassenraum, in dem niemand den Nachbarn verpetzen wollte. Im Nebenzimmer hatte jemand Musik angemacht, eine brüllende Kakofonie aus Gitarren und Double-Bass, deren Lautstärke zum Glück sofort heruntergedreht wurde.

Ein junger Mann neben Heinrich hob langsam die Hand. Roger sah ihn an, doch der andere schwieg weiter, bis sein Nachbar ihm den Ellenbogen in die Rippen rammte und raunte: »Alter, du musst hier nicht aufzeigen.«

»Ehm«, stammelte der junge Mann, »vielleicht: die dunkle Magie der Großkonzerne.«

»Klingt wie eine Doku auf n-tv«, sagte eine sommersprossige Frau, und alle lachten.

»Los, Leute, ein bisschen Kreativität jetzt«, spornte Roger die Gruppe an, die sich zu entspannen begann.

»Geldmacherei zum Gruseln«, rief eine.

»Kauft Süßes, bezahlt Saures«, sagte ein anderer.

Immer mehr Umstehende warfen ihre Vorschläge in die Runde. Roger hatte einen Zettel herausgeholt, schrieb hier und da mit, machte zustimmende oder abgeneigte Bewegungen mit seinem Kopf, was seine Dreadlocks zum

Wippen brachte. Worte überschlugen sich, die Leute unterbrachen einander, nahmen Ideen auf, spannen sie weiter, lachten miteinander über besonders bescheuerte Formulierungen. Zwei, drei Minuten ging das so, bis der Enthusiasmus nachließ. Alle Köpfe schienen leer gefegt, alle Augen ruhten grübelnd auf dem ausgebreiteten Laken auf der Tischplatte.

»Erschreckend sind hier nur die Preise«, sagte Heinrich in das Schweigen hinein, ohne darüber nachgedacht zu haben. Alle Augen richteten sich auf ihn.

»Voll der Fernsehwerbeslogan«, sagte das sommersprossige Mädchen.

»Genau«, erwiderte Heinrich.

Roger sah ihn an, legte den Kopf schief wie ein neugieriger Hund und fragte: »Wie meinst du das?«

»Na ja«, setzte Heinrich an, »man muss die Leute da treffen, wo es ihnen wehtut. Wenn es um Geld geht, also um die Preise, dann werden sie hellhörig. Und darunter schreiben wir: Gruseln geht auch günstig. Dann kommen sie zum Stand, und ihr könnt ihnen erklären, wieso es Blödsinn ist, die ganzen orangenen Süßigkeiten zu kaufen, oder was auch immer eure Botschaft eigentlich ist.«

Roger schwieg, sah ihn an und nickte schließlich leise.

»Irgendwie gefällt mir das«, sagte er und notierte es auf seinem Zettel. »Anja, was meinst du?«

»Ich find's auch voll gut«, beeilte sie sich, zu sagen. »Und dazu die Fratzen-Euros?«

»So machen wir es«, sagte Roger in offiziellem Tonfall und blickte einmal in die Runde, bis sein Blick auf Heinrich hängen blieb. »Danke, Mann.«

»Gerne«, erwiderte Heinrich.

Von hinten klopfte Felix ihm anerkennend auf die Schulter.

»Dafür hol ich dir ein Bier«, sagte er und verschwand in der Menge, während die Gruppe um den Tisch sich auflöste. Heinrich drehte sich einmal um sich selbst auf der Suche nach Mieze, konnte sie aber nirgends entdecken. Stattdessen sah er Connie, die alleine mit einem Glas Wein in der Hand auf einem geblümten Sofa saß. Langsam ging er zu ihr hinüber, deutete mit fragendem Blick auf den Platz neben ihr und setzte sich auf ihr Nicken hin. Er rieb sich über die Oberschenkel und blickte aus dem Augenwinkel zu Connie hinüber. Wie vorhin beim Gruppentreffen saß sie auch jetzt still, drehte nur langsam ihr Glas zwischen den Fingern, machte aber keine Anstalten, daraus zu trinken. Heinrich rieb weiter und überlegte, ob er eine Konversation beginnen sollte. Connies Präsenz schüchterte ihn ein, und er hatte keine Idee, was er hätte sagen können. Fast erschrak er, als sie tief einatmete und zu sprechen begann.

»Sie haben einen Stein im Brett bei unserem guten Roger.«

Sie drehte sich zu ihm, ihr Glas unverändert zwischen den Fingern drehend. Er wollte antworten, aber seine Kehle war wie verstopft. Ihre Augen waren stahlblau, quer über ihre Stirn zogen sich tiefe Falten. Ein Wort kam ihm in den Sinn: verwittert. Trotzdem sprach Stolz aus ihrem Gesicht, sie hatte etwas Unverwüstliches an sich, das gleichzeitig faszinierend und beängstigend war.

»Natürlich ist es nicht allzu schwer, Roger zu beeindrucken«, fuhr sie fort, »er hat ein einfaches Gemüt. Das hat schon seine Mutter gesagt.« Endlich nahm sie einen winzigen Schluck Wein. Ihre Handgelenke waren schmal, ihre

Finger kurz und dick, und auch ihnen sah man das Alter an. Hände, die vielleicht mal Pflastersteine geworfen hatten.

Heinrich räusperte sich: »Seine Mutter?« Er erinnerte sich, dass Connie schon in der Besprechung Rogers Mutter erwähnt hatte.

»Eine tolle Frau und eine gute Freundin. Ihr hat dieses Haus gehört, und wir haben es damals zu einer Zuflucht für Gleichgesinnte gemacht. Ein Ort, an dem die Kameraden Unterschlupf finden konnten. Und jetzt«, sie zuckte mit den Achseln, »jetzt werden hier Werbeslogans auf Bettlaken gepinselt.«

Sie legte ihm eine Hand auf die Schulter.

»Gut haben Sie das gemacht.«

Der Sarkasmus in ihrer Stimme entging Heinrich nicht. Es traf ihn, dass sie so über ihn dachte. Das Gefühl überraschte ihn, immerhin war er sich nicht sicher, ob er sie leiden konnte oder nicht, aber es weckte einen neuen Kampfgeist in ihm.

»Ihnen gefällt der Slogan nicht?«

Sie lachte.

»Mir gefällt nicht, dass es überhaupt einen Slogan gibt.« Sie machte mit den Zeige- und Ringfingern kleine Anführungszeichen in die Luft, als sie das Wort Slogan aussprach. »Die HaKom verkommt zu einer schlecht organisierten Werbeagentur mit Freibier. Früher wurden unter diesem Dach Großdemonstrationen geplant. Hier haben sogar schon RAF-Mitglieder im Keller übernachtet. Und heute ...« Sie ließ den Satz gemeinsam mit ihrem Blick ins Leere laufen.

»Die Zeiten ändern sich eben«, sagte Heinrich.

»Genau!« Sie fuhr wieder zu ihm herum. Ihre Stimme war laut geworden. Sie hob ihr Glas und hielt es zwischen ihnen hoch wie eine Standarte. »Die Menschen verstehen, dass sie unterdrückt werden, aber es macht ihnen nichts aus, weil es ihnen zu gut geht. Klar, Kapitalismus ist scheiße, aber dieses Auto und diese Uhr kaufe ich mir trotzdem. Das ist doch bescheuert.« Sie tippte sich mit dem Zeigefinger ihrer freien Hand gegen die Schläfe. Ein kleiner Tropfen Speichel war aus ihrem Mund geflogen und besetzte jetzt den Platz zwischen ihnen. Heinrich wollte etwas erwidern, aber Connie lief zur Höchstform auf. »Wir brauchen keine Werbeslogans. Die Menschen müssen das Leid, das sie verursachen, spüren. Sie müssen die Wut spüren. Die deutschen Bürger sind keine Opfer in der globalen Unterdrückung, sie sind Mittäter. Mit jedem Einkauf machen sie sich schuldig. Das müssen wir sie fühlen lassen, sonst erreichen wir gar nichts.«

Sie sah ihn mit hochgezogenen Augenbrauen an, das Glas immer noch erhoben, als warte sie auf eine Antwort.

»Das klingt reichlich radikal«, sagte Heinrich.

Connie lachte kurz. Dann sagte sie mit ruhiger, beinahe mütterlicher Stimme: »Sagen Sie mir, Heinrich, wieso sind Sie hier?«

Er schwieg. Vor seinem inneren Auge erschien das Bild von Himmel und Wolken über den Bahngleisen, der Vogelschwarm, der über ihn hinweggezogen war, als er sich zum Sterben hingelegt hatte.

»Ich meine«, setzte sie nach, »Sie haben doch sicher ein Leben irgendwo, einen Job, ein Haus, vielleicht eine Familie. Sie sind ein erwachsener Mann, tragen Stoffhosen und Schnürschuhe. Sagen Sie, wartet irgendwo ein anderes Leben auf Sie?«

»Ja«, stammelte er.

»Also, was suchen Sie hier? Wenn nicht die Möglichkeit, etwas zu verändern?«

Ihre stahlblauen Augen brannten sich durch seine Hornhaut. Er fühlte sich ertappt wie ein Schuljunge, der Süßigkeiten geklaut hatte. Connie lächelte nicht, grinste nicht, es war nichts Abwertendes in ihrem Blick, nur pure Neugier und ein undefiniertes Verständnis. Für was, das konnte Heinrich selbst nicht sagen.

Plötzlich spürte er eine Hand auf seiner Schulter, eine Bierflasche wurde in sein Blickfeld geschoben, und Felix' Stimme erklang neben seinem Ohr.

»Komm mal mit, ich will dir ein paar Leute vorstellen.«

Er brauchte einen Moment, um sich von Connies Blick zu lösen, dann griff er nach der Bierflasche, stand auf und ging einen Schritt hinter Felix her.

»Heinrich«, rief sie ihm hinterher, und er drehte sich zu ihr um, »wenn Sie es erzählen möchten, dann besuchen Sie mich doch im Dachgeschoss.« Sie prostete ihm mit ihrem Glas zu und nahm einen tiefen Schluck. Ganz automatisch trank auch Heinrich, die Kohlensäure in seiner Kehle überraschte ihn. Dann griff Felix ihn am Ellenbogen und zog ihn weg.

7

Am nächsten Morgen wachte Heinrich mit einem mittelschweren Kater und einer latenten Unruhe auf. Er lag verschwitzt auf seiner Matratze, starrte an die kahle Zimmerdecke und versuchte, den Grund für seine Unruhe zu finden. Das Haus war noch still, durch das geschlossene Fenster hörte er gedämpftes Vogelgezwitscher.

In Gedanken ließ er den gestrigen Abend Revue passieren. Hatte er sich schlecht benommen? Etwas Falsches gesagt? War er jemandem unwissentlich auf die Füße getreten? Wenn er jetzt darüber nachdachte, waren alle Mitglieder der HaKom unverschämt freundlich zu ihm gewesen: die Polin Tatjana, die jedes U so in die Länge zog, dass ihr Akzent wie aus einem schlechten Pornofilm klang. Ihre Freundin Karin, eine schlaksige BWL-erin mit fantastischen Ideen über die globale Marktwirtschaft. Martin und Silvia, die aussahen wie Zwillinge und ihm einen Joint angeboten hatten. Tom und Günther, die nicht aufhören konnten, Felix über seinen Anruf bei der Bahn auszufragen. Roger, der ihm noch viele Male auf die Schulter geklopft und ihm für seine Hilfe gedankt hatte. Anja, Mieze, Felix, sie alle waren herzlich und nett zu ihm gewesen. Wieso also diese Unruhe?

Dann fiel es ihm ein.

»Was suchen Sie hier?«

Connie, die schamlos ihr graues Haar lang und offen trug und sich keine sogenannte altersgerechte Frisur zugelegt hatte. Ihre stahlblauen Augen. Ihre tiefe, kratzige Stimme.

»Was suchen Sie hier?«

Die Frage machte ihn nervös, hatte ihn gestern schon nervös gemacht, und er wusste nicht, warum. Was suchte er hier? Antworten? Wie pathetisch das klang. Und wie sinnfrei. Die einzige Frage, die er sich bewusst gestellt hatte, war gewesen, wieso er noch lebte. Die Antwort kannte er, seinen Retter hatte er getroffen, sogar einen Freund aus ihm gemacht. Und trotzdem war er noch hier. Schlimmer, er wusste, dass er nicht gehen konnte. Wenn er sich vorstellte, sich jetzt in sein Auto zu setzen und nach Hause zurückzukehren, wenn er sich vorstellte, wie Susanne in der Haustür stehen würde, wie er in seinem Büro über dem nächsten Prüfbericht säße, dann überkam ihn eine leichte Übelkeit. Nein, er konnte unmöglich jetzt gehen. Seine Antwort hatte er also nicht gefunden. Und warum? Weil er sich die falsche Frage gestellt hatte.

Aber was war die richtige Frage? Wieso war er noch hier? Was hoffte er, hier zu finden?

Der Druck auf seiner Blase vertrieb die Gedanken. Er schälte sich aus seiner Decke, zog Hemd und Hose vom Vorabend über, obwohl beides nach Zigaretten stank, und blieb einen Moment vor seiner Zimmertür stehen. Auf dem Flur war es ruhig, wahrscheinlich schliefen alle anderen noch. Heinrich musste kurz überlegen, welcher Wochentag war. Montag, es war Montag. Andere saßen schon längst an ihren Schreibtischen in ihren Büros, aber hier schlief man noch. Er öffnete leise die Tür, spähte auf den Flur hinaus und sah niemanden. Auf dem Weg zum Bad lauschte er kurz an Felix' Tür. Dahinter herrschte

Stille. Heinrich pinkelte, wusch sich Hände und Gesicht und kehrte zurück zu seinem Zimmer. Gerade als er die Tür öffnen wollte, hörte er hinter sich die tiefe Stimme von Selin.

»Willst du einen Kaffee?«

Er drehte sich um, obwohl er sich sicher war, dass sie nicht mit ihm gesprochen hatte. Doch da stand sie in der Tür, die Haare zu einem unordentlichen Knoten auf dem Kopf gebunden, einen dünnen Bademantel über den karierten Pyjama gezogen, und schaute ihn an. Ihr Blick war nicht freundlich, aber ihm fehlte die offene Feindseligkeit, mit der sie ihn gestern noch angesehen hatte.

»Gerne«, antwortete Heinrich und folgte ihr in die Küche.

Mit geübter Routine öffnete sie Schränke, befüllte die Kaffeemaschine, stellte Becher, Milch und Zucker auf den Tisch. Heinrich setzte sich und überlegte, wieso sie zum Du übergegangen war. Hatte sie ihn nicht gestern noch gesiezt? Er war sich nicht sicher, ob er sich über das vermeintliche Friedensangebot freuen sollte oder nicht. Der Sinneswandel, wenn es denn einer war, kam ihm doch reichlich plötzlich vor.

Als der Kaffee fertig war, schenkte sie erst ihm und dann sich selbst ein, stellte die Kanne zurück in die Maschine und setzte sich zu ihm.

»Roger sagt, du hast dich gestern in die Plakatgestaltung eingebracht«, sagte sie, während sie in ihre Tasse blies.

Heinrich nippte am Kaffee. Er schmeckte bitter und stark. »Ich hatte nur eine Idee. Schön, wenn sie ihm gefallen hat.«

»Das hat sie wohl.«

125

Sie schauten hinaus in den Hof. Es nieselte leicht und der kräftige Wind trug gelbe Blätter am Fenster vorbei.

»Hast du eine Familie, Heinrich?«, fragte Selin schließlich.

»Ich habe eine Frau.«

Selin nickte und schaute weiter hinaus.

»Und wie findet deine Frau es, dass du hier bist?«

»Meine Frau respektiert meine Entscheidungen«, sagte er mit fester Stimme, die vielleicht etwas zu fest klang, und an ihrem erneuten Nicken und der Art, wie sie ihre Augenbrauen leicht nach oben zog, konnte er ablesen, dass sie ihm nicht glaubte. Er trank noch einen Schluck, und der bittere Geschmack des Kaffees mischte sich in seinem Magen mit dem Gefühl der Entrüstung, dem Gefühl, unfair behandelt zu werden.

»Wird jeder Neuankömmling hier so verhört?«, fragte er.

Sie lachte lautlos, ein feines Ausstoßen von Luft bei erhobenen Mundwinkeln, und lehnte sich auf ihrem Stuhl nach vorne.

»Nun, die üblichen Neuankömmlinge lügen uns nicht an, um in die Wohnung zu kommen.«

»Was hätte ich sagen sollen? Dass ich versucht habe, mich umzubringen, und hier nach meinem Retter suche?«

»Außerdem«, sagte sie mit leiser Stimme, »haben die üblichen Neuankömmlinge nicht zwei Tage vorher auf einem Bahngleis gelegen, um ihr Leben zu beenden.«

Lautstark stellte Heinrich die Tasse auf den Tisch. Ein Schwall Kaffee schwappte heraus und ergoss sich über das grobe Holz.

»Verurteilen Sie mich, weil ich eine schwere Phase durchgemacht habe?«

Selin lehnte sich wieder zurück, ohne seinem Aufbrausen Beachtung zu schenken.

»Ich verurteile dich nicht, Heinrich. Aber du musst verstehen, dies hier ist meine Familie, und ich versuche nur, meine Familie zu beschützen.«

Heinrich schnaufte. »Von mir geht wirklich keine Gefahr aus. Ich wollte doch nur den Jungen kennenlernen, dem ich mein Leben verdanke.«

Sie hob leicht ihr Kinn an, ihre Augen betrachteten ihn so aufmerksam, dass er sich nackt fühlte.

»Du kennst ihn«, sagte sie. »Du hast ihn getroffen, hast einen Tag mit ihm verbracht. Er scheint dich zu mögen. Warum tauschst du nicht Nummern mit ihm aus und fährst wieder nach Hause zu deiner Frau?«

War das nicht genau die Frage, die er sich vorhin im Bett selbst nicht hatte beantworten können?

»Roger hat entschieden, dass ich bleiben darf«, sagte er, anstatt auf ihre Frage zu antworten.

»Das hat er«, sagte Selin, ohne den Blick von ihm abzuwenden. Dann hob sie den Finger, wedelte ihn ein paar Mal neben ihrem Kopf und zeigte dann auf ihn. »Weißt du, Heinrich, irgendwas ist nicht koscher mit dir. Und ich werde herausfinden, was das ist, egal, was Roger davon hält. Du gehörst nicht hierher, Heinrich, du gehörst einfach nicht hierher.«

Einen Moment noch sah sie ihn an, als könne sie in seinem Gesicht irgendwelche Antworten finden, dann stand sie auf, nahm ihre Tasse und verließ die Küche. Er hörte sie über den Gang schlurfen, hörte das Knarzen ihrer Tür, als sie sie öffnete, und das leise Klicken, als sie ins Schloss fiel. Die Wut schäumte in ihm, und gleichzeitig fühlte er sich ertappt.

Heinrich ging zurück in sein Zimmer, ließ die Tasse bitteren Kaffee einfach auf dem Küchentisch stehen und wartete, bis zwei Stunden später Felix an seine Tür klopfte. Die Haare des Jungen standen in alle Richtungen und seine Augen waren leicht geschwollen.

»Nicht gut geschlafen?«, fragte Heinrich, als Felix sich neben ihn auf die Matratze setzte.

»Nicht wirklich«, antwortete Felix und gähnte mit weit geöffnetem Mund. »Der beschissene Prozess. Wenn ich mal schlafe, träume ich vom Gefängnis. Und es gibt immer Pudding.«

»Pudding?«, fragte Heinrich verwundert.

Felix musste lachen. »Ich hasse Pudding.«

Sie saßen einen Moment lang leise lachend nebeneinander und schauten auf den Brandfleck auf dem Teppich.

»Weißt du, was da passiert ist?«, fragte Felix.

»Ein heißer Topf?«

Felix schüttelte den Kopf. »Das war Tom. Ganz am Anfang, als er hergezogen ist, vor anderthalb Jahren oder so, da hat er in diesem Zimmer gewohnt. Er hat sich vor Silvester besonders viele Raketen gekauft. Wir haben uns schon gewundert, was er mit dem ganzen Ballerzeug will, vor allem, als er dann an Silvester kaum was davon abgefeuert hat. Und irgendwann hat Roger ihn dabei erwischt, wie er hier im Zimmer das Schwarzpulver aus den Dingern gekratzt hat. Saß auf dem Teppich und schabte das Zeug in eine Schüssel. Roger kam rein und Tom erschreckte sich so sehr, dass ihm seine Kippe aus dem Mund in das Schwarzpulver fiel. Das Ganze ging natürlich sofort hoch. Zum Glück war Tom so geistesgegenwärtig, nach der Schüssel zu greifen und sie umzustülpen. Und so ist dieser Fleck zustande gekommen.«

Felix hob den Blick und schaute Heinrich an, dem jetzt erst bewusst wurde, dass er den Jungen mit offenem Mund anstarrte. Felix musste bei dem Anblick grinsen.

»Ja, ich weiß«, sagte er.

»Er hat beim Hantieren mit Schwarzpulver geraucht?«, fragte Heinrich.

Felix zuckte mit den Schultern. »Tom ist ein super Typ, aber nicht der Schlaueste.«

Heinrich schüttelte den Kopf. »Was wollte er überhaupt mit dem Zeug?«

»Er hatte wohl so eine Doku gesehen, wo sie über Nazis und deren Anschläge berichtet haben. Die haben wohl so ihre Bomben gebaut. Und Tom wollte das mal probieren. Roger ist natürlich ausgeflippt.«

»Wieso Bomben bauen?«

Felix sah Heinrich an. »Hast du schon mit Connie geredet?«

Heinrich wusste nicht so recht, was das mit dem Thema zu tun haben sollte, antworte aber dennoch: »Gestern auf der Party, aber nur kurz.«

Felix nickte. »Wenn du mal länger mit ihr redest, wirst du schon verstehen, wie Tom darauf kommt, dass Bomben eine gute Idee sind.«

Da war sie wieder, Connie. Er musste an ihr Gespräch denken. Die Art, wie sie in ihn hineingesehen hatte, als kenne sie alle seine Geheimnisse. Als wüsste sie Dinge über ihn, die ihm selbst noch nicht einmal bewusst waren.

Heinrich schreckte hoch, als Felix ihn mit dem Ellenbogen anstupste. »Was machen wir jetzt?«

Heinrich zögerte. »Was meinst du?«

»Na ja, mit dem Tag?«

Heinrich überlegte. Dann kam ihm eine Idee.

»Ich müsste ein paar Sachen kaufen. Mein Koffer ist leer, ich habe nur Wäsche für ein Wochenende dabei. Also, wenn du willst, können wir einkaufen gehen.«

Felix lachte. »Wir zwei sollen shoppen gehen?«

»Na ja«, Heinrich zog die Augenbrauen hoch, »außer, dir fällt etwas Besseres ein.«

Felix legte den Zeigefinger an die Lippen, verengte die Augen zu Schlitzen und mimte den Denkenden. »Kleiderkammer? Flohmarkt? Tauschbörsen? Fair-Trade-Klamotten?«

Sofort stieg Heinrich der staubige Geruch von Second-Hand-Läden in die Nase. Er legte nicht viel Wert auf seine Kleidung, aber der Gedanke, dass jemand anderes sie vor ihm getragen haben könnte, stieß ihn ab. Er rang sich ein gequältes Lächeln ab.

»Na gut«, sagte Felix. »Gehen wir shoppen.«

Als sie eine Stunde später das Haus verließen, hatte der Regen aufgehört. Der Wind blies mit herbstlicher Gnadenlosigkeit, also zogen sie die Schultern hoch und gruben die Hände tief in ihre Jackentaschen. Die Straßen strotzten vor montäglicher Geschäftigkeit. Überall eilten Menschen, an jeder zweiten Ecke wurde irgendetwas ausgeliefert, und Heinrich fühlte sich wie im Urlaub. Er war nicht mehr Teil dieser Gesellschaft, betrachtete den Rhythmus von außen wie ein Alien, und unweigerlich wunderte er sich über die Ernsthaftigkeit, mit der alle ihren Aufgaben nachgingen.

Auf der Einkaufsstraße war wenig los. Hier und da kämpfte sich eine Frau mit Tüten durch den Wind, der durch die schnurgerade Häuserzeile pfiff. Ansonsten waren die Geschäfte ruhig und das Personal vertrieb sich die Zeit mit Tratsch und Handys. Als Erstes betraten sie ein großes Kaufhaus, in dem Heinrich hoffte, alles, was er brauchte, an einem Platz zu finden. Schon beim Eintreten spürte er Felix' Abneigung, aber der Junge folgte ihm gleichmütig, trottete hinter Heinrich auf die Rolltreppe und durch die Herrenabteilung. An der Kasse standen zwei Verkäufer ins Gespräch vertieft. Als sie Heinrich und Felix bemerkten, drehten sie ihnen demonstrativ die Rücken zu, als seien sie gerade mit etwas Wichtigem beschäftigt. Sie irrten ein paar Minuten zwischen den Kleiderständern umher, bis Heinrich die Stoffhosen fand, eine breite Auswahl an Größen und Farben. Er griff sich zwei heraus, eine in Beige und eine in Braun, und wollte schon zu den Hemden aufbrechen, als Felix hinter ihm sagte: »Das willst du kaufen?«

Heinrich nahm die beiden Hosen in Augenschein.

»Was stimmt nicht damit?«

Felix deutete auf die Hose, die Heinrich am Leib trug. Verdutzt schaute Heinrich an sich herab. Als er nicht antwortete, sagte Felix:

»Wieso kaufst du genau das, was du schon hast?«

Heinrich ließ die Kleiderbügel neben sich sinken.

»Ich kaufe immer diese Hosen.«

»Eben!« Felix machte einen Schritt auf ihn zu und nahm ihm die Kleiderbügel ab. »Solche Hosen hast du doch schon. Kauf doch mal was anderes.«

»Und was?«

Felix warf die Hosen auf den nächstbesten Kleiderständer, griff Heinrich beim Ärmel und zog ihn aus der Abteilung. Heinrich blickte sich um, wollte die Hosen noch an ihren Platz zurückhängen, doch Felix ließ nicht locker.

Einer der Verkäufer warf ihm einen genervten Blick zu, dann standen sie auch schon auf der Rolltreppe.

Draußen gingen sie vorbei an all den Markennamen, die jede Shoppingmeile des Landes schmückten, und bogen in eine Seitenstraße ein. Dort führte Felix Heinrich zu einem kleinen Laden, dessen Tür fröhlich klingelte, als er sie öffnete.

Heinrich fühlte sich sofort unwohl. Die Kleidung hing durcheinander, es war schwer, eine Ordnung zu erkennen. Die Vielfalt an Farben überforderte ihn. Er konnte noch nicht mal unterscheiden, was für Frauen und was für Männer gedacht war. Felix trat sofort an die Theke, an der zwei junge Frauen mit Tätowierungen und Piercings standen. Eine der beiden nahm ihn in den Arm, der anderen schüttelte er die Hand. Sie sprachen einen Moment leise miteinander, dann schauten sie gleichzeitig zu ihm herüber. Die eine Frau nickte heftig, dann kam sie hinter der Theke hervor und kam zu ihm. Sie streckte ihm die Hand entgegen.

»Ich bin Hannah.«

Heinrich schüttelte ihre Hand, die einen erstaunlich kräftigen Griff hatte.

»Sie sind eine S, richtig?« Sie zog ihn bereits durch den Raum nach hinten.

»Eine was?«

»Eine Größe S? Wissen Sie was, wir probieren es einfach aus.«

Sie platzierte ihn auf einen niedrigen Hocker, auf dem er saß wie ein Kind auf der Strafbank. Er schaute Hannah dabei zu, wie sie zwischen den Kleiderständern verschwand, an einer anderen Ecke wieder auftauchte, nur um erneut zu verschwinden, während der Kleiderberg auf ihrem Arm immer größer wurde. Felix warf Heinrich einen aufmunternden Blick zu und begann dann, durch den Laden zu streifen, hier und da einen Stoff anzufassen, ein Label zu studieren, wie ein Besucher in einem Museum.

Plötzlich stand Hannah wieder vor ihm.

»Aufstehen. Da rein!« Sie deutete mit der Nase auf einen winzigen Holzverschlag, der mehr oder minder mitten im Raum stand und nur notdürftig mit einem Vorhang geschlossen werden konnte. Heinrich raffte sich von seinem Hocker hoch und trat in die Kabine. Hannah hatte währenddessen die Kleidung auf einen kleinen Tisch gelegt und wühlte darin herum.

»Wir fangen mal hiermit an.« Sie reichte ihm eine Jeans und ein Hemd, auf das, so stellte Heinrich bei näherem Hinsehen fest, winzige Schweine gedruckt waren. Gerade wollte er Hannah das Hemd zurückgeben und anmerken, dass er das nicht angemessen fand, als sie den Vorhang vor seiner Nase zuzog. Er stand einen Moment regungslos da, schaute beinahe hilflos an sich hinunter, dann fügte er sich seinem Schicksal, zog seine Sachen aus und legte sie ordentlich auf den Stuhl, der dafür bereitstand. Die neue Jeans fühlte sich steif an, und er stürzte beinahe durch den Vorhang, als er sich mit einem Fuß in dem ungewohnt harten Stoff verfing. Dann zog er das Hemd über. Es war enger als die Hemden, die er sonst trug, aber der Stoff streichelte seine Haut auf eine warme, fast mütterliche Art, und die Schweinchen schienen über seinen Körper zu tanzen. Ein Wort aus den vielen Tierdokumentationen, die Susanne sich an verregneten Sonntagen immer anschaute, kam ihm in den Sinn: possierlich. Er drehte sich um sich selbst, und erst jetzt bemerkte er, dass es in der Kabine keinen Spiegel gab. Also zog er den Vorhang auf, vor dem Hannah und Felix bereits warteten. Felix' Gesicht leuchtete bei Heinrichs Anblick auf, Hannah hingegen kam sofort auf ihn zugestürzt und zog und zupfte an ihm herum.

»Das ziehen wir raus«, sie zog das Hemd aus der Hose und straffte es mit einem kräftigen Ruck nach unten, »den machen wir auf«, sie fummelte an einem Knopf an seinem Hals rum, dann drehte sie ihn einmal um die eigene Achse, betrachtete ihn von allen Seiten, und erst dann schob sie ihn ein paar Schritte zur Seite, wo ein Spiegel stand.

Der Mann war ein Fremder. Heinrich war sich nicht bewusst gewesen, wie sehr das Verständnis seiner selbst von seiner Kleidung abhing. War es wirklich möglich, dass eine einfache Jeans und ein neues Hemd aus ihm einen anderen Menschen machen konnten, dass er sich plötzlich nicht wiedererkannte? Anscheinend, denn mit dem Heinrich, der ihm tagtäglich aus Fensterscheiben, Rückspiegeln und schwarzen Bildschirmen entgegenblickte, hatte dieser Typ nichts zu tun. Und das Wort Typ traf es. Heinrich war kein Typ, der Mann im Spiegel schon. Ein Typ, der alleine in Cafés saß und Bücher las, ein Typ, der mit seinen zahlreichen Freunden zu Kunstausstellungen und Happenings ging, der bei Meetings das Wort ergriff, vielleicht sogar aufstand, um seinem Argument Gewicht zu verleihen. Ein Typ, der fremde Frauen in der Bahn anlachte.

Felix erschien neben Heinrich im Spiegelbild. Heinrich widerstand dem Impuls zu sagen: Das bin ich nicht. Stattdessen fühlte er, wie sein Gesicht einen gequälten Ausdruck annahm.

Felix legte ihm die Hand auf die Schulter. »Kleider machen Leute, was?«

Heinrich schaute wieder sein Spiegelbild an. »Wie findest du es?«

»Richtige Richtung. Die Schweine finde ich ein bisschen krass.«

Als wäre das ihr Stichwort gewesen, tauchte Hannah hinter ihnen auf, zog Heinrich am Ärmel zurück in die Kabine und drückte ihm ein T-Shirt und einen Pullover in die Hand. »Die hier!«, befahl sie, und während sie den Vorhang zuzog, sah Heinrich Felix an, der ihm amüsiert zuzwinkerte.

Mit jedem neuen Kleidungsstück fühlte Heinrich sich wohler. Hannah hatte ein Konzept: Sie überraschte ihn mit völlig unbekannten Stilen und Schnitten und schwächte diese dann ab, bis er sich gefiel. Sie ließ ihn in Skinny Jeans durch den Laden spazieren, zog ihm irgendwann eine Mütze auf und brachte ihm eine Phalanx an bunten Sneakern. Heinrich betrachtete voller Interesse jede neue Version seiner selbst, fühlte sich in die Rollen ein, die ihm die Kleidung auf den Leib schneiderte: den Hipster-Agenturchef, den ewig freundlichen Sozialpädagogen, den sportlichen Familienvater. Die Stereotypen reihten sich aneinander, und er versuchte, sie mit dem, was er über sich selbst wusste, zu vermischen und so einen Konsens zu finden, eine Überlappung. Und auch Hannah, das merkte er, fühlte sich immer mehr in das hinein, was möglich war. Immer wieder verschwand sie in den hintersten Ecken des Geschäfts und kam mit neuen Hemden, Shirts und Hosen zurück, hielt ihm Farben unters Gesicht, ließ ihn ans Fenster treten, um ihn im Tageslicht sehen zu können. Sie hatte Spaß, und er auch.

Am Ende stapelte sich ein nicht unbeträchtlicher Haufen auf der Theke. Im letzten Moment hatte Heinrich nach dem Hemd mit den Schweinchen gegriffen und es oben auf seinen Kleiderberg geworfen, was Hannah zu einem schrillen Lachen verführt hatte. Sie trat hinter die Theke und begann, jedes Stück händisch abzurechnen, als Heinrich ihr seine Kreditkarte hinüberschob. Er sah sich im Laden um. Felix stand vor einer Schaufensterpuppe, die eine dicke Winterjacke trug. Vorsichtig rieb er den Saum zwischen den Fingern. Heinrich trat an ihn heran.

»Willst du sie kaufen?« Felix' Parka sah bei näherem Hinsehen tatsächlich ziemlich zerschlissen aus, wie ein Stück aus der Kleiderkammer.

Felix ließ die Jacke los.

»Kann ich mir nicht leisten.«

Heinrich besah sich das Etikett. Hundertsiebzig Euro, ein stolzer Preis, aber hier war alles etwas teurer, weil bio und fair gehandelt, so hatte Hannah es ihm erklärt. Kurz entschlossen zog er dem Plastikmann die Jacke von den Schultern und ging zur Theke.

»Hannah, diese noch dazu.«

Felix hielt ihn am Arm fest. »Heinrich, das kann ich nicht von dir verlangen.«

»Tust du ja gar nicht. Ich biete es an.«

Heinrich konnte den inneren Kampf, der gerade in Felix' Kopf tobte, förmlich riechen. Er selbst hätte ein solches Geschenk wahrscheinlich auch nicht angenommen. Schon gar nicht von jemandem, den er keine 48 Stunden kannte. Aber natürlich war es anders zwischen ihnen beiden, das wusste Heinrich, und Felix musste es auch wissen. Also setzte Heinrich sein väterlichstes Lächeln auf.

»Sieh es als Dankeschön an. Immerhin hätte ich ohne dich keinen Platz zum Schlafen, geschweige denn … du weißt schon.« Und er machte mit der Hand eine Geste, als würde er sich den Hals durchschneiden.

Felix zögerte noch einen Moment, schüttelte dann den Kopf und sagte: »Danke, wirklich, vielen Dank.«

Die Menge an Tüten, die sie aus dem Laden schleppten, war Heinrich ein wenig peinlich, und er war dankbar dafür, dass an diesem trüben Montagmorgen nicht so viel los war in der Stadt. Sie schlugen den Weg zum Bahnhof ein, damit Heinrich sein Auto aus dem Parkhaus holen konnte. Felix navigierte sie zurück zur HaKom.

Heinrich verbrachte den Nachmittag damit, seine neuen Kleider in den Schrank zu räumen und die alten zu waschen, während Felix ihnen Spaghetti mit Soße aus dem Glas machte. Außer ihnen war niemand in der Wohnung, wofür Heinrich sehr dankbar war. Je weniger er von Selin sah, desto besser. Er half Felix beim Spülen, danach setzten sie sich wieder an den Tisch und rieben sich die vollen Bäuche.

»Ein Glas Wein wäre jetzt gut«, sagte Heinrich und nahm sich vor, in den nächsten Tagen mal einen Supermarkt aufzusuchen. Sein Shampoo wurde knapp und neue Rasierklingen brauchte er auch.

»Connie«, antwortete Felix.

»Connie was?«

Felix streckte sich und gähnte. »Connie hat Wein, sogar ziemlich guten. Wir könnten zu ihr hoch gehen.«

Heinrich zögerte. Hatte Connie nicht gesagt, er solle zu ihr kommen, wenn er ihr sagen könnte, wieso er noch hier war? Nun, er hatte noch keine Antwort gefunden, hatte ja nicht einmal darüber nachgedacht. Aber Felix ließ ihm keine Wahl. Er stand auf und war schon fast an der Wohnungstür, als Heinrich einen letzten Versuch startete.

»Vielleicht ist sie gar nicht da.«

»Das werden wir sehen.«

Heinrich folgte Felix die Treppe hinauf. Hinter den Wohnungstüren hörte er Musik und Lachen und das Geräusch von laufendem Wasser – die Menge an Leben, die in diesem Haus herrschte, erstaunte ihn. Im obersten Stockwerk öffnete sich die Treppe in eine breite Empore, auf der zwei kleine Sessel und ein Couchtisch standen. Auf dem Tisch lagen ein paar Bücher und Zeitschriften. Wie auf jedem Stockwerk gingen auch hier zwei Türen ab. Felix wandte sich der rechten zu, während Heinrich noch die gegenüberliegende Tür anschaute. An ihr hing ein großes Schild mit dem Zeichen für Biogefährdung.

»Was ist da?«

Felix drehte sich zu ihm um.

»Nichts, soweit ich weiß. Wahrscheinlich Ramsch, ich war nie da drin.«

Felix klopfte an Connies Tür, hinter der leise klassische Musik spielte. Es dauerte einen Moment, bis die Tür sich öffnete und Connie erschien. Sie trug das lange, graue Haar in einem großen Knoten am Hinterkopf, dazu ein weites Kleid mit langer Strickjacke darüber, ihre Füße in dicke Socken gehüllt. Bei Felix' Anblick strahlte sie.

»Mein Junge!« Sie schloss ihn in die Arme und legte ihr Gesicht auf seine Schulter. Heinrich betrachtete die Falten, die sich um ihre fest geschlossenen Augen bildeten, als sie sie plötzlich öffnete und ihn direkt anblickte. Er schaute schnell zu Boden.

»Kommt herein, kommt herein«, sagte sie und winkte sie durch die Tür in einen kleinen, beinahe quadratischen Flur. Die Musik kam aus einem der hinteren Zimmer, in das Felix, ohne zu zögern, eintrat. Es war das Wohnzimmer, ein schummeriger, gemütlicher Raum voller Bücherregale. Auf dem riesigen persischen Teppich lagen Sitzkissen in verschiedensten Größen und Formen. Ein Sofa war nirgends zu sehen, ebenso fehlte ein Fernseher. Stattdessen lagen sicher ein Dutzend Bücher auf den niedrigen Tischen verteilt, die meisten aufgeschlagen, in anderen steckten Lesezeichen. Die Dachschräge ließ den Raum kleiner wirken, als er tatsächlich war. Es roch nach Räucherstäbchen und altem Obst, eine Mischung, die an jedem anderen Ort Assoziationen von Alter hervorgerufen hätte, hier jedoch so sehr zum Ambiente passte, dass Heinrich einmal tief einatmete, um jede Nuance aufnehmen zu können.

Eine Wand stach Heinrich besonders ins Auge. Da hingen Fotos in den verschiedensten Rahmen eng nebeneinander, vom Boden bis zur Decke und über die gesamte Breite der Wand. Er trat darauf zu und betrachtete sie. Auf vielen erkannte er eine jüngere Connie neben anderen Leuten auf offener Straße, bei Protestmärschen und Kundgebungen. Hier hielt sie ein Plakat, auf dem etwas auf Arabisch geschrieben stand. Dort stand sie im Arm eines dunkelhaarigen Mannes und lachte in die Kamera. Alle Bilder, so fiel Heinrich jetzt auf, waren in Schwarz-Weiß. Erinnerungen aus einer Zeit, zu der sie etwas bewegen konnte. Heinrich musste an seine Eltern denken, die wahrscheinlich auf ähnlichen, wenn nicht sogar auf denselben Kundgebungen marschiert waren, die dieselben Ideologien vertreten hatten, den Wunsch nach mehr Demokratie, nach weniger Einmischung durch eine undurchsichtige Wirtschaft, nach weniger Gier und Korruption. Damals hatten die Menschen über Grenzen, sogar über ganze Kontinente hinweg füreinander eingestanden. Solidarität war mehr als ein politischer Slogan gewesen. Man war ins Gefängnis gegangen für Studenten in Teheran und Soldaten in Vietnam. Kein Wunder, dass Connie Roger für ein Weichei hielt. Sie hatte geblutet für ihre Ideale, hatte sich mit den Autoritäten angelegt. Roger bemalte Bettlaken.

»Krass, oder?« Erst jetzt bemerke Heinrich, dass Felix hinter ihm stand. Er deutete auf ein Foto, auf dem Connie neben ein paar Männern auf einer Couch saß. »Das ist Rudi Dutschke.«

Heinrich nickte anerkennend.

»Setzt euch doch.« Connie war mit einer Flasche Wein und ein paar Gläsern ins Zimmer gekommen und stellte nun alles auf einem der niedrigen Tische ab. Felix setzte sich auf ein Kissen, und auch Heinrich suchte sich einen Platz, allerdings in gebührendem Abstand zu Connie, während sie einschenkte.

»Wie geht es dir?«, fragte sie und reichte die Gläser herum.

»Geht schon«, antwortete Felix. »Ich hab ehrlich gesagt ein bisschen Schiss.«

Connie setzte sich nah neben ihn und legte ihm eine Hand auf den Arm. »Das verstehe ich gut. Mit der Polizei ist nie zu spaßen. Aber du bist noch jung und Ersttäter, wie es so schön heißt. Du wirst glimpflich davonkommen.« Sie lächelte. »Ich bin sehr stolz auf dich.«

Heinrich nahm einen Schluck aus seinem Glas. Der Wein war in der Tat hervorragend, schwer und fruchtig. Sofort breitete sich eine wohlige Wärme in ihm aus, die bis in seine Fingerspitzen reichte.

»Danke«, sagte Felix, »aber Roger ist sauer.«

»Ach, Roger!« Connie spuckte die Worte geradezu aus.

»Er hat mir gedroht, mich rauszuwerfen, wenn so was noch mal passiert.«

»Hör nicht auf diesen Feigling. Ich stehe zu dir, und der Rest der HaKom auch. Was auch passiert, wir sind deine Familie.« Sie sah dem Jungen fest in die Augen, und er errötete ein wenig. Dann blickte sie Heinrich an. »Und dein neuer Freund hier wird dir sicherlich auch eine Hilfe sein.«

Felix grinste. »Heinrich ist super. Wenn die ganze Aktion auch sonst zu nichts Gutem geführt hat, das hier ist es alles wert.« Dann, als sei ihm plötzlich eingefallen, dass sie ein Geheimnis teilten, das es nicht auszuplaudern galt, warf Felix Heinrich einen peinlich berührten Blick zu und stotterte: »Also, weil ja, also ...«

»Schon gut«, sagte Connie. »Ich kenne die Geschichte. Sie werden entschuldigen, Heinrich, aber in dieser kleinen Gemeinschaft breiten sich Gerüchte schnell aus.«

Heinrich blickte zu Boden. Schon wieder fühlte er sich nackt vor dieser Frau, die alles über ihn zu wissen schien. »Die ganze Geschichte ist ziemlich kompliziert«, war das Einzige, was ihm einfiel, um wenigstens ein wenig Autonomie zurückzuerobern.

»Das glaube ich sofort«, sagte sie.

Plötzlich erklang die Vibration eines Telefons. Felix schreckte auf, griff in seine Hosentasche und zog sein Handy heraus.

»Das ist der Anwalt«, sagte er nach einem Blick auf das Display und eilte aus dem Raum. Sie hörten, wie er im Flur das Telefonat annahm.

Connie hatte währenddessen den Blick nicht von Heinrich genommen. Wieder drehte sie ihr Rotweinglas zwischen den Fingern, als warte sie darauf, dass er etwas sagte.

»Wer hat es Ihnen erzählt?«, fragte er schließlich.

»Macht das einen Unterschied?«

Eigentlich hatte er nur wissen wollen, ob es Selin war, die durch das Haus spazierte und seine privaten Geheimnisse ausplauderte. Aber Connie hatte Recht, letztendlich machte es keinen Unterschied.

»Es stimmt also«, stellte Connie fest.

»Ja, es stimmt.«

Sie nahm einen Schluck aus ihrem Glas und stellte es dann neben ihr Sitzkissen auf den Boden. »Dann macht Ihre Anwesenheit ja etwas mehr Sinn«, sagte sie und stand auf.

Er folgte ihr mit dem Blick, als sie hinüber zu der Fotowand ging und vorsichtig eines der Bilder vom Haken nahm. Sie sah es einen Moment lang an, dann kam sie zu ihm herüber, kniete sich neben ihn und hielt ihm das Bild hin. Es zeigte sie mit einem Mann und einer Frau in einer Küche. Der Mann stand am Herd, während die Frauen am Tisch saßen und in die Kamera lachten. Erst auf den zweiten Blick wurde Heinrich klar, dass die Küche auf dem Bild dieselbe war, in der er noch vor einer halben Stunde Spaghetti gegessen hatte.

»Das ist Bille«, sagte Connie und zeigte auf die Frau, »und das Frederik. Rogers Eltern.«

Heinrich zog seine Augenbrauen hoch. Wenn man genau hinsah, erkannte man die Ähnlichkeit. Roger hatte die lange, schmale Nase seiner Mutter geerbt und den kleinen Mund seines Vaters.

»Wissen Sie, Frederik war ein trauriger Mann.« Sie drückte Heinrich das Foto in die Hände und kehrte zurück auf ihren Platz. Die Geschmeidigkeit, mit der sie sich aus der Hocke erhob und sich dann wieder auf ihr Kissen sinken ließ, ließ sie sehr viel jünger wirken, als sie war. »Bille tat alles, was man tun konnte. Sie überredete ihn zu einer Therapie, sie nahm ihm die täglichen Pflichten ab, sie schenkte ihm einen Sohn, obwohl sie selbst nicht unbedingt eine Mutter sein wollte. Aber es half nichts, Frederik blieb ein trauriger Mann. Er nahm sich das Leben, als Roger gerade mal drei Jahre alt war. Legte sich in die Wanne und schnitt sich die Pulsadern auf. In der Wohnung, in der Sie jetzt übernachten.« Sie hob ihr Glas an die Lippen, trank aber nicht, sondern sah ihn über den Rand hinweg an.

Heinrich blickte hinab auf den Mann, der lächelte, während er mit einem großen Löffel in einem Topf rührte. »Wieso erzählen Sie mir das?«

»Damit Sie verstehen, wieso Sie noch hier sind. Nicht nur Felix sieht etwas in Ihnen und in Ihrer Geschichte, sondern Roger auch. Letztendlich hat er das Sagen, er entscheidet, wer bleiben darf und wer nicht. Mit Ihrer Geschichte haben Sie ihn auf Ihre Seite gezogen.«

»Wieso Seite?«, fragte Heinrich. »Wieso gibt es hier Seiten? Ich will doch nur ein wenig Zeit mit Felix verbringen.«

Sie lachte. »Heinrich, was denken Sie über diese kleine Gemeinschaft?«

Er legte das Foto vor sich auf den Tisch und überbrückte sein Nachdenken, indem er einen Schluck Wein nahm. »Ich finde es gut, dass hier Menschen zusammenkommen, die ähnliche Ziele verfolgen.«

Sie nickte. »Und was, denken Sie, sind diese Ziele?«

Ein bisschen fühlte er sich wie in der Schule, Connies tiefe Stimme hatte die geduldige Beharrlichkeit einer erfahrenen Lehrerin. »Jungen Menschen einen Ort zu geben, an dem sie sich entfalten können und politisch aufgeklärt werden«, fügte er hinzu.

Connie lächelte und senkte den Blick. Ihre Gesichtszüge verhärteten sich, Kälte stieg in ihre Augen. Wieder drehte sie ihr Glas in den Händen, und Heinrich stellte sich vor, wie diese kleinen Hände Pflastersteine geworfen hatten.

»Früher war es so«, sagte sie leise. »Damals kämpften wir wirklich für etwas. Damals schien es wirklich um etwas zu gehen, wissen Sie? Die Zukunft der Demokratie. Wir machten uns Sorgen um die Zukunft unserer Kinder, Kinder wie Roger. Und sie steckten uns ins Gefängnis und richteten Wasserwerfer auf uns.« Sie zog den Ärmel hoch und zeigte ihm eine lange Narbe, die sich vom Ellenbogen über ihren Trizeps zog. »Haben mir den Arm gebrochen, die Polypenschweine! Und wir halfen uns und klärten uns auf und gaben einander Schutz. So war das damals.« Sie seufzte und schwieg einen Moment, verloren in ihren Erinnerungen. Heinrich betrachtete sie, diese kleine Frau, die mit einem Mal wirklich alt aussah. »Und dann war es auf einmal vorbei. Die großen Köpfe kamen nach Stammheim, die Achtziger brachen an, und mit einem Mal sorgten sich alle nur noch um ihre Jobs, ihre Autos, ihre Rente.«

»Aber nicht Sie und Rogers Mutter, oder?«

Wieder dieses bittere Lächeln. »Haben Sie Kinder, Heinrich?«

Er schüttelte den Kopf.

»Die Prioritäten verschieben sich, wenn man ein Kind hat. Das hat sie zumindest gesagt. Und dass er eine Vaterfigur brauche, der Junge.« Sie atmete tief ein, schloss die Augen, und als sie sie wieder öffnete, saß da wieder die alte Connie, unnahbar und kampfbereit. »Die Gesellschaft verändert man nicht, wenn man nach den anerkannten Regeln spielt. Roger steht mit seinen Plakaten direkt neben den Zeugen Jehovas und bekommt in etwa genauso viel Aufmerksamkeit. Wieso, glauben Sie, haben wir in den 60er- und 70er-Jahren so einen Einfluss haben können?« Sie ließ ihm keine Zeit, zu antworten, und sah ihm stattdessen fest in die Augen. »Weil wir die Abläufe in der Gesellschaft gestört haben. Erheblich gestört haben. Wir waren nicht vorhersehbar. Heutzutage gibt es in Firmen Budgets für Gegendemonstrationen. Die Leute, die radioaktiven Abfall durch die Gegend karren, rechnen doch damit, dass sich ein paar Leute von der Antifa an die Gleise ketten. Die Hundertschaft steht schon bereit, alles ist berechnet, alles durchkalkuliert. Und trotzdem stimmt die Gewinnmarge, sonst würden sie die Abfälle wahrscheinlich ausfliegen oder so. Man muss die Menschen, die Unternehmen da treffen, wo es wirklich weh tut.«

Mit jedem ihrer Worte war ihre Stimme lauter geworden, hatte sie sich mehr aufgerichtet und schien jetzt von oben auf Heinrich herabzublicken. Sie hielt den Zeigefinger erhoben, ganz die Lehrerin. Dann lachte sie, entspannte dabei die Schulter und zog ihr Kleid zurecht, dessen tiefer Ausschnitt ihr beim Gestikulieren über die Schulter gerutscht war.

»Ich predige schon wieder.«

Heinrich räusperte sich. »Kein Problem«, sagte er. »Ich stimme Ihnen zu.«

Sie zog die Augenbrauen hoch.

»Na ja«, fügte Heinrich hinzu, »die Sache mit den Plakaten.« Er kicherte. »Es wirkt ein wenig peinlich.«

Connie nickte, lächelte, hob ihr Glas und trank einen Schluck. Eine Wärme durchströmte Heinrich. Ihm war nicht bewusst gewesen, wie sehr er auf ihre Anerkennung gehofft hatte, wie sehr er auf ihrer Seite stehen wollte.

Mit einer düsteren Miene kam Felix zurück ins Zimmer und schob dabei sein Handy in die Hosentasche. Er plumpste auf das Sitzkissen und leerte sein Weinglas mit einem Zug.

»So schlimm?«, fragte Connie.

Felix ließ den Kopf hängen. »Ich muss am Donnerstag zum Staatsanwalt. Der will mir noch ein paar Fragen stellen.«

Connie riss die Augen auf. »Da lässt dein Anwalt dich hingehen? Wieso schickt er nicht einfach ein Schreiben?«

Felix seufzte. »Er sagt, es zeigt guten Willen, wenn ich hingehe. Und vielleicht kriegen wir ihn so dazu, dass ich nach Jugendstrafrecht verurteilt werde. Morgen treffe ich mich mit ihm und gehe die Fragen durch.« Er wirkte ausgelaugt und sehr klein.

Connie legte ihm eine Hand auf die Schulter. »Es tut mir leid. Wenn ich das gewusst hätte, hätte ich dich niemals …«

Felix unterbrach sie mit einem ruckartigen Kopfschütteln. »Ist schon okay. Es ist nicht deine Schuld.«

Sie lächelte ihn an wie eine Mutter ihr Kind, ihr Gesicht weich und hell. Sie griff nach seiner Hand, und einen Moment lang hielten sie sich aneinander fest.

Dann rappelte Felix sich auf. »Aber jetzt wäre ich gerne alleine. Heinrich, kommst du mit runter?«

Heinrich nickte und stand auf, seine Knie steif vom langen Sitzen am Boden. Connie brachte sie zur Tür.

»Heinrich«, sagte Connie, und er drehte sich noch einmal zu ihr um. »Sie haben meine Frage von gestern noch nicht beantwortet. Kommen Sie wieder, wenn sie eine Antwort haben.«

Dann schloss sie die Tür.

Heinrich ging mit gesenktem Blick die Treppe hinab, Felix hinter ihm her.

»Was meinte sie damit?«, fragte er.

Heinrich zuckte mit den Schultern. »Nicht so wichtig.« Er zwang sich zu einem Grinsen und drehte sich zu Felix um. »Also war sie es, die dich auf die Idee mit dem Anruf gebracht hat?«

Felix nickte. »Allerdings.«

»Und? Bereust du es jetzt, auf sie gehört zu haben?«

Der Junge zögerte einen Moment. »Ich bin nicht böse auf sie, wenn du das meinst. Es war meine eigene Entscheidung, und ich muss die Verantwortung dafür übernehmen. Aber wenn du wissen willst, ob ich es bereue, den Anruf überhaupt gemacht zu haben, dann weiß ich es nicht.«

Heinrich fragte nicht weiter. Ihm fiel auf, dass die Verfassung des Jungen seine eigene Sicht auf die Tat veränderte. Noch vorhin hatte er Felix bewundert für dessen Überzeugung und den Mut, etwas verändern zu wollen. Aber jetzt, wo sie alle mit den Konsequenzen konfrontiert waren, nahm alles einen bitteren Geschmack an. Felix hatte das Risiko gekannt, aber hatte er sich wirklich vorstellen können, wie es sein würde als Angeklagter vor Gericht, der eine Strafe zu erwarten hatte? Wahrscheinlich nicht. Und vielleicht hatte

er es sich auch gar nicht vorstellen wollen. Immerhin konnte Connie sehr überzeugend sein. Ihre Gedanken schienen
einer klaren Logik zu folgen, sie sprach aus einer Erfahrung,
die sie alle nicht teilten. Und sie hatte Leidenschaft, wahre,
laute, impulsive Leidenschaft für ihre Sache. Ansteckende
Leidenschaft. Und Heinrich war infiziert.

8

Es war bereits weit nach elf, als Heinrich am nächsten Morgen an Felix' Tür klopfte. Vergeblich wartete er auf eine Antwort. Er klopfte erneut, auch wenn er wusste, dass Felix ihn in seinem Zwölf-Quadratmeter-Zimmer nicht überhört haben konnte.

»Ist schon unterwegs«, hörte Heinrich eine Stimme hinter sich sagen. Er drehte sich um und sah Roger, der im Rahmen der Küchentür lehnte.

»Ah«, krächzte Heinrich mit unbenutzter Stimme. »Danke.«

Roger verschwand wieder in der Küche und Heinrich schlurfte zurück zu seinem Zimmer, blieb vor der geschlossenen Tür stehen, drehte sich dann um und spähte durch die gegenüberliegende Tür. Roger stand vor dem Herd und rührte in einer Pfanne. Langsam machte Heinrich ein paar lautlose Schritte und lehnte sich an den Türrahmen. Es roch nach Ei und Fett.

»Traurig, was der Junge durchmachen muss«, sagte Roger, ohne sich umzudrehen.

Heinrich nickte.

»Weißt du«, fuhr Roger fort, »ich gebe mir ein bisschen die Schuld. Immerhin ist er unter meinem Dach auf diese bescheuerte Idee gekommen. Ich kann nur hoffen, dass er glimpflich davonkommt.« Er schaufelte das Rührei auf einen Teller, stellte die Pfanne ins Spülbecken, wo sie empört zischte, und setzte sich an den Tisch.

»Und dann auch noch der ganze Stress mit seinen Eltern«, sagte Heinrich.

Roger zuckte mit den Schultern. »Das gibt sich schon, denke ich.« Als er Heinrichs fragenden Blick sah, fuhr er fort: »Alle Kids, die hierherkommen, haben Probleme mit ihren Eltern. Meist klärt sich das von alleine, wenn sie Abstand gewonnen haben.«

»Ich denke doch, dass es bei Felix ein bisschen schwerwiegender ist«, grummelte Heinrich.

»Ach was, mach dir da mal keine Sorgen. Ich habe schon viele wie ihn gesehen, die finden immer einen Weg.«

»Du weißt schon, dass Felix' Vater ihn auf ein Internat schicken will? Nach England?«

Roger nickte und schluckte laut. »Er hat es mir erzählt.«

Heinrich war erstaunt über Rogers Mangel an Empörung. »Und das findest du gut?«

»Ich finde es weder gut noch schlecht. Das müssen Felix und seine Eltern entscheiden. Der Junge ist volljährig, er kann zu nichts gezwungen werden. Aber vielleicht wäre das eine tolle Chance für ihn. Er ist so schlau, es wäre eine Schande, wenn er aus purem Trotz auf eine gute Ausbildung verzichten würde.«

Heinrich versuchte, seine brodelnde Wut im Zaum zu halten. »Mir scheint sein Vater ein rechter Despot zu sein. Und Felix sieht für mich nicht wie jemand aus, der aus Trotz Dummheiten macht.«

Roger lachte auf. »Und die Sache mit dem Zug? War das etwa keine Dummheit?«

»Er wollte etwas bewegen.«

»Er wurde instrumentalisiert. Und das ging nur, weil er wütend auf seine Eltern war. Mir klingt das sehr nach einer

Trotzreaktion. Glaube mir, davon habe ich in meiner Zeit hier viel gesehen.«

Gerne hätte Heinrich Roger den Teller unter der Nase weggezogen und ihm das Rührei ins Gesicht geworfen. Stattdessen löste er sich vom Türrahmen und richtete sich hoch auf.

»Vielleicht wollte Felix einfach seine tiefsten Überzeugungen zum Ausdruck bringen.«

Roger ließ sich von Heinrichs Pose nicht beeindrucken. »Tiefste Überzeugungen? Welche Überzeugungen hattest du mit 18?« Als Heinrich nicht antwortete, setzte er nach. »Komm schon! Wer warst du mit 18? Und bist du heute noch dieselbe Person?«

»Es ist viel passiert in der Zwischenzeit«, sagte Heinrich mit fester Stimme und hörte selbst, wie albern er klang.

»Eben. Und auch Felix wird noch viel passieren. Ich wollte mit 18 Soldat werden. Kein Scheiß! Aber sie haben mich ausgemustert. So ist das Leben. Wir verändern uns und wir treffen heute Entscheidungen, die wir vor drei Jahren ganz anders getroffen hätten. Ich will nur, dass Felix seine Entscheidungen aus den richtigen Gründen trifft, nicht aus Wut oder Trotz, sondern aus Liebe und Hoffnung und Freude. Und dabei werde ich ihn unterstützen.«

Rogers Gesicht hatte die weiche Freundlichkeit eines Priesters angenommen. Er lächelte Heinrich so warm an, dass er wegsehen musste.

»Nun«, sagte er, »da sind wir wohl unterschiedlicher Meinung.«

Rogers Lächeln wurde noch breiter. »Das Schöne ist ja, mein lieber Heinrich, dass unsere Meinungen nichts zur

Sache tun. Diese Entscheidung müssen wir nämlich nicht treffen.«

Heinrich suchte verzweifelt nach einer Erwiderung, einem schlauen Kontraargument, das er Roger entgegenbringen könnte. Beinahe hätte er gesagt, dass er Felix dabei helfen würde, seinen eigenen Weg und nicht den seiner Eltern zu gehen, da stand Roger unvermittelt auf, nahm seinen Teller und begann abzuwaschen. Heinrich sah ihm noch einen Moment zu, aber Roger beachtete ihn nicht mehr. Rückwärts verließ Heinrich die Küche und verschwand in seinem Zimmer.

Laute Stimmen rissen Heinrich aus dem Schlaf. Das Buch, das er gelesen hatte, lag auf seiner Brust. Er hatte geschwitzt und fühlte sich klebrig. Die Stimmen waren nah, direkt vor seiner Tür.

»... mich durchlassen«, sagte jemand mit Nachdruck. Dann folgte eine andere Stimme.

»Vielleicht beruhigen wir uns alle erst mal.« Es war Roger.

»Gehen Sie mir aus dem Weg!«

Und dann hörte Heinrich Felix' Stimme.

»Papa!«

Sofort sprang er auf und stürmte aus dem Zimmer. Er rannte in Roger hinein, der zusammen mit Tom und Günther einem fremden Mann den Weg in die Wohnung versperrte. Der Fremde war ein hagerer, hochgewachsener Mann mit grauen Haaren. Er trug einen beigen Mantel aus Schurwolle und einen Anzug darunter. Sein Gesicht war gerötet, er war kurz davor, die Fassung zu verlieren.

»Sie werden mich sofort zu meinem Sohn durchlassen«, sagte er jetzt und deutete durch den Flur. Heinrich folgte mit dem Blick dem ausgestreckten Finger. Felix stand in der Tür seines Zimmers, halb hinterm Türrahmen versteckt. Sein Gesicht war verzerrt, einen Arm hatte er um sich geschlungen, der andere hing herab und seine Finger gruben sich in die Nagelhaut seines Daumens. Es blutete bereits.

»Felix ist volljährig, und Sie können ihn nicht einfach mitnehmen«, sagte Roger gerade und versuchte, seiner Stimme einen beruhigenden Tonfall zu geben. Lustig, dachte Heinrich, dass manche Menschen wirklich glauben, jeden mit rationalen Argumenten überzeugen zu können.

»Sagen Sie mir nicht, was ich kann und was nicht, Sie Terrorist.« Felix' Vater brüllte jetzt, seine Arme begannen zu zucken. Noch eine halbe Minute und er würde auf jemanden losgehen.

»Entschuldigen Sie!« Heinrich drängte sich zwischen Roger und Tom nach vorne und streckte dem Mann die Hand hin. »Sie sind also Herr von Thum. Es ist mir eine Freude.«

Der andere nahm verdutzt die Hand und schüttelte sie.

»Mein Name ist Heinrich Knopp. Ich bin ein Freund Ihres Sohnes.« Heinrich zog seine Hand zurück und sah dem Mann fest, aber freundlich in die Augen. »Wie ich höre, war Felix heute beim Staatsanwalt zur Befragung?«

Herr von Thum nickte. »Allerdings«, sagte er, »obwohl ich mich frage, was Sie das angeht.«

Heinrich ignorierte die Spitze. »Und wie ist das Treffen verlaufen?«

»Sehr gut, sagt der Anwalt.« Der Mann reckte das Kinn in die Höhe.

»Sie waren also nicht dabei?«, fragte Heinrich.

Felix' Vater schüttelte verwirrt den Kopf. »Wie meinen?«

»Sie haben Ihren eigenen Sohn nicht zur Befragung durch die Staatsanwaltschaft begleitet?« Heinrich hob die Augenbrauen und ließ seine Stimme leicht sinken, als sei dies eine Vorstellung, die ihm sehr fremd erschien.

»Ich hätte doch sowieso nicht mit hineingehen dürfen.«

»Aber Sie hätten draußen warten können. Quasi als seelischer Beistand.«

Jetzt wurde Herr von Thum langsam wieder wütend. »Ich hatte zu arbeiten.«

»Ah!« Heinrich nickte und senkte den Blick. »Ich verstehe, Prioritäten.«

Für einen Augenblick herrschte Schweigen. Die Umstehenden warteten wie versteinert, peinlich darauf bedacht, die angespannte Situation nicht durch eine unbedachte Bewegung zur Explosion zu bringen.

»Und«, setzte Heinrich erneut an, »was möchten Sie jetzt hier?«

Herr von Thum rauchte vor Wut. »Ich will meinen Sohn nach Hause holen.«

»Aha. Und wieso gerade jetzt?«

Wieder verlor der Mann seinen Faden. »Wie, wieso jetzt? Seine Mutter und ich machen uns Sorgen.«

Heinrich lächelte bewusst jovial. »Natürlich tun sie das. Ich dachte nur. Felix ist seit beinahe einer Woche wieder hier, heute ist Dienstag. Eine lange Zeit, um plötzlich festzustellen, dass Sie sich Sorgen um Ihr einziges Kind machen.«

Die Schuld kroch über das Gesicht des Mannes, setzte sich in den großen Nasenflügeln fest, die zu beben begannen. Er war noch nicht fertig. Er stellte sich auf die Zehenspitzen, schaute über sie alle hinweg und fixierte Felix. »Wenn du nicht augenblicklich mitkommst, werde ich keinen Cent für deinen Anwalt zahlen«, rief er. »Geschweige denn für den Schadenersatz.«

Heinrich hob sich in das Blickfeld des Mannes. »Das dürfte kein Problem sein. Im Notfall bin ich als Felix' Freund gerne bereit, alle anfallenden Kosten zu tragen.«

Herr von Thum brauchte einen Moment, um das zu verarbeiten, dann schob er mit einer knackigen Bewegung sein Gesicht so nah an Heinrichs, dass sich ihre Nasen fast berührten. Heinrich konnte den Atem des Mannes riechen, bitter und sauer und Beweis dafür, dass er zu wenig aß und zu viel Kaffee trank.

»Wer sind Sie eigentlich?«, fauchte er.

Heinrich behielt sein Lächeln bei. »Wie gesagt, ich bin Heinrich.«

Sie verharrten für ein paar Sekunden in dieser Position, und Heinrich rechnete fast damit, jetzt eine kräftige Kopfnuss zu bekommen, doch dann, unauffällig und doch wahrnehmbar, wich die Spannung aus Herrn von Thums Schultern.

»Das hier ist noch nicht zu Ende«, flüsterte er, drehte sich auf dem Absatz um und marschierte lautstark die Treppe hinunter.

Mit einem kollektiven Seufzer entspannten die Zurückgebliebenen sich. Tom lachte einmal auf, ein Laut der Überraschung. Günther pfiff durch die Zähne und gab Heinrich einen kräftigen Schlag auf die Schulter.

»Das war großartig«, sagte er.

Heinrich nickte und lächelte nervös. Es fühlte sich an, als würde er in seinen Kopf zurückkehren, als sei er von einer fremden Macht gesteuert worden.

»Wie hast du das gemacht?«

Heinrich wusste es selbst nicht. Er hatte keine Strategie verfolgt, keinen Plan gehabt. Er hatte nur mit einem Mal einen unvorstellbaren Hass auf diesen Mann verspürt. Diesen Anspruch auf seinen Sohn, die Überzeugung, über Felix bestimmen zu dürfen. Felix war ein erwachsener Mann, volljährig, und er hatte sich entschlossen, hierzubleiben, bei ihm. Niemand würde ihm das wegnehmen.

»Ich brauche jetzt erst mal ein Bier«, sagte Tom, und Günther nickte heftig und klopfte Heinrich auf den Rücken.

»Komm mit. Darauf müssen wir anstoßen.«

»Geht ihr vor, ich komme gleich nach«, sagte Heinrich und schaute den Flur hinunter. Felix hatte sich in sein Zimmer zurückgezogen, die Tür war geschlossen.

»Gut«, sagte Günther. »Wir sehen uns dann unten.« Gemeinsam mit Tom verließ er die Wohnung. Roger blieb noch einen Augenblick stehen, sah Heinrich an.

»Wie ich sehe, hast du dir meine Worte von vorhin nicht wirklich zu Herzen genommen.«

Heinrich verkniff sich ein Grinsen. »Ich werde Felix dabei unterstützen, seinen Weg so zu gehen, wie er das möchte«, antwortete er.

»Weißt du denn, was Felix möchte?«

»Er will sicherlich nicht von einem hysterischen Vater aus der Wohnung geschleift werden.«

»Nein, das sicher nicht«, antwortete Roger. Für einen Moment sah es so aus, als wollte er noch etwas sagen. Dann drehte auch er sich um und schloss die Wohnungstür hinter sich.

Heinrich klopfte zweimal vorsichtig an Felix' Tür und trat ein, ohne auf eine Antwort zu warten. Felix saß auf seinem Bett, an die Wand gelehnt, sein Handy zwischen den Fingern.

»Oh, du bist es«, sagte er ohne erkennbare Freude darüber, Heinrich zu sehen. Sofort wanderte sein Blick zurück auf sein Telefon.

Heinrich ließ sich im Schneidersitz vor der Matratze nieder, die engen Jeans spannten um seine Knie, aber er legte die Ellenbogen auf die Beine und beugte sich lässig nach vorne.

Felix sprach, während er tippte. »Das war wohl ziemlich cool.«

Zu gerne hätte Heinrich gefragt, wem er da schrieb, aber er traute sich nicht, wollte nicht zu tief in die Privatsphäre des Jungen eindringen.

»Dein Vater darf nicht so mit dir umgehen. Du bist erwachsen und darfst selbst entscheiden, was du tust und wo du lebst.«

Felix schwieg, seine Finger hatten aufgehört, sich zu bewegen. Dann atmete er einmal tief durch und sagte: »Das war ganz schön krass, was du da gesagt hast.«

Heinrich lehnte sich noch weiter nach vorne und legte Felix eine Hand auf den Arm.

»Ich wollte nur, dass er versteht, wie du dich fühlst. Es ist nicht okay, dass ihm alles wichtiger ist als sein Sohn.«

Felix legte sein Handy ans Kopfende des Bettes, wobei Heinrichs Hand von seinem Arm rutschte. »Ich bin mir nicht sicher, dass das wirklich so ist«, sagte er leise.

Heinrich seufzte. Der Schmerz des Jungen schmerzte ihn. »Ich weiß, dass es wehtut, sich solche Dinge einzugestehen. Aber du brauchst ihn nicht mehr. Wir sind jetzt deine Familie.« Und er breitete seine Arme aus, als warte er nur darauf, dass Felix sich hineinwerfen würde. Der lächelte aber nur leicht und hielt den Blick gesenkt.

Das Schweigen hielt an, bis Heinrich seine Arme herunternahm und sich räusperte. »Die anderen wollen unten anstoßen. Kommst du mit?«

Felix' Handy vibrierte. Er reckte sich danach und versank in der Nachricht, die er bekommen hatte. »Vielleicht später«, murmelte er und begann zu tippen.

Heinrich unterdrückte den Impuls, Felix das Handy aus der Hand zu reißen, um zu sehen, was jetzt so wichtig sein konnte. Hatte er sich eigentlich bedankt? Hatte er überhaupt registriert, dass Heinrich ihm angeboten hatte, alle Kosten zu übernehmen? War das nichts wert? Doch er zügelte sich, erinnerte sich daran, wie schwer es gerade für Felix war, wie kompliziert und verstrickt ihm alles vorkommen musste. Nachsicht war geboten. Also stand er auf und sagte: »Ich würde mich freuen, wenn du noch dazukämest.« Dann verließ er das Zimmer.

Als er in die Gemeinschaftsräume trat, waren sie alle schon da: Günther und Tom, Sven und Tatjana, die Mädels aus dem zweiten Stock, sogar Connie war gekommen und hatte eine Flasche Wein beigesteuert. Sie empfingen ihn wie einen Soldaten, der aus dem Krieg heimgekehrt war. Sie applaudierten, sie riefen seinen Namen, sie schüttelten ihm die Hände. Günther schob ihm eine Flasche Bier zu, Roger stieß mit ihm an, und sogar Selin, die sich in eine Ecke des Raumes geschoben hatte, konnte sich ein Lächeln nicht verkneifen. Sie reichten ihn herum wie eine Trophäe, und immer wieder musste er die Geschichte erzählen, während er mit halbem Ohr Tom hören konnte, der seine Version der Ereignisse zum Besten gab. Mit jeder Flasche Bier wurde die Geschichte abstruser. Herr von Thum war der

Drache und Heinrich der Drachentöter. Beinahe wartete er darauf, dass jemand ein Lied über ihn anstimmen würde.

Als seine Zunge müde vom Reden und sein Kopf leicht vom Alkohol war, ließ er sich neben Connie auf das Sofa sinken. Die Flasche Wein stand leer neben ihren Füßen, ein letzter großer Schluck schwappte in dem dickbauchigen Glas, das sie zwischen ihren Fingern drehte. Sie lächelte ihn an mit einer Wärme, die ihm neu war. Ihr Gesicht wirkte Jahre jünger. Jetzt ähnelte sie sehr der Frau, die auf den Fotos an ihrer Wand abgebildet war.

»Sie sind ein Held«, sagte sie.

Heinrich lachte. »Ich habe nur einem Freund geholfen.«

»Oh nein, Sie verstehen nicht. Felix' Vater hat einen Ruf in dieser Gemeinschaft.«

Er hob fragend die Augenbrauen.

»Damals, als Felix zu uns kam, hätten wir ihn beinahe nicht aufgenommen«, sagte Connie. »Selin hatte Sorge, dass Felix' Vater zum Problem werden könnte. Roger hat sich gegen sie durchgesetzt – eine merkwürdige Beziehung, die die beiden da führen. Jedenfalls hat Herr von Thum anfangs ein ziemliches Aufhebens gemacht. Ständig hat er angerufen und mit Klagen und der Polizei und sonst was gedroht. Alle paar Tage stand das Ordnungsamt vor der Tür, das Jugendamt, irgendein Amt. Günthers Zimmer haben sie wegen Verdacht auf Drogenbesitz durchsucht, aber da hatte der sein Gras schon woanders versteckt. Und ein paar Kids hat das Jugendamt tatsächlich nach Hause geholt. Aber irgendwann hat es einfach aufgehört. Wahrscheinlich hatte er andere Prioritäten. Oder er hat gemerkt, dass er auf die Art seinen Sohn nur weiter wegtreibt. Jedenfalls hat er vielen hier ziemliche Angst gemacht.«

Heinrich musste an die Stirn des Mannes denken, an die eine tiefe Falte, die sich senkrecht zwischen seinen Augen gezogen hatte. Die Wutfalte eines Mannes, der normalerweise bekam, was er wollte, auch wenn er dafür die Stimme erheben musste.

»Das haben Sie elegant gelöst«, sagte sie und nahm einen Schluck aus ihrem Glas.

»Ich bin einfach nur ruhig und logisch geblieben«, antwortete Heinrich. Ihr Lob war gleichzeitig aufregend und unangenehm. Er zwang sich, sie anzusehen und dabei keine Miene zu verziehen.

Connie lachte. »Wissen Sie noch, Heinrich, was Sie vorgestern über das Plakat gesagt haben? Warum Sie diesen Spruch vorgeschlagen haben?«

Er schüttelte den Kopf, obwohl er sich denken konnte, worauf sie hinauswollte.

»Dass man die Menschen da treffen muss, wo es ihnen wehtut.« Sie schaute ihn an, als wartete sie auf eine Antwort. Als er nichts sagte, fuhr sie fort. »Genau das haben Sie getan, Heinrich. Sie haben den Mann da getroffen, wo es ihm wehtut. Er ist ein abwesender Vater gewesen, und sein Sohn bestraft ihn dafür. Er hat kein Recht, jetzt etwas einzufordern. Das haben Sie ihm vor Augen geführt, und es schmerzt ihn.«

»Ein bisschen spät dafür«, sagte Heinrich und hörte den beißenden Ton in seiner Stimme.

»Mag sein, aber so ist das mit den Emotionen: Sie halten sich nicht immer an Recht und Ordnung.«

»Ich habe keine Emotionen bei dem Mann gesehen. Wut vielleicht, Arroganz und Herrschsucht, aber viel mehr nicht.«

»Unterschätzen Sie ihn nicht«, sagte Connie, und Heinrich nickte ihr zu, dankbar und mit einer plötzlichen Intimität, als hätten sie sich gegen einen größeren Feind verbündet. »Jedenfalls verstehen Sie jetzt, was ich neulich meinte, als wir über die Protestaktion gesprochen haben.«

Heinrich musste seine Gedanken sammeln, wusste erst nicht, was sie meinte, aber dann sagte er: »Sie dort treffen, wo es wehtut.«

»Genau!«

»Und ein paar Leute mit einem Plakat vor einem Einkaufszentrum tun niemandem weh.«

Connie lächelte. »Genau!«

Heinrich trank den letzten Schluck Bier aus seiner Flasche und stellte sie neben sich auf den Boden. »Was würden Sie stattdessen tun?«

Sie drehte sich zu ihm und begann zu reden, als habe sie auf die Frage gewartet. »Erst mal müssen wir uns im Klaren darüber sein, wen wir treffen wollen. Doch nicht die Bürger. Natürlich wäre es toll, wenn wir jeden Einzelnen davon überzeugen könnten, sich nicht auf die Tricks der Industrie einzulassen, aber das ist utopisch. Packen wir das Übel also bei der Wurzel. Wir müssen diejenigen treffen, die die Gutgläubigkeit der Bürger auf so schamlose Weise ausnutzen.«

»Die Verkäufer?«, fragte Heinrich und stellte sich die jungen Leute vor, die seine Einkäufe abkassierten und die Regale einräumten.

»Die Hersteller. Die Ketten. Die Fabrikanten. Die Industrie.« Connie hatte wieder die feurige Aura, die ihn neulich so erschreckt und fasziniert hatte, ein Glühen, die Entschlossenheit einer Jeanne d'Arc, bereit in den Krieg zu ziehen. »Ihnen müssen wir in die Suppe spucken, Sand in ihr Getriebe streuen. Oder besser: Wir müssen sie Geld kosten. Denn das ist der einzige Punkt, an dem man ihnen richtig wehtun kann, beim Geld.«

Das Blitzen in ihren Augen. Ihre Faust, die sich fest um den Stiel des Glases geschlossen hatte, die nach vorne gebeugten Schultern. Während sie sprach, war sie nah an ihn herangerückt, verschwörerisch, und Heinrich war ihr unbewusst entgegengekommen, sodass sich ein kleiner, undurchdringlicher Raum zwischen ihnen gebildet hatte, der sie von den anderen abschottete.

»Was schwebt Ihnen vor?«, flüsterte Heinrich, und ihr Lächeln verwandelte sich in ein Grinsen, diabolisch und geheimnisvoll zugleich.

»Ich werde es Sie wissen lassen, mein lieber Heinrich.«

Irgendwann später, sehr viel später, nach zahllosen Flaschen Bier und ebenso vielen Gesprächen, als Heinrich sich gerade erschöpft auf einen Stuhl hatte sinken lassen, erschien Miezes Gesicht vor ihm.

»Na, du Held?«, sagte sie und zwinkerte.

Er lächelte, machte eine wegwerfende Geste und fühlte, wie er dabei auf seinem Stuhl schwankte.

Sie lachte, strich ihm über das Haar. Dann griff sie seine Hand und zog ihn hoch. Wortlos folgte er ihr durch das Zimmer, vorbei an den vielen Menschen. Irgendwann ließ sie seine Hand los, um einen großen Mann – War das Tom? – aus dem Weg zu schieben. Aber er folgte ihr weiter, als hielte sie ihn immer noch fest. Alles fiel weg, seine Vergangenheit, seine Zukunft, die Menschen um ihn herum und ihre Ansichten darüber, was hier passierte. Alles zerfiel zu Staub. Seine Existenz reduzierte sich auf die schwingende Hüfte, die schmalen Schultern, den wilden, schwarzen Haarknoten. Mieze ging vor ihm die Treppe hinauf, ohne sich umzudrehen, absolut sicher, dass er ihr folgen würde, sicher, dass er ihre Absichten kannte und sie teilte.

Von hinten legte er seine Hand auf ihre Hüfte, und er fühlte, wie ein geschmeidiger Schwung durch ihren Körper fuhr. Er wusste, dass sie jetzt lächelte, selbstsicher und fast ein bisschen arrogant. An seiner Wohnungstür ging sie vorbei, führte ihn ein Stockwerk höher, öffnete die Tür, die nicht abgeschlossen war, und er folgte ihr durch den dunklen Flur. Vor ihrer Zimmertür zog sie dann doch einen Schlüssel aus der Hosentasche, sperrte auf und ließ die Tür hinter sich offen, damit er hereinkommen konnte. Heinrich blickte noch einmal durch den leeren Flur und schloss dann die Tür. Als er sich umdrehte, stand sie zwei Meter vor ihm. Sie hatte ihr Haar geöffnet, und es fiel um ihre Schultern, streifte ihre Wangen. Das einzige Licht kam von einer blauen Lichterkette, die in einer Vase wie ein Strauß fluoreszierender Blumen neben ihrem Bett stand. Ihr Gesicht bestand aus Schatten. Trotzdem sah er, dass sie ihn anblickte. Sie lächelte nicht mehr. Er machte einen Schritt auf sie zu, blieb dann stehen. Jetzt kamen sie doch, die Zweifel. Hatte er sie richtig verstanden?

»Du …«, begann er seine Frage, aber sie legte den Zeigefinger an die Lippen, streckte die Hand aus und öffnete den obersten Knopf seines Hemdes. Die Haare an seinen Armen stellten sich auf. Dann machte sie einen Schritt auf ihn zu und küsste ihn, erst trocken, dann feucht. Er schob seine Zunge tief in ihren Mund, als wäre dort etwas zu finden, und sie atmete hörbar durch die Nase ein, drückte ihr

Becken gegen das seine und bog sich nach hinten. Seine Finger fanden den schmalen Streifen zwischen T-Shirt und Hosenbund, fanden ihre Haut. Mieze machte einen abrupten Schritt rückwärts, ihre Lippen lösten sich, und sie sah ihn an. Erst jetzt merkte er, dass er kein Hemd mehr anhatte. Sie zog sich das T-Shirt über den Kopf, schälte sich aus ihrem BH und erlaubte ihm, sie anzusehen, ihre kleinen, festen Brüste, die hervorstehenden Schlüsselbeine, den langen Hals. Er wollte sie anfassen, seine Hand bewegte sich schon von allein, doch er hielt sie zurück, schämte sich auf einmal, auch für seine eigene Nacktheit. Er legte den Arm um seine eigene Taille, seine Haut so viel stumpfer als ihre unter seinen Fingern. Mieze lächelte jetzt, legte sanft ihre Hand auf seine Brust und schob ihn zum Bett. Er stolperte dagegen, musste sich setzen, und sie ließ sich rittlings auf seinem Schoß nieder, schob ihn nach hinten, legte sich auf ihn und küsste ihn wieder. Heinrich ließ es geschehen. Dass sie erst seine und dann ihre Hose auszog, dass sie seine Brust küsste, seinen Bauch, seinen Penis. Er konnte seinen Blick nicht mehr fokussieren, alle Sinneswahrnehmungen verschwammen zu einer einzigen, als wären Schmecken, Fühlen und Sehen im Grunde dasselbe.

Und jetzt fiel sie ihm ein, Susanne, seine Ehefrau, die er hier betrog, genau jetzt in diesem Augenblick. Er war ein Ehebrecher. Fast konnte er sie sehen, im grauen Hosenanzug, wie sie auf ihn herabblickte, während ein junges Mädchen ihm einen blies. Das Entsetzen in ihrem Gesicht.

Mit einer fließenden Bewegung tauchte Mieze auf, warf ihre Haare zurück und setzte sich auf ihn. Er stieß sein Becken gegen das ihre in schnellen und immer schnelleren Bewegungen. Sie machten keine Pause, und er sah ihr zu, wie sie ihren Kopf nach hinten warf, hörte ihr Japsen und Stöhnen, das immer lauter und lauter wurde, bis er in sie explodierte. Sterne tanzten vor seinen Augen, und einen Moment lang schien er keine Luft zu bekommen. Als er sich gefangen hatte, war Mieze bereits von ihm heruntergestiegen, und als er die Augen öffnete, hoffte er fast, Susanne im Zimmer stehen zu sehen. Es war eine Enttäuschung, dass sie nicht da war.

9

Die folgenden zwei Tage durchlebte Heinrich wie in Trance. Er schlief wenig und wachte doch jeden Morgen frisch und ausgeruht auf. Dann streifte er durch das Haus, wurde an jeder Ecke von einem Lächeln und ein paar freundlichen Worten begrüßt, und auch er selbst lächelte viel, mehr als jemals zuvor, oder zumindest fühlte es sich so an. Er war aufgenommen, Teil von etwas, und er ließ sich hineingleiten in dieses neue Dasein.

Das schloss Mieze ein. Nach ihrer ersten Nacht hatte er bereits angefangen, sich die Worte im Kopf zurechtzulegen, mit denen er Susanne seine Untreue gestehen würde, hatte die Szene im Kopf durchgespielt, bis ihm auffiel, dass er sich nicht schuldig fühlte. Sein Leben mit Susanne war in den wenigen Tagen in unendliche Ferne gerückt. Wenn er überhaupt etwas empfand, dann Ärger, weil sie ihm im Weg stand, sogar aus der Entfernung. Und als Mieze an dem Abend in sein Zimmer geschlichen kam und sich wortlos vor ihm auszog, schob er jeden Gedanken an Susanne aus seinem Bewusstsein und ließ es geschehen.

Heinrich versuchte, sich in den Alltag der Gemeinschaft zu integrieren. Er hatte sich in den Putzplan eintragen lassen und schrubbte Bad und Küche in der Wohnung, die er mit Roger, Selin und Felix teilte. Von Felix selbst sah er wenig. Wenn der Junge mal aus seinem Zimmer kam, wirkte er abwesend und fahrig, machte sich schnell eine

Scheibe Brot oder ein paar Nudeln und verschwand dann wieder hinter seiner Tür. Einmal konnte Heinrich ihn in ein Gespräch verwickeln. Sie saßen am Küchentisch, während draußen der Regen gegen die Scheiben prasselte, und Felix reihte Sätze aneinander, die aus Gemeinplätzen bestanden und nicht in der Lage waren, seine Verwirrung zum Ausdruck zu bringen. Heinrich verstand trotzdem, versuchte immer wieder, ihm eine Perspektive und Mut zu geben, aber Felix rang sich nur ein schales Lächeln ab, bevor seine Augen wässrig wurden und er sich wieder in sein Zimmer verabschiedete. Heinrich nahm sich vor, dem Jungen Zeit zu geben, ihn nicht zu bedrängen. Doch insgeheim schmerzte es ihn, dass Felix sich ihm entzog. Wie groß musste sein Leid sein, wenn er es nicht einmal mit Heinrich teilte? Er konnte nur hoffen, dass Felix mit der Zeit auftauen würde, dass der Schock vergehen und er sich an die Umstände gewöhnen würde, genau wie es Heinrich nach dem Tod seiner Eltern hatte tun müssen. Sicher würde es Felix besser gehen mit der Zeit. Die Dinge würden kommen, wie sie kommen mussten, es würde ein Urteil geben, er würde seine Sozialstunden ableisten, und irgendwann würde er sich an diese Zeit zurückerinnern und daran denken, wer ihm zur Seite gestanden hatte. Also übernahm Heinrich ungefragt auch Felix' Haushaltsaufgaben und stellte sicher, dass sein Fach im Kühlschrank immer gefüllt war. Heinrich sagte sich, dass es nicht wichtig war, ob Felix seinen Einsatz jetzt zu schätzen wusste. Irgendwann würde er ihm dankbar sein. Aber manchmal, wenn Felix ihm im Flur begegnete und nicht mal den Blick hob, nur eine kurze Begrüßung murmelte und sich an Heinrich vorbeidrückte, dann stach es in Heinrichs Brust, und einen kurzen

Moment lang überlegte er, ob Felix etwas sagen würde, wenn er sein Kühlschrankfach auf einmal leer vorfände. Doch so ein Mensch war Heinrich nie gewesen, also übte er sich in Geduld und konzentrierte sich auf anderes.

Dazu gehörte Connie. Seit ihrem Gespräch auf der Feier zu seinen Ehren hatte sie sich nicht mehr in den Gemeinschaftsräumen blicken lassen. An einem Abend hatte Heinrich die Zeit, die es brauchte, um eine Flasche Bier zu trinken, auf der Couch verbracht, die Connies Stammplatz zu sein schien, und gehofft, sie würde einfach auftauchen und ihn endlich einweihen in was auch immer sie im Schilde führte. Denn dass sie etwas im Schilde führte, daran zweifelte er nicht. Doch sie blieb verschollen. Im Treppenhaus verdrehte er den Kopf und suchte das oberste Stockwerk nach Lebenszeichen ab. Einmal wurde er dabei von Tom überrascht, der gerade vom Einkaufen zu kommen schien, bepackt mit Tüten.

»Alles klar?«, fragte er nur und ging grinsend an Heinrich vorbei, als wisse er, was in Heinrichs Kopf vorging, als habe er selbst einmal so im Treppenhaus gestanden und auf eine Audienz gewartet.

Tom war es auch, der Heinrich am Donnerstagabend aus seinem Elend erlöste. Er hatte sich gerade etwas zu Essen gemacht und wollte sich mit dem heißen Teller in sein Zimmer zurückziehen, als plötzlich Tom im Flur stand. Er schien überarbeitet, seine Haut war fahl, schwitzig, und Staub hatte sich in den Falten abgesetzt, die von seiner Nase zu den Mundwinkeln hinabliefen, was ihm einen grimmigen Gesichtsausdruck verlieh.

»Connie schickt mich«, sagte er, und Heinrich brauchte keine Erklärungen, fragte auch nicht nach, sondern drückte Tom seinen vollen Teller in die Hand und ging in sein Zimmer, um sich Schuhe anzuziehen. Hinter sich hörte er, wie Tom sich die Kartoffeln mit Kräuterquark in den Mund schaufelte. Als Heinrich beschuht aus seinem Zimmer kam, war der Teller halb leer. Tom spießte eine weitere Kartoffel auf, schob sie in seinen bereits vollen Mund, stellte den Teller ab, und sie stiegen ins Dachgeschoss, Tom kauend vorneweg, Heinrich hinterher, als kenne er den Weg nicht.

Auf der Empore angekommen bogen sie nicht nach rechts zu Connies Wohnung, sondern nach links. Tom klopfte dreimal lang und dreimal kurz an die zerbrechliche Holztür, ein absurder Code, dachte Heinrich. Wahrscheinlich würde die Tür von alleine aus den Angeln fallen, wenn man sich nur dagegen lehnte. Günther öffnete. Auch er hatte Staub im Gesicht. Er streckte seinen Kopf aus der Tür und schaute sich um, wie um festzustellen, ob ihnen jemand gefolgt war, dann winkte er sie hastig hinein und schloss die Tür hinter ihnen.

Vor Heinrich erstreckte sich ein einziger großer Dachboden, Holzdielen, getäfelte Schrägen. In regelmäßigen Abständen stützten Balken das Dach – die Jahre hatten sich in das Holz gefressen. Bis zur Hüfte war der gesamte Raum gefüllt mit Kisten, Kommoden und Ramsch, Überbleibsel aus den Jahrzehnten, die das Haus stillschweigend durchlebt hatte. Dort eine Anrichte, Jugendstil, feine Einlegearbeit aus Perlmutt. Daneben ein Plastiksessel aus den 80ern, giftgrünes Polster auf weißer Hartschale. Zwischendrin mannshohe Bücherregale, vollgestopft mit Literatur, Triviales neben Kanon, Brecht neben Lem neben Hera Lind. Tom führte ihn durch einen Gang, der in der Mitte freigelassen worden war wie eine Schneise durch die Zeit. Im Gehen strich Heinrich mit den Händen über die Kartons, die den Weg säumten, und las die Aufschriften: Badezimmer, Hartmann 1997, Uni, Vêtements. Hinweise auf vergangene Bewohner. Dieser Dachboden war wie eine Zeitmaschine, dachte Heinrich. Die unentdeckten Schätze, die hier schlummerten. Die vergessenen Dinge, die vielleicht einmal so viel sentimentalen Wert besessen hatten, dass jemand sich nicht von ihnen hatte trennen können – und sie warteten immer noch auf die Bestätigung ihrer eigenen Wichtigkeit.

»Heinrich!« Die Stimme, Connies Stimme ohne Zweifel, riss ihn aus seinen Gedanken. Tom war nicht mehr vor ihm. Heinrich folgte der Stimme, ging noch zwei Schritte den Gang entlang und lugte dann rechts an einem Bücherregal vorbei. Connie saß an einem Tisch, vor sich eine Phalanx von etwa handgroßen Zylindern, allesamt in Alufolie eingewickelt.

»Heinrich, ich brauche Ihre Hilfe«, sagte sie, während sie einen weiteren Zylinder in Folie einwickelte. Tom hatte sich auf einen Stuhl sinken lassen und rieb sich den Bauch, der ihm offensichtlich das Herunterwürgen von Kartoffeln mit Quark übel nahm. Günther drängte sich an ihm vorbei und trat an einen zweiten Tisch, der hinter Connie stand und Heinrich deswegen noch nicht aufgefallen war. Darauf erkannte er eine elektrische Doppelherdplatte.

»Was machen Sie hier?«, fragte Heinrich und kam sich sofort extrem uncool vor wie der Streber, der seine Mitschüler beim Rauchen erwischt hatte.

»Setzen Sie sich.« Connie deutete auf einen Stuhl, der ihr gegenüber am Tisch stand, und Heinrich ließ sich nieder.

Zwischen ihnen standen die Zylinder wie eine Armee kleiner Soldaten, die auf ihren Befehl hin auf ihn losmarschieren würden. Connie lehnte sich zurück.

»Sie erinnern sich an unser letztes Gespräch?«

Heinrich nickte.

»Dann erinnern Sie sich auch, dass ich eine etwas«, sie unterbrach sich und suchte nach dem richtigen Wort, »nachdrücklichere Herangehensweise für die kommende Aktion bevorzugen würde.«

Heinrich nickte wieder. Aus dem Augenwinkel sah er, wie Tom ihn beobachtete.

Connie deutete auf die Zylinder. »Sie sehen sie vor sich.«

Heinrich schaute die Zylinder an. Es waren zehn Stück, sie sahen krude aus, wie die Bastelarbeit eines Kindergartenkindes. »Ich verstehe nicht ganz«, sagte er.

»Rauchbomben«, sagte Connie und verschränkte die Arme vor der Brust, als erwarte sie etwas von ihm.

Heinrich konzentrierte sich. Dies war sein Moment, er durfte ihn nicht versauen. »Kaliumnitrat, nehme ich an?« Er hob die Augenbrauen, wie es ein Professor getan hätte.

Connie nickte.

»Gemischt mit Zucker. Deswegen die Herdplatten.« Er fragte nicht mehr, er stellte fest. Connies Arme lockerten sich.

Er nahm einen Zylinder in die Hand und drehte ihn vorsichtig. »Es fehlt eine Zündschnur.«

Jetzt lehnte sie sich nach vorne. »Deswegen sind Sie hier. Wir haben ein Problem mit der Logistik. Wir wissen nicht, wie und wo wir sie am besten anzünden.«

Heinrich wusste nicht, worauf sie hinauswollte, aber es war unmöglich, sich jetzt die Blöße zu geben, wo er sie gerade in der Hand hatte, wo sie gerade zugegeben hatte, dass sie ihn brauchte.

»Was genau sind die Hindernisse?«, fragte er mit einem ernsten Ton und wusste, dass er so nicht unwissend, sondern wissenschaftlich wirken würde – eine Technik, die er sich in seiner Zeit als junger Chemiker angeeignet hatte.

»Wir wollen die Bomben im Einkaufszentrum zünden«, sagte Connie, »aber es ist zu auffällig, mit Feuer zu hantieren. Sie müssen einen besseren Weg finden.«

Müssen. Er musste. Sofort übersetzte sich das Verb in einen Klumpen in seinem Bauch. Er war froh, dass er die Kartoffeln nicht gegessen hatte.

»Nun, bei Kaliumnitrat braucht man Feuer«, sagte er. »Wenn Sie nicht so was wie einen Fernzünder haben, dann weiß ich auch nichts.«

Connie seufzte lautstark und sank in ihrem Stuhl zusammen. Tom wurde immer kleiner. Wahrscheinlich war es seine Idee gewesen. Immerhin hatte Tom schon mit Schwarzpulver hantiert, eine so krude Rauchbombe schien absolut auf seinem Mist gewachsen zu sein.

»Was wollten Sie denn damit machen?«, fragte Heinrich.

»Im Einkaufszentrum verteilen und so die Besucher vertreiben«, sagte Tom.

»Wir wollten sie treffen, wo es wehtut«, setzte Connie nach. »Ohne Käufer kein Umsatz.«

Heinrich nickte. Er verkniff sich einen Kommentar darüber, wie gefährlich Rauchbomben in geschlossenen Räumen waren – nicht so sehr wegen der Giftigkeit, obwohl die auch nicht zu vernachlässigen war, sondern wegen der Panik, die sie auslösen konnten. Er hatte immer angemessenen Respekt vor Menschenmassen gehabt. Die Bilder der Love

Parade in Duisburg hatten ihn lange verfolgt, die zusammengedrückten Teenager, Hände, die sich in Drahtzäune krallten. In Panik waren Menschen nichts anderes als wilde Tiere, eine Herde Ochsen, die sich ohne einen rationalen Gedanken fortbewegte. Eine Rauchbombe in einem vollen Einkaufszentrum: Das Desaster war vorprogrammiert.

»Man bräuchte etwas, das verzögert reagiert«, hörte Heinrich sich sagen, ohne zu wissen, was ihn zum Reden brachte. Aber seine Stimme klang fest und klug, also ließ er sich weitersprechen. »Etwas, das man unauffällig aus zwei Komponenten zusammensetzen kann. Eine Person kann quasi vorlegen und eine zweite kann dann den zweiten Wirkstoff zufügen. Etwas ohne Feuer.« Er grübelte. Und dann kam es wie eine Gotteserscheinung. »Kann es auch eine Stinkbombe sein?«

Tom lachte so laut auf, dass alle aus ihren Gedanken gerissen wurden. Connie zog eine Augenbraue hoch, Günther drehte sich von der Herdplatte weg. Er hatte ihre Aufmerksamkeit.

»Ich weiß, es klingt infantil, aber eine Stinkbombe ist eine elegantere Lösung. Einfache Herstellung, unauffällige Reaktion, kein Feuer.«

Connie musterte ihn neugierig. »Fahren Sie fort.«

Heinrich musste tief in seiner Erinnerung graben, bis ihm die Inhaltsstoffe wieder einfielen. »Man könnte Glasflaschen mit ein wenig Salzsäure an verschiedenen Orten im Einkaufszentrum verteilen.«

»Salzsäure?«, entfuhr es Günther in einem Ton, als hätte Heinrich vorgeschlagen, eine Atombombe zu zünden.

»Ganz schwache Salzsäure«, sagte Heinrich und fühlte sich mit einem Mal wie in einer Prüfung, vor ihm das

Gremium, das seine Leistung beurteilen würde, erpicht darauf, ihn aufs Glatteis zu führen. »Natürlich ist das trotzdem nicht ganz ungefährlich, aber mit den richtigen Vorkehrungsmaßnahmen kann nichts passieren. Außerdem brauchen wir Eisenpulver ...«

»Hab ich«, warf Tom ein, was Heinrich nicht überraschte.

»... und Schwefelpulver«, fuhr er fort.

»Habe ich nicht«, sagte Tom.

»Das ist kein Problem, das kann man in der Apotheke kaufen. Oder im Gartencenter. Aus Schwefel und Eisen machen wir kleine Kugeln, die eine zweite Person in die Flaschen mit der Salzsäure wirft. Ganz unauffällig natürlich. Die Reaktion erzeugt einen beißenden Gestank, der sich langsam ausbreiten und die Leute verscheuchen wird, hoffentlich.«

Connie schwieg. Alle Augen lagen auf ihr, aber sie ließ sich Zeit, überlegte offensichtlich lange und gründlich, oder sie genoss es einfach, ihn am ausgestreckten Arm verhungern zu lassen. Bevor sie endlich sprach, seufzte sie tief, als sei sie mit seiner Leistung unzufrieden.

»Könnten Sie das demonstrieren?«, fragte sie.

»Wenn ich alle Zutaten habe, gerne.«

Sie sah zu Tom hinüber und nickte fast unmerklich, und ohne dass ein gesprochenes Wort nötig war, stand Tom auf und verließ den Dachboden. Erst jetzt, durch diese fast unmerkliche Geste, verstand Heinrich die Hierarchien in dieser kleinen Gruppe, verstand ihre Funktion, ihr Selbstverständnis als Splitter, als Unterfraktion, und er wurde sich seiner eigenen Verpflichtung zur Verschwiegenheit bewusst. Nicht weil ihm Gefahr gedroht hätte, sondern weil es darum ging, Connies Zustimmung zu gewinnen. In ihren Kreis aufgenommen zu werden, war eine Ehre, die nur den Treuesten zuteilwurde. Allein dadurch, dass der Kreis so klein war, erschien eine Zugehörigkeit besonders erstrebenswert. Sie hatte ihn auf die Schwelle geholt, hatte ihm einen Blick ins Heiligste gestattet. Jetzt lag es an ihm, sich den Eintritt zu verdienen.

Bis Tom wiederkam, verschaffte Heinrich sich einen ausführlichen Überblick über das Chemielabor, das über die Jahre hinweg auf dem Dachboden entstanden war. Zusammengewürfelt war es, einige Teile sicher älter als er selbst, aber für einfache Prozeduren schien alles vorhanden zu sein. Günther öffnete einen Schrank und zeigte Heinrich eine Reihe von Bunsenbrennern aus allen Jahrzehnten seit den 70ern. Ein anderer Schrank beinhaltete Glasgefäße in den verschiedensten Formen und Größen. In einer Holzkiste bewahrte Tom seine Chemikalien auf, angestaubt und kaum beschriftet. Tatsächlich fand Heinrich dort eine Flasche mit 5-prozentiger Salzsäure sowie das Eisenpulver. Ansonsten zeugte die Sammlung genau wie der Brandfleck auf Heinrichs Teppich von Toms Vorliebe dafür, Dinge in die Luft zu sprengen: Schwarzpulver in rauen Mengen, Magnesium, Kalium, Phosphor. Heinrich wunderte sich, wo Tom all diese Stoffe herhatte, fragte ihn aber lieber nicht.

Als Tom zurückkam, den Kragen seiner Jacke hochgeschlagen und auf dem Gesicht einen leicht gehetzten Ausdruck, als habe er gerade eine Bank ausgeraubt, demonstrierte Heinrich in kleinen Schritten die Herstellung des Eisen-Schwefel-Gemischs. Er erhitzte das Pulver über einem der Bunsenbrenner auf einem mehr oder minder antiken Kaffeetisch, formte mit aller Vorsicht kleine

Kugeln, die zum Glück schnell abkühlten. Dann gingen sie zu viert hinunter auf die Straße, Heinrich ein Kügelchen in der Hand, Tom mit einem Glaskolben, in dem ein Schluck Salzsäure träge vor sich hin schwappte. Sie überquerten die Straße und suchten sich eine geschützte Stelle hinter einem Busch, wo Tom das Gefäß platzierte, woraufhin Heinrich das Kügelchen hineinfallen ließ, seine Hand so zittrig vor Aufregung, dass er das Kügelchen fast ins hohe Gras hätte fallen lassen. Es war zu dunkel, um die Bläschenbildung beobachten zu können, aber es dauerte nicht lange, bis sie einhellig einen Schritt zurücktraten, um dem Gestank auszuweichen, faulig und beißend, charakteristisch für Schwefel. Günther lachte, während er sich den Ärmel vor Nase und Mund hielt, und auch die anderen lächelten, während der Gestank sich schnell ausbreitete und sie immer weiter zurück zur Straße trieb.

»Perfekt!«, sagte Connie und legte Heinrich eine Hand auf den Arm. Er seufzte erleichtert. Gerne hätte er noch eine Weile dort gestanden mit Connies Hand auf seinem Arm. Die anderen aber waren ungeduldig und wollten sofort mehr Stinkbomben vorbereiten und noch mal die Pläne des Einkaufszentrums durchsehen, um die besten Stellen zu definieren, an denen die Fläschchen zu platzieren wären. Sie waren schon auf halbem Weg zum Eingang, als Heinrich sich hinaufblickte und das Haus betrachtete. Viele Zimmer waren erleuchtet, und er suchte mit den Augen nach Miezes Zimmer. Auch dort brannte das Licht, aber die Vorhänge waren zugezogen. Vielleicht würde er später einfach klopfen und sich in ihr Kokoshaar wühlen. Dann fiel sein Blick auf ein Fenster ein Stockwerk tiefer, direkt neben dem Treppenhaus, und er brauchte einen

Augenblick, bis ihm klar wurde, dass das sein Fenster war und dass dort jemand stand und auf ihn herabblickte. Es war Selin. Und sie hatte ein Handy am Ohr.

Als Heinrich in der Wohnung ankam, schnaufend und schwitzend, weil er die Treppe hinaufgestürmt war, fand er Selin am Küchentisch mit einer Teetasse zwischen den Händen, eine geöffnete Zeitschrift vor sich. Sie hob kaum den Blick, schlürfte an ihrer Tasse und blätterte träge eine Seite um, als säße sie seit Stunden dort. Ihr Mangel an Überraschung verriet sie, und es machte Heinrich wütend, unfassbar wütend, dass sie tatsächlich anzunehmen schien, ihn für dumm verkaufen zu können.

»Sie waren in meinem Zimmer«, keuchte er, den letzten Rest Luft aus seinen Lungen pressend, damit der Satz als Ganzes rauskam, und er atmete gleich darauf so tief ein, dass er von einem heftigen Hustenkrampf geschüttelt wurde.

Selin hob nur eine Augenbraue. »Ihr Telefon hat andauernd geklingelt. Ich dachte, es sei wichtig.« Ihr Ton war bemüht beiläufig, als sei es nichts Besonderes. Als habe sie ihm sogar einen Gefallen getan.

»Dazu hatten Sie kein Recht«, sagte Heinrich gepresst. Er ging hinüber zur Spüle, füllte ein Wasserglas und kippte es herunter. Dann, mit freier Stimme, sagte er es erneut: »Dazu hatten Sie kein Recht.«

Sie zuckte mit den Schultern und blickte zurück auf die Zeitschrift. »Ihre Frau war sehr dankbar, dass überhaupt jemand rangegangen ist. Sie macht sich Sorgen.«

»Was haben Sie ihr gesagt?« Als Selin nicht antwortete, machte er einen Schritt auf sie zu, stand neben ihrem Stuhl, ohne dass sie aufblickte. »Was haben Sie ihr gesagt?«

Er knallte das Glas neben ihr auf den Tisch. Sie fuhr zusammen und schnellte hoch. Ihre Augenbrauen hatten sich wieder zwischen ihren Augen getroffen.

»Ist es etwa ein Geheimnis, dass Sie hier sind? Dass Sie weiß Gott was mit Connie planen? Dass Sie sich an Felix hängen, auch wenn er das gerade wirklich nicht gebrauchen kann?«

Er hätte ihr gerne gesagt, wie hässlich er sie fand, wie machtlos sie war trotz ihrer harten Schale, dass sie wenig mehr war als Rogers Weibchen, eine böse guckende Schwellenhüterin. Sie konnte ihn nicht einschüchtern, nicht ihn, nicht Heinrich Knopp, zumindest nicht diesen Heinrich Knopp, den neuen in engen Hosen und Öko-Shirts, den Heinrich Knopp, der die wunderschöne Mieze zum Quietschen brachte.

»Ich warne Sie«, kam es aus ihm heraus in einem Tonfall, den er von sich nicht kannte, leise und scharf und überraschend männlich. »Halten Sie sich aus meinen Angelegenheiten raus. Ich bin keiner Ihrer Teenager. Ich brauche weder Ihren Rat noch Ihre Einmischung. Wenn ich nicht mit meiner Frau rede, dann ist das einzig und allein meine Sache. Sie sind nicht meine Mutter, genau genommen sind Sie die Mutter von niemandem hier. Also halten Sie sich zurück und betreten Sie nie wieder mein Zimmer.«

Sie schwieg. Ihr Gesicht war eingefroren in der Maske der Wut, aber ihre Augen verrieten die Überraschung. Er hatte sie getroffen, er wusste nicht genau wo, aber irgendwas von dem, was er gesagt hatte, hatte ganz offensichtlich gesessen. Er drehte sich um und ging zurück zur Tür. Als er schon die Hand auf der Klinke hatte, um die Tür hinter sich zuzuschlagen, sagte sie: »Sie vergessen, dass Sie in meinem Haus sind.«

Er lachte. »Nicht in Ihrem«, sagte er, ohne sich umzudrehen. »Es gehört Ihrem Freund, nicht Ihnen. Das sollten Sie nicht vergessen.« Er löste die Hand von der Klinke, verzichtete darauf, die Tür zuzuschlagen, und ging über den Flur in sein Zimmer.

»Heinrich?« Ihre Stimme laut und voller Sorge. Eine bekannte Stimme in einem fremden Tonfall. Ihm fiel nichts ein, was er sagen konnte, also schwieg er. »Heinrich?«

»Ja, ich bin hier«, stammelte er und rieb sich die Stirn.

»Heinrich«, sagte sie und stockte dann. Ihr ging es wohl ähnlich wie ihm, wahrscheinlich hatte sie nicht mit seinem Anruf gerechnet. Aber sie fing sich schnell. »Wann kommst du nach Hause?«

»Du hast mit einer Frau telefoniert«, sagte er, ohne auf ihre Frage einzugehen.

»Ja, sie ist an dein Telefon gegangen.«

»Was hat sie dir erzählt?«

»Was meinst du?«

Heinrich wurde jetzt lauter. »Was hat sie dir erzählt?«

»Nichts hat sie mir erzählt.«

»Ihr werdet ja wohl irgendwas gesagt haben?« Er hasste sie dafür, dass sie sich dumm stellte, dass er nicht wusste, was sie wusste.

»Was ist denn nur los mit dir?« Auch Susanne sprach jetzt lauter. »Sie hat mir gesagt, dass es dir gut geht. Von dir höre ich ja nichts, du könntest genauso gut tot sein.«

»Was noch?«

»Heinrich, mir gefällt dein Tonfall nicht. Ich möchte, dass du nach Hause kommst. Oder mir wenigstens erklärst, was los ist mit dir.«

»Das geht dich nichts an«, rutschte es ihm heraus, und er kniff die Augen zu, als sein Gehirn registrierte, was sein Mund gerade getan hatte.

»Das geht mich nichts an?« Sie hatten offiziell die Schwelle zum Streit überschritten. »Das geht mich nichts an? Ich bin immerhin deine Frau.«

Ihm kam in den Sinn, sie zu beschwichtigen, ihr zu versichern, dass er es nicht so gemeint hatte, aber der neue Heinrich in ihm wehrte sich, strampelte mit den Füßen und preschte weiter vor. Die Energie, die davon ausging, war berauschend.

»Ich bin dir nichts schuldig«, sagte er und bemühte sich, seine Stimme so kalt und ruhig wie möglich klingen zu lassen.

»Ich habe ein Anrecht darauf, zu wissen, was du tust.« Hysterisch war das Wort, das ihm in den Sinn kam. »Und das Geld. Du kaufst teure Dinge. Ich habe es auf der Kreditkartenabrechnung gesehen.«

Heinrich musste lachen. »Wirklich? Das Geld?« Er lachte noch mehr, vielleicht nicht direkt aus dem Bauch heraus, aber es befriedigte ihn, machte seine Brust weiter und seine Wirbelsäule länger.

Er konnte sie vor seinem inneren Auge sehen, wie sie mit dem Hörer am Ohr in der Küche stand oder im Wohnzimmer oder im Essbereich dazwischen, wie sie auf und ab lief und gestikulierte, als sie sagte: »Es ist auch mein Geld. Du kannst nicht einfach verschwinden und Dinge kaufen, ohne mich einzubeziehen.« Und wie sie dann stehen blieb, als er sagte: »Wann bist du bloß so kleinlich geworden?« Wie sie sich dann vielleicht an einer Stuhllehne oder an der Arbeitsplatte abstützte und schwieg, den Kopf gesenkt, als habe er ihr in den Magen getreten.

»Ruf nicht mehr an, Susanne. Ich melde mich bei dir, wenn ich dir etwas zu sagen habe. Bis dahin bitte ich dich darum, mich in Ruhe zu lassen.«

Er legte auf, bevor sie antworten konnte. Schon zum zweiten Mal. Noch nie hatte er sich so mächtig gefühlt. Er stellte sich vor, wie Susanne sich jetzt in die Kissen des Sofas sinken ließ, wie sie vielleicht weinte. Ihr köterbraunes Haar in einem faden Zopf, ihr Hosenanzug, die rot lackierten Nägel, das immer gleiche Prostituiertenrot, mit dem sie sich ein bisschen geheimnisvoll fühlte, es aber nicht war. Nicht für ihn jedenfalls. Sie stieß ihn ab, sie ekelte ihn, ihre Überheblichkeit, ihre Anspruchshaltung. Was immer in den nächsten Tagen passieren würde, Heinrich würde nicht mehr zu ihr zurückkehren. Es war ein Fakt, kein Entschluss, den er zu treffen hatte, sondern vielmehr eine Tatsache, die es nur zu akzeptieren galt. Und er hatte sie akzeptiert.

Am Abend fand er Felix in der Küche. Die Wohnung war ausgestorben, alle waren im Erdgeschoss, malten die Plakate und trafen letzte Verabredungen. Heinrich hatte überlegt hinzugehen, sich demonstrativ in die erste Reihe unter Selins Nase zu setzen, aber dann hatte er es doch sein lassen. Stattdessen hatte er sich auf dem Dachboden mit Connie, Tom und Günther zusammengesetzt und die besten Orte für die Stinkbomben auf der Karte des Einkaufszentrums markiert. Dann waren sie alle in ihre Wohnungen zurück gekehrt.

Felix stand am Fenster, schaute hinaus auf den dunklen Innenhof und knabberte an einer trockenen Scheibe Brot. Er bemerkte Heinrich erst, als dieser ihn ansprach, zuckte zusammen, als er seinen Namen hörte, und stand dann vor ihm wie ein Kind, das man mit der Hand in der Süßigkeitenschublade erwischt hatte.

»Was hast du heute gegessen?«, fragte Heinrich ihn. Felix wedelte mit der halb aufgegessenen Scheibe Brot. Seufzend trat Heinrich auf ihn zu, setzte ihn auf einen Stuhl, nahm ihm das Brot aus der Hand und warf es in den Müll. Dann ging er an den Kühlschrank und holte Tupperschüsseln mit Resten der letzten Tage heraus: Kartoffelbrei, Pilzrahmsoße, Apfelrotkohl – er hatte meist vegetarisch gekocht in der vergeblichen Hoffnung, Felix werde doch noch beim Essen zu ihnen stoßen. Er stellte eine Portion zusammen und schob den Teller in die Mikrowelle. Schweigend warteten sie auf das Ping, und als Heinrich den dampfenden Teller schließlich vor Felix hinstellte, meinte er sehen zu können, wie das Gesicht des Jungen sich leicht entspannte. Felix griff nach einer Gabel, probierte erst zögerlich, doch jeder Bissen war größer als der vorherige, bis er schließlich schaufelte. Heinrich saß ihm gegenüber und beobachtete ihn. Mit einem Mal verstand er den Drang älterer Menschen, die Jugend füttern zu müssen. Es hatte eine ursprüngliche Befriedigung, jemandem dabei zuzusehen, wie er etwas aß, das man selbst gekocht hatte. Als Felix aufgegessen hatte und sich ermüdet in seinem Stuhl zurücklehnte, räumte Heinrich wortlos ab und machte ihnen beiden einen warmen Kakao.

Als sie mit dampfenden Tassen in den Händen wieder am Tisch saßen, war es Felix, der das Schweigen brach.

»Danke«, sagte er, und zum ersten Mal seit Tagen lächelte er.

»Du kannst mir danken, indem du mir sagst, was mit dir los ist«, sagte Heinrich.

Felix zögerte, blickte in seine Tasse und schwenkte sie leicht. »Es ist einfach echt hart«, sagte er und schaute Heinrich nicht an. Er führte die Tasse zum Mund und pustete hinein, sodass Dampf vor seinen Augen aufstieg.

Heinrich beobachtete ihn, das blasse Gesicht, die langen Finger, die Nägel abgenagt und die Haut darum eingerissen und rot.

»Das mit dem Verfahren ist echt eine ernste Sache«, sagte er, stellte die Tasse vor sich auf den Tisch und knibbelte an seinen Nägeln. Es begann zu bluten, und Heinrich reichte ihm ein Taschentuch. »Das war so eine blöde Aktion, es kam mir irgendwie witzig vor. Ich stand mit Connie vor dem Bahnhof und wir haben uns kaputtgelacht.«

Also war Connie sogar dabei gewesen, dachte Heinrich. Sie hatte ihn begleitet, hatte neben ihm gestanden, als die Polizei den Bahnhof abriegelte.

»Jetzt wegen so einem Scheiß vor Gericht zu müssen, das hätte ich einfach nicht gedacht«, fuhr Felix fort. »Auf einmal ist alles so schwerwiegend. Ich wünschte, ich hätte niemals diesen Anruf gemacht.«

»Dann wäre ich jetzt tot«, sagte Heinrich.

Endlich sah Felix ihn an mit einem Gesicht, als sei ihm dieser Umstand gerade erst wieder eingefallen.

»Versteh mich nicht falsch«, sagte Heinrich, »es tut mir leid, dass du das alles durchmachen musst. Aber wenn ich die Wahl hätte, würde ich dich diesen Anruf immer wieder machen lassen.«

Felix lächelte müde und Heinrich lächelte zurück, und für einen Moment war da wieder dieses Band zwischen ihnen, diese unausgesprochene Verbundenheit zwischen Retter und Gerettetem. Dann surrte Felix' Handy. Er zerrte es hektisch aus der Tasche, las eine Nachricht und antwortete sofort darauf. Dann blieb er sitzen mit dem Blick auf den Bildschirm gerichtet, während er auf die Antwort wartete.

»Wer ist das?«, fragte Heinrich so beiläufig wie möglich, nahm sogar seine noch halb volle Tasse, stand auf und schüttete sie in den Ausguss, während er sprach, nur um seine Frage noch beiläufiger erscheinen zu lassen.

»Meine Mutter. Sie schreibt mir seit ein paar Tagen.«

»Deine Mutter?«

»Ja«, sagte Felix, und seine Stimme klang mit einem Mal unverhältnismäßig lebendig. Heinrich schaute in die Spüle und sah dem Kakao dabei zu, wie er braune Schlieren zog, während Felix sprach.

»Sie hat sich vor ein paar Tagen gemeldet. Hat mich ganz schön überrascht. Aber sie hört natürlich, was mein Vater sagt, und da wollte sie wohl mal meine Version hören. Das fand ich ganz cool.«

»Und jetzt seid ihr euch wieder näher?« Er drehte sich um und lehnte sich so entspannt wie möglich gegen die Arbeitsplatte.

Felix zuckte mit den Schultern. »Schon. Aber es ist irgendwie kompliziert.«

»Inwiefern?«, fragte Heinrich.

»Es fühlt sich komisch an. Jahrelang hat sie sich einen Scheiß darum gekümmert, was ich so denke und tue, und auf einmal soll das anders sein?« Er überlegte kurz. »Na ja, die Situation ist ja auch echt anders jetzt, aber trotzdem. Es fühlt sich komisch an.«

»Vielleicht denkt sie, du hättest das gemacht, um ihre Aufmerksamkeit zu bekommen. Und jetzt gibt sie dir Aufmerksamkeit, damit du nicht noch mehr Scheiße baust.«

Das Gesicht des Jungen verfinsterte sich merklich. »Glaubst du?«

Jetzt zuckte Heinrich mit den Achseln. »Ich weiß nicht, was deine Mutter denkt. Aber diese Erklärung würde Sinn machen.«

Wieder surrte Felix' Handy. Er las die Nachricht, schrieb aber diesmal nicht zurück, sondern legte das Telefon neben seine Tasse auf den Tisch. Er starrte auf das Display, als würde es die Absichten seiner Mutter irgendwann preisgeben.

Heinrich stieß sich von der Arbeitsplatte ab, trat an Felix' Stuhl und hockte sich vor den Jungen, sodass sie auf Augenhöhe waren. Er legte die Hand auf die Lehne neben Felix' Schulter, die andere auf den Tisch. Seine Arme schafften einen Raum, in dem er und Felix alleine waren, abgeschirmt von der Welt. Mit leiser und trotzdem eindringlicher Stimme sagte er: »Felix, ich bin mir sicher, dass deine Eltern nur die besten Absichten haben. Aber vielleicht wissen sie einfach nicht, was gut für dich ist. Vielleicht kennen sie dich nicht mehr. Aber du weißt, was gut für dich ist, und wir hier, wir stehen hinter dir.«

Nicht wir, dachte Heinrich, ich. Aber Felix schien ihn auch so verstanden zu haben. Seine Augen wurden wässrig, und er senkte den Blick. Heinrich hob die linke Hand von der Stuhllehne und ließ sie schwer auf Felix' Schulter fallen, eine tröstende Geste unter Männern, und Felix lächelte, atmete einmal tief durch und nickte Heinrich mit einem unausgesprochenen Dankeschön zu.

Wieder surrte das Telefon. Felix schob es in seine Hosentasche, ohne die Nachricht zu lesen, stand auf und ließ sich von Heinrich aus der Küche führen. Heinrichs Hand

lag noch auf seiner Schulter, und beinahe konnte Heinrich
die Verbindung zwischen ihnen physisch wahrnehmen: ein
Prickeln in seiner Handfläche.

10

Am Samstag war das ganze Haus schon in Herrgottsfrühe auf den Beinen. Die Bewohner der HaKom zeigten sich bester Laune und mit eifrigem Fleiß. Dinge wurden von A nach B getragen, letzte Absprachen fanden statt und über allem wirbelte Roger mit der angestrengt aufgesetzten Ruhe eines Lehrers auf Klassenfahrt. Wann immer er jemandem begegnete, der nichts auf dem Arm trug, schickte er denjenigen in den Keller oder ins Erdgeschoss, um irgendwas zu holen. Wenn er jemanden beim Rumhängen erwischte, wurden strafende Blicke verteilt.

Heinrich stolperte eher unerwartet in dieses Treiben, als er, Tom und Günther übermüdet vom Dachboden kamen, wo sie die ganze Nacht mit der Fertigstellung der Stinkbomben zugebracht hatten. Die Geschäftigkeit kam ihnen allerdings gut zupass – unter all den wuselnden Menschen fielen sie mit ihrem kleinen Pappkarton nicht auf. Tom trug ihn direkt an Roger vorbei, der vor der Wohnung im ersten Stock stand und Anweisungen von sich gab, die niemandem und jedem zu gelten schienen. Die kleinen Glasflaschen mit der Säure klimperten leise bei jedem Schritt. Roger nahm keine Notiz von ihnen, und auch sonst interessierte sich niemand für die drei, als sie das Haus verließen und zu Heinrichs Auto gingen.

Auch vor dem Haus herrschte Trubel. Drei Leute versuchten, einen Tapeziertisch in den Kofferraum eines

Kombis zu wuchten. Hinter ihnen wartete bereits Anja mit zwei langen Holzlatten, um die das Transparent gewickelt war. Ein anderer Kofferraum, offen und alleingelassen, offenbarte Kartons voller Flyer, frisch aus der Druckerei. Als Heinrich seinen Wagen aufschloss, fuhr ein Kleinbus an ihnen vorbei. Auf der Seite des Autos prangte das Logo eines Mietservices. Alle schienen vereint in der Mission, einer größeren Sache folgend und vom kollektiven Strom ergriffen. Ein wenig beneidete Heinrich sie für ihre gemeinsame Sache, die sie zu einer Einheit formte, ihnen Sinn und Ziel zu geben schien. Er lehnte an seinem Wagen, während Tom und Günther die Flaschen so im Kofferraum verstauten, dass sie nicht umfallen konnten, und schaute den anderen zu. Niemand konnte ihm ansehen, was er im Schilde führte. Er war der geheimnisvolle Fremde, und heute würde er ihnen die Augen öffnen. Ihnen zeigen, wozu er fähig war.

»Alles verstaut«, sagte Tom und warf den Kofferraumdeckel zu.

Die drei setzten sich ins Auto und warteten. Es dauerte fast zehn Minuten, bis Connie aus der Haustür trat. Sie war ganz in schwarz gekleidet, hatte das graue Haar zu einem festen Zopf geflochten und trug eine Tasche über der Schulter. Zielstrebig hielt sie auf Heinrichs Auto zu und setzte sich auf den Beifahrersitz, den die drei extra für sie freigelassen hatten.

»Kann losgehen«, sagte sie. Dann startete Heinrich den Wagen. Er wollte gerade losfahren, als es plötzlich neben ihm an die Scheibe klopfte. Es war Felix. Heinrich kurbelte das Fenster herunter.

»Könnt ihr mich mitnehmen?«, rief Felix in den Wagen hinein.

Ganz instinktiv sagte Heinrich: »Klar!«

Gleichzeitig hörte er Connies Stimme. »Das ist keine so gute Idee.«

Sie warfen sich einen kurzen Blick zu.

»Wieso?«, fragte Felix. Heinrich sah Connie an, dass sie mit sich rang, fieberhaft nach einer Antwort suchte. Ihm selbst fielen aus dem Stand verschiedene Gründe ein, die man hätte vorschieben können: ein außerplanmäßiger Zwischenstopp oder der fehlende Gurt. Aber er sagte nichts. Er wollte Felix dabeihaben.

»Wird das nicht reichlich eng da hinten?«, fragte Connie schließlich, und Heinrich hörte an ihrer Stimme den Ärger darüber, dass ihr nichts Besseres eingefallen war.

»Ach was, wir können rutschen«, sagte Tom, unempfänglich für die Anspannung, die sich im Wagen ausgebreitet hatte.

»Super«, sagte Felix und schob sich auf die Rückbank hinter Heinrich. Im Rückspiegel konnte er nur die Ausläufer von Felix' Lockenkopf erkennen. Heinrich kurbelte das Fenster wieder hoch, und sie fuhren los.

Über Nacht war es kalt geworden. Die morgendliche Luft war klar und frostig, und man konnte den nahenden Winter spüren. Auf den Bäumen lag Raureif, der sich im Sonnenschein dampfend auflöste. Die Menschen auf den Gehsteigen trugen Mützen und dicke Schals und hielten ihre Gesichter in die Sonne, wie um die letzten Strahlen einzufangen.

Sie fuhren schweigend durch die Stadt, hier und da gab Connie Heinrich leise Routenhinweise und lotste ihn auf der Hauptstraße nach Norden, wo der Verkehr trotz der

Uhrzeit schon dicht war. Im Rückspiegel konnte er sehen, dass Toms Augen zugefallen waren. Auch Günther war sicher müde von den vielen Nachtschichten der letzten Tage.

»Ich finde es gut, dass du mitkommst«, sagte Heinrich und reckte sich ein wenig, um Felix im Rückspiegel sehen zu können. Der Junge sah wacher aus als am Tag zuvor. Die Ringe unter seinen Augen waren abgeklungen und sein Blick war präsent.

»Seit Monaten redet Roger von nichts anderem. Das lasse ich mir doch nicht entgehen.« Er lachte.

Neben Heinrich stieß Connie ein kurzes Schnauben aus, das so laut war, dass Tom zusammenzuckte und die Augen aufriss.

»Ich bin überrascht, dass du mitkommst, Connie«, sagte Felix.

Sie zuckte nur mit den Schultern und drückte sich damit um die Antwort.

Nach einer kurzen Pause fuhr Felix fort: »Eigentlich bin ich überrascht, dass ihr alle hinfahrt. Ich meine, ihr seid alle keine Fans dieser Aktion, oder?«

Sie schwiegen. Heinrich spürte, wie die Anspannung im Wagen stieg. Jetzt schalt er sich dafür, Felix eingeladen zu haben. Der Junge war zu gescheit, zu sensibel und leider nicht mehr so mit sich selbst beschäftigt. Gerne hätte er ihn eingeweiht, aber sie hatten gemeinsam entschieden, die Sache unter sich auszumachen, niemanden sonst mit einzubeziehen, schon gar nicht Felix mit seinem bevorstehenden Prozess.

»Sag doch mal!« Felix knuffte Tom mit dem Ellenbogen in die Rippen. »Willst du da jetzt Plakate schwenken, oder wie?«

»Nein, will ich natürlich nicht«, sagte Tom. Heinrich gefiel der verschwörerische Gesichtsausdruck nicht, den Tom aufgelegt hatte. Er fixierte ihn im Rückspiegel, als könne er ihn dazu zwingen, Blickkontakt aufzunehmen, aber Tom schaute an Felix vorbei aus dem Fenster.

»Und was willst du dann da machen?«

Tom seufzte. »Das wirst du schon sehen.«

Connie atmete scharf ein, und sofort spannte Tom sich an. Aber es war zu spät.

»Was soll das denn heißen?«, fragte Felix.

»Gar nichts«, sagte Tom und lachte zu laut. »Nur ein Scherz, Mann.«

»Verarsch mich doch nicht«, antwortete Felix.

»Das soll heißen«, sprang Heinrich ein, »dass Roger uns gebeten hat zu kommen. Er hat uns irgendwie eingeplant, aber wir wissen nicht, was er von uns will. Wir werden es also sehen, wenn wir da sind.«

»Aha«, sagte Felix und schwieg dann. Es gefiel Heinrich nicht, den Jungen so anlügen zu müssen, und gleichzeitig wunderte er sich, wie leicht es ihm fiel, wie schnell ihm all diese Ausflüchte einfielen. Als habe er ein neues Hirnareal freigeschaltet, das bis jetzt inaktiv gewesen war.

Den Rest des Weges legten sie schweigend zurück. Am Einkaufszentrum fuhr Heinrich vorbei, mied mit Absicht das Parkhaus, das sicherlich kameraüberwacht war, und suchte einen Parkplatz in einer Nebenstraße. Als sie zum Vorplatz des Einkaufszentrums hinübergingen, ließ Felix sich merklich zurückfallen und bedeutete Heinrich, es ihm gleichzutun.

Als genügend Abstand zwischen sie und die anderen gekommen war, flüsterte Felix Heinrich zu: »Ist hier irgendwas faul?«

Heinrich gab sich überrascht. »Was soll denn faul sein?«

»Ich weiß nicht.« Felix schaute auf seine Füße. »Ihr seid alle so komisch.«

»Wieso denn komisch?«

»Komisch eben.« Er sah Heinrich an, und seine Augenbrauen zogen sich zusammen. »Haben die dich in irgendwas reingezogen?«

»Was meinst du?«

Felix brauchte einen Moment, bis er die richtigen Worte gefunden hatte. »Ich kenne die drei jetzt schon eine Weile. Und ich weiß, wie sie drauf sind, wenn sie was im Schilde führen. Du bist ein echt netter Kerl, Heinrich. Ich will einfach nicht, dass sie dich ausnutzen für irgendeinen Schwachsinn.«

Ausnutzen? War es wirklich so unwahrscheinlich, dass er aus freien Stücken mitmachte? Dass er vielleicht sogar ein wichtiges Element war? Hielt Felix ihn etwa für einen Mitläufer? Für naiv?

»Niemand nutzt hier irgendwen aus«, sagte Heinrich, und sein Ton klang barscher, als er es beabsichtigt hatte. Er beschleunigte seine Schritte, bis er zu den anderen aufgeschlossen hatte. Felix blieb zurück. Als Connie Heinrich fragte, ob alles in Ordnung sei, nickte er nur kurz.

Es dauerte anderthalb Stunden, bis sich die gesamte Gruppe auf dem Vorplatz vor dem Haupteingang des Einkaufszentrums eingefunden hatte. Heinrich hatte die Zeit genutzt, um gemeinsam mit Günther durch das Gebäude zu laufen und die passenden Standpunkte für die Stinkbomben zu finden. Sie hatten acht gute Plätze identifiziert, drei im Obergeschoss, wo sie anfangen würden, um die Besucher nach unten zu treiben, und fünf weitere im Erdgeschoss. Der Plan war, dass Günther sich einen Platz auf einem Sofa oder an einer Ecke suchen und eine Flasche aus seinem Rucksack nehmen würde, als wolle er daraus trinken. Dann würde er die Flasche in einer Pflanze oder hinter einem Mülleimer stehenlassen, wie es, das fiel ihnen schnell auf, nicht unüblich war. Ein paar Minuten später würde Heinrich sich an derselben Stelle hinsetzen und unauffällig eines der Kügelchen in die Flasche fallen lassen. Die Reaktion brauchte einen Moment, bis man den Gestank bemerkte, also bliebe ihm genug Zeit, sich entspannt auf den Weg zur nächsten Stelle zu machen, ohne Aufmerksamkeit auf sich zu lenken.

Obwohl es noch relativ früh war – die Läden hatten um halb zehn geöffnet, um Viertel nach zehn hatten er und Günther das Gebäude betreten – waren schon eine Menge Menschen unterwegs. Schon im Eingangsbereich wurden die Besucher von Werbung begrüßt: »Großer Halloween-Sale! Nur bei uns!« In jedem Schaufenster hingen Fledermäuse, Gespenster aus Bettlaken und falsche Spinnenweben. Orange und schwarz so weit das Auge reichte. Wann war Halloween zu einem solchen Thema geworden? Weihnachten, ja, vielleicht sogar Ostern, das verstand Heinrich. Aber Halloween? Jetzt begriff er, warum die Gruppe diesen Tag ausgewählt hatte.

Sie kauften Kaffee und Croissants für sich und die anderen und gingen wieder hinaus. Inzwischen waren die meisten angekommen. Der Tisch stand bereits, Anjas Plakat mit Heinrichs Spruch prangte darüber, und Roger war damit beschäftigt, Infomaterial von links nach rechts und wieder zurückzuschieben, auf der Suche nach der optimalen Anordnung. Tom und Connie standen abseits, und Heinrich gesellte sich zu ihnen, verteilte Frühstück und schaute sich dann nach Felix um, entdeckte ihn aber nirgends.

»Er hilft irgendwem beim Tragen«, sagte Connie. Als Heinrich nicht antwortete, fragte sie: »Sie haben ihm doch nichts erzählt?«

»Nein, habe ich nicht.«

»Weil wir gemeinsam entschieden haben, dass wir ihn da raushalten.«

»Ich habe ihm nichts gesagt«, sagte Heinrich mit Nachdruck.

Connie lächelte nur leicht und nickte. »Gut.«

Doch Heinrich hatte seine Wut noch nicht abgeschüttelt, und Connie entfachte sie nun von Neuem. »Vertrauen Sie mir nicht?«, fragte er und machte einen Schritt auf sie zu. Sie war beinahe einen Kopf kleiner als er, doch sie wich nicht zurück, sondern fixierte ihn mit ihren stahlgrauen Augen.

»Ich wollte nur sichergehen.«

»Das ist keine Antwort auf meine Frage.«

Sie atmete tief ein, ließ aber den Blick nicht von ihm ab. »Mein Vertrauen muss man sich über lange Zeit verdienen. Vertraue ich Ihnen? Noch nicht. Genau genommen weiß ich noch nicht mal so recht, wer Sie sind, Heinrich.«

Da waren sie schon wieder. Diese Zweifel an seiner Person, an seinen Absichten. Als sei er verpflichtet, sich vor jedem hier zu beweisen.

Er hatte die Schnauze voll. »Ich bin derjenige, ohne den Ihr kleiner Plan hier ein einziger Scheißhaufen wäre. Vielleicht zeigen Sie mal ein bisschen Dankbarkeit.«

Sie zog die Augenbrauen hoch, und für einen Moment stand ihr Mund offen, ohne dass ein Ton oder auch nur ein Atemzug herauskam.

Heinrich gab ihr keine Zeit zu antworten. Stattdessen drehte er sich zu Günther um, warf ihm seinen Autoschlüssel zu und sagte: »Hol die Flaschen! Wir legen los.«

Günther schaute ihn verblüfft an. »Ich dachte, wir warten, bis es richtig voll ist.«

»Wir machen es, wenn ich es sage.«

Er schaute zwischen Heinrich und Connie hin und her. Erst auf ihr Nicken hin setzte er sich in Bewegung. Tom trottete hinter ihm her. Heinrich schaute ihnen nach, als sein Blick auf Felix fiel. Der Junge stand ein paar Meter vor dem Stand mit einem Karton auf dem Arm und schaute zu ihnen hinüber. Als ihre Blicke sich trafen, wandte er sich ab.

»Interessant«, hörte Heinrich Connie hinter sich. »Ich bilde mir ein, Menschen ganz gut einschätzen zu können. Ich hätte Sie für einen weniger impulsiven Typ gehalten.«

Ohne sich umzudrehen, sagte Heinrich: »Ich kann jeder Typ sein, der ich will.«

»Ist das so?«, fragte sie, und dann hörte er das Knistern der Brötchentüte, als sie ihr Croissant aß.

Es war der Lärm, der ihn am meisten wunderte. Hunderte von Stimmen, jede von ihnen erpicht darauf, sich Gehör zu verschaffen. Eine Kakofonie unerheblicher Unterhaltungen, manche von Angesicht zu Angesicht, andere in ein Telefon gebrüllt, die eine Hand über dem freien Ohr oder als Muschel um den Mund gelegt, um der Stimme eine Richtung zu geben. Und zusätzlich aus jedem Geschäft andere Musik, manche laut und wummernd, andere plätschernd poppig, hier und da sogar Klassik, ganz unangebracht und verloren.

Heinrich schnappte Satzfetzen auf.

»… und er so: Du hast voll abgeschrieben, und ich so: Gar nicht …«

»… dann nächsten Monat gleich wieder Schuhe für ihn kaufen müssen, wenn es richtig Winter ist …«

»… hol ich mir vielleicht das Gelbe …«

»… nur weil deine Mutter unser Geschirr nicht mag …«

»… mit einer doppelt so hohen Auflösung wie das alte Display …«

Heinrich schlängelte sich durch die Menschenmenge, ohne Aufmerksamkeit auf sich zu ziehen. Niemand blickte ihn an, niemand richtete das Wort an ihn. Er war unsichtbar. Oder vielleicht waren all diese Menschen zu sehr mit sich selbst beschäftigt, so dachte er, waren zu sehr auf ihren Einkauf konzentriert, auf neue Produkte, auf Fashion, auf Gadgets. Und sahen sich dabei nicht mehr. Er betrachtete das frische, glatte Gesicht eines Mädchens, vielleicht 13 oder 14 Jahre alt, das mit seiner Freundin zusammen über die Einkaufstüte gebeugt dastand und nach etwas wühlte, dann ein Stück Stoff herauszog und es der anderen präsentierte. Ihr Gesicht leuchtete dabei. So sehr Heinrich sich mit ihr freuen wollte, ihr Glück schätzen wollte, er empfand nichts als Mitleid für sie. Lass mich dich erlösen, dachte er, wenigstens für heute.

Er fand die erste Flasche in einem Blumenkübel im Obergeschoss. Sie hatten einen Abstand von dreißig Minuten zwischen Abstellen der Flaschen und Einwerfen der Eisen-Schwefel-Kugeln vereinbart, eine Vorsichtsmaßnahme, damit es schwerer sein würde, sie über die Videoüberwachung zu identifizieren. Außerdem hatte Heinrich sich zwei verschiedene Mützen mitgenommen, außerdem eine Jacke zum Wechseln, die er in einer großen Tüte an der Seite trug. Auch die Tüte würde er zu gegebener Zeit gegen einen Rucksack austauschen. Er bemühte sich, den Kopf gesenkt zu halten und nie direkt in eine der Kameras zu blicken, die ihm jetzt an allen Ecken auffielen. Sein Puls ging etwas schneller, sein Magen und Rücken waren angespannt, aber er fühlte sich ruhig und selbstsicher – eben wie ein Mann auf einer wichtigen Mission.

Als er die erste Flasche im Blumenkübel entdeckte, ging er neben ihr in die Hocke und tat so, als müsse er sich den Schuh zubinden. Er hatte bereits eine Kugel zwischen den Fingern – er bewahrte sie in einem Tütchen in seiner Hosentasche auf. Als er sich wieder aufrichtete, stützte er sich mit der Hand wie zufällig am Rand des Blumenkübels ab und ließ die Kugel in den Flaschenhals gleiten. Gerne hätte er zur Sicherheit das leise Platschen gehört, das die Kugel beim Eintauchen in die Säure verursachte, aber in dem Videospieleladen, neben dem der Blumenkübel stand, verprügelten sich gerade zwei Asiaten auf einer großen Leinwand, und das Knallen ihrer virtuellen Fäuste auf virtuelle Kieferknochen übertönte alles. So vergewisserte er sich nicht, dass die Reaktion im Gange war, sondern machte sich sofort auf den Weg zum nächsten Versteck. Auf halber Strecke bog er schnell in den Eingang eines Schuhgeschäfts ein, schlüpfte aus seiner Jacke und legte sie so über die Tüte, dass man das Logo darauf nicht mehr erkennen konnte. Dann zog er auch die Mütze vom Kopf, stopfte sie in die Jackentasche und verwuschelte sich die Haare. Auf diese Weise arbeitete er sich innerhalb von fünf Minuten durch das Obergeschoss und das halbe Erdgeschoss. Eine Flasche fand er nicht und musste davon ausgehen, dass sie vom Reinigungsservice bereits weggeräumt worden war. Irgendwo fraß sich die Säure jetzt durch einen vollen Müllbeutel. An einer Stelle, er hatte sich wie zum Ausruhen auf eine Bank gesetzt, nahm eine fette Frau neben ihm Platz. An einer Leine hielt sie einen ebenso fetten Corgi. Das Tier schnüffelte an seiner Hose, machte einen Schritt zurück, musterte ihn und bellte ihn dann an.

»Aus, Hannibal«, sagte sie und warf Heinrich ein entschuldigendes Lächeln zu. »Er scheint Sie zu mögen.«

Der Hund fletschte jetzt leicht die Zähne und schien kurz davor, Heinrich ins Gesicht zu springen.

»Der tut nichts«, versicherte die Frau, während Heinrich weiter in die Ecke rutschte und versuchte, ungesehen die Kugel in die Flasche fallen zu lassen, die direkt neben seinem Ellenbogen unter ein paar Farnen stand. Wieder bellte der Hund, und Heinrich erschrak so sehr, dass ihm die Kugel aus der Hand fiel.

»Könnten Sie vielleicht …?«, fragte er die Frau und deutete dabei mit dem Kopf in Richtung des Hundes.

»Der tut Ihnen sicher nichts«, sagte sie wieder und lächelte breit. Heinrich legte die Stirn in tiefe Falten, um sie wissen zu lassen, dass er ihrem Urteil nicht traute. Ihr Lächeln verschwand und sie beugte sich zu dem Hund hinunter, der sofort begann, mit dem Schwanz zu wedeln, Heinrich aber weiterhin fixierte.

»Der arme Mann hat Angst vor dir«, murmelte sie in einer Babystimme und tätschelte der Töle den Kopf. Schnell fischte Heinrich eine weitere Kugel aus der Hosentasche – zum Glück hatte er auf Reserve produziert – und ließ sie in die Flasche gleiten. Dann stand er auf, wobei der Hund halbherzig nach seinem Fuß schnappte, und eilte zur letzten Station. Auf dem Weg dorthin nahm er seine Brille ab, zog eine rote Regenjacke aus dem Rucksack, die Günther ihm geliehen hatte, und schlüpfte hinein.

Er sah die Flasche schon von Weitem. Sie stand unter einer hölzernen Sitzbank, gerade so weit darunter geschoben, dass sie vom Schatten halbwegs verborgen wurde. Dennoch war das Versteck dilettantisch gewählt. Innerlich schimpfte er mit Tom. Er ließ sich auf der Bank nieder, saß jetzt direkt über der Flasche, und überlegte, wie er es am geschicktesten anstellen sollte, unauffällig unter der Bank rumzukrauchen. Außerdem musste er sich beeilen, die Reaktionen im Obergeschoss waren sicher schon in vollem Gange. Er überlegte sich gerade, ob er etwas unter die Bank fallen lassen sollte, das er dann aufheben und so sein Vorhaben verschleiern könnte, als sich jemand sehr nah neben ihn setzte.

»Hier bist du.«

Heinrich fuhr zusammen. Das Gesicht neben ihm war leicht verschwommen, da er seine Brille nicht trug, aber die Stimme und die goldenen Locken verrieten ihm, wer sich da neben ihn gesetzt hatte.

»Du solltest nicht hier sein, Felix.«

»Was soll das denn heißen?«

Heinrichs Hände verkrampften sich. »Wirst du nicht draußen gebraucht?«

Felix musterte ihn. »Was ist denn das für eine Jacke? Gehört die nicht Günther?«

Heinrich brachte etwas Abstand zwischen sich und den Jungen. »Wieso gehst du nicht schon mal raus? Ich komme gleich nach.«

»Heinrich, was ist hier los?«

»Nichts ist los. Ich komme gleich raus. Geh schon mal!«
Heinrich versuchte ein Lächeln, fühlte aber, wie unsicher
es aussehen musste.

»Ich wusste es. Die haben dich in irgendwas reingezogen.«

»Niemand hat mich in irgendwas reingezogen.«

Hinter Felix sah Heinrich eine Gruppe junger Mädchen,
die mit zugehaltenen Nasen die Rolltreppe hinunterkamen.
Er musste sich beeilen.

»Felix, bitte, warte einfach draußen auf mich.«

»Nein, ich will wissen, was du hier machst.«

Heinrich atmete einmal tief durch. Dann griff er in
die Hosentasche, zog eines der Kügelchen hervor, beugte
sich vor und fischte nach der Flasche. Er musste sie ein
paar Zentimeter nach vorne ziehen, bevor er die Kugel
versenken konnte. Felix hatte sich mit ihm hinunterge-
beugt und schaute ihm zu. Heinrich richtete sich wieder
auf, griff nach dem Arm des Jungen und zog ihn von
der Bank Richtung Ausgang. Er hörte, wie hinter ihnen
der Lärmpegel anschwoll, als immer mehr Menschen
aus dem Obergeschoss kamen, um Zuflucht vor dem
Gestank zu suchen. Felix zerrte an seiner Hand, aber
Heinrich ließ ihn nicht los, antwortete auch nicht auf
die wiederholte Frage, was hier los sei, sondern zog ihn
durch die Glastür auf den Vorplatz, hinüber zu Connie,
Günther und Tom, die mit angespannten Gesichtern
warteten.

»Was hat das zu bedeuten?«, fragte Connie mit einem
Blick auf Felix, sobald sie in Hörweite waren.

»Er ist von alleine hinter mir hergekommen. Ich konnte
nichts tun.«

»Was ist hier los?«, fragte Felix, aber niemand schenkte ihm Beachtung.

»Heinrich, wir hatten eine Abmachung. Wenn der Junge wegen dieser Sache Schwierigkeiten bekommt, dann schwöre ich …«

»Es ist nicht meine Schuld«, unterbrach Heinrich sie. »Wenn Sie ihn besser im Blick gehabt hätten, wäre das nicht passiert.«

»Ach, jetzt ist es also meine Schuld?«

»Kann mir mal bitte jemand erklären, was hier los ist?« Felix war laut geworden.

Heinrich und Connie sahen ihn an, beide auf der Suche nach den passenden Worten, als Tom plötzlich sagte: »Seht doch!«

Er deutete auf den Eingang des Einkaufszentrums, aus dem die Menschen ins Freie strömten. Sie schoben sich in dicken Trauben durch die Glastüren, stürmten in die Kälte hinaus. Eine Frau übergab sich ins Gebüsch, ein paar Meter weiter tat es ihr ein kleiner Junge gleich. Die Menschen husteten, verzogen die Gesichter, einige hatten die Luft angehalten und atmeten nun tief durch. Mütter trugen ihre weinenden Kinder, Männer hielten taumelnde Frauen bei den Ellenbogen. Ein Mann trug eine alte Dame auf den Armen, die gewaltsam nach Luft rang. Die Bewohner der HaKom, die um ihren Stand herum verteilt waren, schauten dem Trubel erst ungläubig zu, dann eilten sie den Menschen entgegen, um zu helfen. Heinrich schaute sich um. Toms Mund stand weit offen vor Erstaunen. Günther hatte die Hand an die Stirn gelegt, seine Mundwinkel zuckten leicht. Auch Connie lächelte.

»Es hat wirklich funktioniert«, sagte sie, als habe sie nie daran geglaubt.

Nur in Felix' Gesicht erkannte Heinrich Schrecken und eine Spur von Abscheu. »Was habt ihr getan?«, fragte er.

11

Der Raum drehte sich. Oder war es Heinrich selbst, der sich drehte? Dinge huschten an seinem Blickfeld vorbei: die Bilderwand, ein Sitzkissen, rot und golden, eine Zimmerpflanze, Connies Gesicht, ein Bücherregal, eine Flasche Bier, Günthers Hand am Lautstärkeknopf des Radios.

»... ist es in einem Hannoveraner Einkaufszentrum zu erschreckenden Szenen gekommen ...«

Er konnte nichts festhalten, so sehr er sich auch bemühte. Und ebenso war es mit den Tönen. Die blecherne Radiostimme, geflüsterte Worte, hysterisches Kichern vermischt mit dem Gluckern des Biers in seiner Flasche, mit dem Rauschen des Blutes in seinen Ohren.

»... mussten die Einsatzkräfte mehrere Menschen wegen akuter Übelkeit behandeln, zu schweren Verletzungen kam es nicht ...«

Seine Wangen waren heiß und steif. Es fühlte sich an, als habe ihm jemand flüssiges Wachs über das Gesicht gegossen, das langsam zu erkalten begann. Er würde gefangen sein in dieser Mimik für den Rest seines Lebens.

»... rechnen die Betreiber des Einkaufszentrums mit Einnahmeeinbußen in Millionenhöhe ...«

Dann wieder Connies Gesicht, ganz nah vor seinem, ihr Atem schwer vom Rotwein. Druck auf seinen Schultern. Ihre Augenbrauen zusammengezogen. Ein Schwanken. Und dann ihre Stimme.

»Heinrich!«

Sein Name. Dringlichkeit.

»Heinrich! Sehen Sie mich an!«

Aber er sah sie doch an.

»Heinrich, atmen Sie tief ein!«

Er tat es.

»Noch mal tief einatmen.«

Er tat es noch mal. Dann noch einmal, bis er spürte, wie seine Wangen sich langsam abkühlten. Es war wie Auftauchen aus einer Badewanne. Die Welt nahm wieder Form an, die Töne lösten sich voneinander und gaben ihre Quellen preis. Er schüttelte sich wie ein Hund, sah dann wieder Connie an, deren Augenbrauen sich entspannt hatten.

»Geht es wieder?«

Er nickte und nahm einen tiefen Schluck aus seiner Bierflasche. Die Kälte in seiner Kehle war angenehm, eine physische Realität, die die Echtheit seines Körpers bewies. Unmittelbar stieg ihm der Alkohol hinter die Stirn.

An der anderen Seite des Raums standen Tom und Günther neben dem Radio.

»Die Hintergründe der Tat sind noch unbekannt«, sagte der Nachrichtensprecher in diesem Moment. »Allerdings schließt die Polizei einen terroristischen Hintergrund aus und sieht keine Veranlassung für besondere Vorsicht aufseiten der Bevölkerung. Und nun zum Sport.«

Tom schaltete das Radio aus. »Hast du den einen Typen im Anzug gesehen, der sich auf die Schuhe gekotzt hat?«

Günther lachte. »Geil! Am Black Friday machen wir das wieder. Und dann vor Weihnachten. Ostern. Frühlings-Sale.«

»Bis den Leuten schlecht wird, wenn sie nur über Scheiß-Shopping nachdenken.«

Ihre Stimmen hatten die übersteuerte Lautstärke von Kindern, die von einem Klassenausflug kommen. Heinrich ließ sich auf eines der Sitzkissen sinken. Sie hatten erreicht, was sie wollten. Niemand würde heute noch einen Euro in diesem Einkaufszentrum ausgeben. Aber er konnte nur an Felix' Gesicht denken, seine aufgerissenen Augen, als er sich von Heinrichs Seite löste und den Menschen zur Hilfe eilte.

Er spürte eine Hand auf seiner Schulter. Connie hatte sich neben ihn gekniet.

»Das war ein Erfolg heute. Sie haben das gut gemacht, Heinrich.«

Er schwieg und drehte die Flasche zwischen seinen Händen.

»Haben Sie keine Gewissensbisse. Niemand ist zu Schaden gekommen, und wir haben mehr erreicht, als ich gehofft hatte. Wo gehobelt wird, fallen Späne. Lassen Sie sich davon nicht beirren.«

Heinrich nickte. Er war zu müde, um ihr zu erklären, dass es nicht die Menschen aus dem Einkaufszentrum waren, die seine Stimmung trübten.

Sie setzte gerade an, um weiterzusprechen, als ein heftiges Klopfen sie unterbrach. Einen Moment froren sie alle ein, als erwarteten sie die Polizei an der Tür, doch dann ertönte eine bekannte Stimme.

»Connie?«, rief Roger. Wieder wurde geklopft, diesmal lauter und heftiger.

Connie seufzte, stand auf und ging in den Flur. Heinrich hörte, wie sie die Tür öffnete. Rogers Stimme klang hitzig, aber er verstand nicht, was gesagt wurde, bis Connie mit gespielter Ruhe ins Wohnzimmer zurückkam, Roger an ihren Fersen.

»… ob du mir vielleicht erklären kannst, was da los war«, sagte er gerade. Connie kam hinüber zu Heinrich, beugte sich zum Tisch hinunter und nahm ihr Rotweinglas in die Hand. Sie warf ihm einen kurzen Blick zu, in dem Heinrich eine Botschaft zu lesen glaubte: Lassen Sie mich das regeln.

»Wieso sollte ich das wissen?«, fragte sie und richtete sich auf. Tom und Günther waren verstummt und versuchten, in einer Ecke des Raumes mit dem Mobiliar zu verschmelzen.

»Du willst mir ernsthaft erzählen, dass ihr nichts damit zu tun hattet?« Rogers Gesicht war rot angelaufen. Heinrich hätte nicht geglaubt, dass der Mann fähig dazu war, wütend zu sein.

»Natürlich hatten wir nichts damit zu tun«, sagte Connie langsam und wohlbetont, wie um sicherzustellen, dass sie es kein zweites Mal sagen musste.

Roger lachte auf. »Unglaublich! Du bist wirklich unglaublich. Menschen hätten verletzt werden können.«

»Soweit ich weiß, ist niemand ernsthaft verletzt worden. Und was auch immer dort passiert ist, es hat den Laden ziemlich lahmgelegt, oder nicht?«

Obwohl sie Heinrich den Rücken zugewandt hatte, wusste er, dass sie lächelte. Er bewunderte ihre Art, alles zu sagen, ohne etwas preiszugeben.

»Das ist nicht unsere Art«, brüllte Roger.

»Nein. Deine Art ist es, mit Bettlaken und gefälligen Botschaften zu wedeln. Was, glaubst du, hat heute einen tieferen Eindruck hinterlassen? Dein kleiner Stand oder die Luftprobleme im Einkaufszentrum?«

Roger schwieg und funkelte Connie an. »Du wirst einfach niemals aufhören, oder?«, zischte er.

Sie zuckte mit den Schultern. »Ich weiß nicht, wovon du sprichst.«

Einen Moment lang standen sie stumm voreinander wie zwei Boxer vor dem Gong, bereit aufeinander loszugehen. Dann drehte sich Roger zu Tom und Günther um, die zusammenzuckten, als sein Blick sie traf.

»Habt ihr irgendwas dazu zu sagen?«

Sie schüttelten den Kopf.

Dann fixierte er Heinrich. »Und du? Hat sie dir auch schon das Gehirn gewaschen?«

Heinrich gefiel es nicht, wie Roger auf ihn herabblickte. Also stand er auf, streckte sich zu voller Größe, während Connie einen Schritt zur Seite machte, um den Raum zwischen den beiden Männern frei zu machen.

»Ich finde, du klingst ein wenig paranoid«, sagte Heinrich und achtete darauf, dass seine Stimme so ruhig wie möglich blieb. »Connie hat dir doch bereits versichert, dass wir nichts mit dieser Sache zu tun haben.«

Ein bitteres Lächeln legte sich auf Rogers Lippen und er nickte leicht. »Nun gut«, sagte er. Dann hob er den Finger und deutete auf Heinrichs Brust. »Aber sobald ich auch nur den Hauch eines Beweises finde, fliegst du hier raus. Ist das klar?« Mit einem Blick auf Tom und Günther fügte er hinzu: »Und für euch gilt dasselbe.« Dann drehte er sich um und stampfte aus der Wohnung. Die Tür ließ er sperrangelweit offen, sodass sie den Lärm der restlichen HaKom-Mitglieder hören konnten, der nach und nach den Flur füllte.

Es dauerte einen Moment, bis die vier sich entspannten.

»Und was jetzt?«, fragte Tom so leise, als befürchtete er, dass Roger vor der Tür lauschte.

»Nichts jetzt«, sagte Connie und schüttete den Rest Wein in ihre Kehle. »Hunde, die bellen – ihr wisst schon. Das ist nicht das erste Mal, dass er irgendwem mit dem Rausschmiss gedroht hat. Glaubt mir, in ein paar Tagen tut er so, als sei nie was passiert.«

Tom sah nicht überzeugt aus, und Heinrich überlegte kurz, ob er sich Sorgen machen sollte. Doch dann entschied er, die Sache entspannt zu sehen. Roger konnte ihnen nichts nachweisen. Und selbst wenn: Was wollte er tun? Ihn am Kragen aus dem Haus schleifen? Roger konnte ihm nichts anhaben, das wusste Heinrich, wusste es mit einer Sicherheit, die ihn sein Leben darauf hätte verwetten lassen. Niemand konnte ihm etwas anhaben.

Der Lärm im Flur wurde lauter, als Schritte das oberste Stockwerk erreichten. Im nächsten Moment flog eine Woge schwarzen Haares auf Heinrich zu, der Duft von Kokos umfing ihn, und Mieze warf sich in seine Arme. Sie schob ihren Mund ganz nah an sein Ohr, sodass sein Gesicht in ihrem Haar versank, und flüsterte: »Sag mir, dass du das warst.« Dann zog sie sich zurück, bis sie ihm in die Augen sehen konnte. Er schmunzelte nur, zog einen Mundwinkel hoch und zuckte leicht mit dem Kopf – eine Geste, die alles heißen konnte. Mieze lachte einmal laut auf, dann küsste sie ihn lang und leidenschaftlich, wand ihre Zunge wieder und wieder um seine, bis ihm schwindelig wurde und er zum Luftholen auftauchen musste.

Immer mehr Leute zwängten sich in den kleinen Raum. Hände streckten sich Connie entgegen, aber sie winkte ab und sagte mit lauter Stimme: »Ihr Lieben, ich möchte einmal ganz offiziell sagen, dass es wirklich keinen Grund gibt, anzunehmen, dass irgendwer hier irgendwas mit dem zu tun hat, was da im Einkaufszentrum passiert ist.«

Einen Moment lang herrschte betretenes Schweigen, dann lachte irgendjemand los, ein hohles, tiefes Lachen, und alle stimmten mit ein, erst leise und zögerlich, dann immer lauter. Auch Mieze lachte in Heinrichs Armen, er spürte das Zucken ihres Körpers unter seinen Händen. Sein Blick streifte über die Köpfe der Anwesenden, suchte nach dem bekannten blonden Lockenschopf, dem beinahe kindlichen Lachen. Aber Felix war nicht da.

Als Heinrich in der Nacht in seinem Bett lag, Miezes schweißfeuchte Haut an seiner, ging ihm das Bild von Felix' Gesicht nicht aus dem Kopf, seine aufgerissenen Augen beim Anblick der Menschen, die aus den Türen des Einkaufszentrums drängten. Er hatte am Abend, nachdem die Gemeinschaft sich zerstreut hatte, nicht nach Felix gesucht, hatte sich die gute Laune über seinen Erfolg nicht verderben lassen wollen. Stattdessen hatte er sich von Mieze in sein Zimmer ziehen lassen. Diesmal war sie es gewesen, die ihn begierig, beinahe gewalttätig gevögelt hatte. Immer wieder hatte sie sich auf ihn gesetzt, bis sein Penis den Dienst verweigerte und er es ihr mit der Hand besorgen musste, wobei sie noch impulsiver zu kommen schien als sonst. Dann endlich hatte sie sich in die Kissen sinken lassen, hatte sich eine Zigarette angezündet und ihn ausgefragt. Und obwohl er es besser wusste, obwohl ein unausgesprochenes Schweigegelübde zwischen ihm, Connie und den anderen gestanden hatte, hatte er ihr alles erzählt: von seinen Chemiekenntnissen, der Idee mit den Stinkbomben und wie sie vorgegangen waren. Sogar von der Frau mit dem Hund erzählte er, die ihm beinahe die Tour versaut hatte. Mieze hörte aufmerksam zu, lachte an den richtigen Stellen und streichelte mit der freien Hand über seine Brust. Als er fertig war, lehnte sie sich zu ihm hinüber und küsste ihn lange und sanft.

»Geile Aktion«, sagte sie, ein knappes Resümee, das alles zu sagen schien. Dann lagen sie eine Zeit lang schweigend nebeneinander, und obwohl Heinrich sich anstrengte, nicht darüber nachzudenken, kehrte er immer wieder zu Felix zurück, und eine subtile Beunruhigung kroch ihm in die Knochen. Schließlich hielt er es nicht mehr aus und sagte in die dunkle Stille des Raumes hinein: »Was weißt du über Felix?«

Mieze antwortete nicht, und Heinrich glaubte schon, sie sei eingeschlafen, doch dann regte sie sich sanft an seiner Schulter und antwortete: »Wahrscheinlich weniger als du. Er hat schon vor mir hier gewohnt, wir hatten nie viel miteinander zu tun.«

Heinrich wartete in der Hoffnung, dass Mieze von alleine weiterreden würde. Als sie es nicht tat, fragte er: »Wie schätzt du ihn ein?«

Sie hob ihren Kopf und sah ihn an. Ihre Mundwinkel zuckten. »Stehst du auf ihn?«

Heinrich lachte. »Ich lege einfach nur Wert auf deine Meinung.«

Mieze bettete den Kopf wieder auf Heinrichs Brustkorb und dachte einen Moment nach. »Für mich ist Felix der klassische Neureichensohn auf der Suche nach sich selbst. Zu viel Kohle, alle Möglichkeiten, aber ein bisschen Druck von den Eltern und schon wird rebelliert, dass es kracht. Versteh' mich nicht falsch, die Aktion mit dem Zug war ziemlich krass, aber ich glaube, der kehrt wieder in den Schoß der Familie zurück und verkommt zu einem Schlipsträger.«

Heinrich widerstand dem Impuls, sie aus dem Bett zu schieben und zurechtzuweisen. Stattdessen atmete er ein paar Mal durch und dachte über das nach, was sie gesagt hatte. »Du glaubst also, dass Felix selbst schuld ist an alldem, was ihm widerfahren ist?«

Er spürte, wie sie mit den Schultern zuckte.

»Schuld ist so ein komisches Wort. Keine Ahnung, wer schuld ist. Ich glaube nur, dass manche Menschen schlecht füreinander sind. Und manchmal gilt das auch für Eltern und Kinder. Ich glaube, Felix wäre ohne seine Eltern vielleicht freier, seinen eigenen Weg zu finden.«

»Ist es nicht genau das, was er gerade tut?«

»Im Moment macht er alles, um seine Eltern wegzustoßen. Also geht es genau genommen immer noch nur um sie, anstatt dass er was tut, das nur von ihm selbst kommt. Auch ihr Missfallen ist eine Form von Aufmerksamkeit.«

Sprachlos hob Heinrich die Augenbrauen und sah Mieze an, wozu er den Kopf ungelenk verdrehen musste.

»Was?«, fragte sie.

»Das klingt sehr …«, er suchte das richtige Wort, »… analytisch.«

»Ich studiere Psychologie«, sagte sie und drückte seine Schulter mit ihrer Wange zurück auf die Matratze.

»Das wusste ich nicht«, stammelte er.

Sie kicherte. »Ist ja nicht so, als hätten wir bisher viel Konversation betrieben.«

»Im wievielten Semester bist du denn?«

Sie stemmte sich auf die Ellenbogen und sah ihn an. »Ist schon okay«, flüsterte sie, beugte sich vor und küsste ihn und mit geschlossenen Lippen. Dann legte sie sich neben ihn, ihr Kopf jetzt auf dem Kissen und nicht mehr auf seiner Schulter, und binnen weniger Minuten ging ihr Atem flach und gleichmäßig. Zweimal lief ein heftiges Zucken durch ihren Körper, und Heinrich legte den Arm über sie, doch sie wachte nicht mehr auf.

Während ihr Gesicht neben ihm immer schlaffer wurde, dachte Heinrich über das nach, was sie über Felix gesagt hatte. Auch wenn er seinen Eltern nicht mehr gefallen wollte, suchte er immer noch nach ihrer Aufmerksamkeit. Sein Brustkorb wurde eng bei der Vorstellung, wie Felix als kleiner Junge zwischen dem herrischen Vater und der mit High-Society-Events beschäftigten Mutter um jeden Blick, um jede Umarmung gekämpft haben musste. Schlimm, wie solche Erfahrungen einen Menschen lenken, ihn ein Leben lang beeinflussen konnten. Sicher würde es nicht leicht für Felix werden, sich von seinen Eltern zu lösen. Aber er, Heinrich, war jetzt da, und er würde dem Jungen zur Seite stehen. Gleich morgen, dachte er, gleich morgen, und schlief ein.

Als es um Viertel nach neun an der Tür klingelte, riss es Heinrich aus einem traumlosen Schlaf. Er brauchte ein wenig, bis er sich gesammelt hatte. Mieze war nicht mehr da, aber er konnte sie noch in den Laken riechen. Es klingelte erneut und erneut, und er zog sich rasch seine schmutzige Hose von gestern über und schlurfte zur Tür. Als er sie öffnete, stand seine Frau im Hausflur.

»Susanne.« Das Wort fiel aus seinem Mund wie ein Tropfen Spucke.

»Ja, so heiße ich. Schön, dass du dich daran erinnerst.«
Sie stand hoch erhobenen Hauptes und stramm wie ein
Feldwebel im fahlen Licht des Flurs. Susannes Gesicht war
älter geworden, ihr Blick hart wie Beton, aber er konnte
sehen, dass sie verzweifelt war.

»Darf ich jetzt hereinkommen?«, fragte sie leise, aber
hart. Heinrich schlurfte stumm aus dem Weg und sie
machte ein paar energische Schritte in die Wohnung, nur
um dann abrupt stehen zu bleiben, weil sie nicht wusste,
wohin sie gehen sollte.

»Kaffee?«, fragte er, eigentlich nur, weil er selbst einen
trinken wollte.

»Danke, gerne!«, antwortete sie.

Heinrich ging voran in die Küche, Susanne folgte, nachdem sie sich noch einmal um die eigene Achse gedreht und
einen langen Blick durch seine offene Zimmertür geworfen
hatte. Er wusste nicht, ob sie die Kleider auf dem Boden
oder die Dinge auf dem Schreibtisch als seine erkannte,
aber auch wenn, es kümmerte ihn nicht. Dann trat sie in
die Küche und setzte sich an den Tisch, die Handtasche auf
dem Schoß, als müsste sie bereit sein, jederzeit die Flucht
ergreifen zu können.

Heinrich kochte stumm Kaffee, spülte zwei Becher ab,
weil es keine sauberen mehr gab. Susanne schaute ihm
ebenso schweigend zu, fing an, geräuschvoll rumzurut-
schen, und sagte schließlich: »Ist das hier eine Studenten-
WG?«

»Nein«, antwortete er und stellte ihre Tasse vor sie auf
den Tisch. Er blieb stehen, lehnte sich an die Arbeitsplatte,
schaute sie an und wartete. Sie nippte spitzfingrig an ihrem
Kaffee und sagte nichts.

»Okay«, sagte er schließlich, »ich gebe zu, eigentlich kann ich mir denken, wieso du hier bist, aber bitte: Wieso bist du hier?«

»Ich habe noch einmal mit der freundlichen Frau telefoniert, die auch hier wohnt. Selin? Ich habe sie bei unserem Gespräch damals um ihre Nummer gebeten, du reagierst ja nicht mehr auf meine Anrufe. Sie hat mir die Adresse gegeben und …«

Heinrich winkte ab, und sie verstummte. Selin, natürlich, wer sonst? »Das meine ich nicht.«

Ihr Lächeln war bitter. »Ich möchte, dass du nach Hause kommst. Warum sollte ich sonst hier sein?«

Heinrich verschränkte die Arme vor der Brust. »Susanne, wieso solltest du wollen, dass ich nach Hause komme?«

»Weil du mein Mann bist.«

»Aber das heißt doch nichts«, sagte er mit ruhiger Stimme. »Du weißt doch gar nicht, wer ich bin. Ich war ein Niemand, als ich noch in unserem Zuhause gewohnt habe. Ich war ja kaum vorhanden. Wen willst du da eigentlich zurück?«

Ihr stiegen Tränen in die Augen. »Heinrich, das ist doch Unsinn. Ich habe dich geheiratet, weil ich dich liebte, und das tue ich immer noch. Komm also wieder zurück nach Hause und lass uns weitermachen wie bisher.«

»Ich will aber nicht weitermachen wie bisher.«

»Dann machen wir es eben neu, fangen von vorne an.«

»Ich bin hier genau richtig. Du weißt doch gar nicht, wer ich jetzt bin.«

Sie zog den Kopf zurück, sodass sich unter ihrem Mund ein Doppelkinn formte. »Wer bist du denn jetzt?«

Da war sie wieder, diese Frage. Doch jetzt, hier vor seiner Frau, vor seiner Vergangenheit, kam die Antwort ganz natürlich.

»Ich bin jemand, der anderen hilft. Ich habe hier etwas gefunden, Susanne. Eine Aufgabe. Ich bewege Dinge, ich ändere die Zustände. Das bin ich.«

Ihre Augen waren groß geworden, und beinahe erwartete er, dass sie vor ihm auf die Knie fallen und seine Hände küssen würde. Stattdessen sagte sie: »Seit wann bist du so melodramatisch?«

Er schüttelte langsam den Kopf. »Zum ersten Mal in unserer Ehe tanze ich nicht nach deiner Pfeife, und du nennst es melodramatisch.«

Sie starrte ihn sprachlos an, den Mund offen, die Augen offen, das ganze Gesicht offen. Wie schon zuvor am Telefon machte ihre Sprachlosigkeit ihn seltsam zufrieden. Als sie doch zu sprechen begann, brachte sie nur Fetzen heraus: »Ich … Pfeife? … ich …«

»Ja, genau, du, du, du hast immer das letzte Wort. Du hast alle Entscheidungen getroffen, hast alle Pläne für uns gemacht. Das ist dein beschissenes kleines Leben, ich habe mir das nicht ausgesucht.«

»Aber«, stammelte sie, »du hast nie etwas gesagt.«

»Ich sage es jetzt.«

»Aber wir können das ändern.«

»Ich habe mich schon geändert«, sagte Heinrich. »Du gehst jetzt besser.«

Susanne blieb wie festgefroren sitzen und starrte ihn an. »Ich glaube dir nicht«, sagte sie fast flüsternd.

»Das ist mir egal. Geh jetzt!«

Man konnte ihr ansehen, wie viel Kraft es sie kostete, sich zu sammeln, ihr Gesicht wieder zu schließen und ruhig aufzustehen. Sie trat vor ihn, richtete sich zu voller Größe auf und sagte: »Wenn du mit diesem lächerlichen

Getue fertig bist, kannst du jederzeit nach Hause kommen.«

Die Ohrfeige, die er ihr versetzte, war noch zwei Stockwerke höher zu hören. Sie fiel zurück auf ihren Stuhl, ohne Aufschrei, und legte die Hände vors Gesicht. Einen Moment blieb sie sitzen, und er konnte die Tränen sehen, die zwischen ihren Fingern auf den Küchenboden tropften. Dann rappelte sie sich langsam auf, drehte sich nicht noch einmal zu ihm um und verließ die Wohnung, ohne ein weiteres Wort zu sagen. Er war voller Bewunderung für ihre Stärke. Vielleicht hätte er sanfter vorgehen können, überlegte er. Aber hieß es nicht, ein Pflaster solle man schnell abreißen? Er fühlte sich befreit, glaubte er. Und eigentlich war er stolz auf sich.

Heinrich hatte sich gerade einen weiteren Kaffee eingeschüttet und war auf dem Weg zurück in sein Zimmer, zurück ins Bett, als die Wohnungstür sich erneut öffnete und er mit einem Mal Felix gegenüberstand. Beide schreckten merklich zusammen, Heinrichs Kaffee schwappte heiß auf seinen Handrücken und er zog scharf die Luft ein. Felix blieb wie eingefroren stehen und starrte ihn an. Eine Sekunde lang blieben sie stumm voreinander stehen, bis Felix zischte: »Wer war das?«

»Wer war was?« Natürlich wusste er genau, von wem Felix sprach. Er musste Susanne im Treppenhaus über den Weg gelaufen sein. Tatsächlich meinte er, einen anspringenden Motor vor dem Haus zu hören.

»Das war deine Frau, nicht wahr?« Felix schob die Tür hinter sich zu, ohne den Blick von Heinrich zu lösen. Auf unheimliche Weise ähnelte er jetzt seinem Vater: dieselben kühlen Augen, derselbe Mund, der nur aus einer Linie ohne Lippen zu bestehen schien. Heinrich suchte in seiner Wirbelsäule nach mehr Stabilität und richtete sich ein wenig auf, ohne sich jedoch die Anspannung anmerken zu lassen.

»Wo kommst du eigentlich her?«, fragte er und nippte an seinem Kaffee, als wären sie einfach alte Kumpel, die sich wie jeden Morgen auf dem Flur begegneten.

Felix schüttelte abrupt den Kopf, der Themenwechsel schien ihn aus dem Konzept zu bringen, und Heinrich nutzte seine Chance.

»Hast du schon gefrühstückt? Sollen wir uns was holen?« Er ging in sein Zimmer, stellte den Kaffeebecher auf den Boden und zog sich ein Shirt über den Kopf. Seine Hand schmerzte dort, wo der heiße Kaffee sie getroffen hatte. Als er wieder zu Felix auf den Flur trat, legte er sein unschuldigstes Lächeln auf. Felix' Mund stand leicht offen.

»Gehen wir?«, fragte Heinrich.

Felix schluckte sichtbar, dann sagte er: »Ich komme gerade vom Frühstück.«

»Du warst alleine frühstücken?«

»Nein, mit meiner Mutter.«

Heinrich fror mitten in der Bewegung ein. »Du warst mit deiner Mutter frühstücken?«

»Ja«, stammelte Felix, »wieso nicht?«

»Mit der drogensüchtigen Frau, die sich einen Dreck um dich schert?« Heinrich hörte, dass seine Stimme lauter geworden war.

Felix' Augenbrauen zogen sich zusammen. »Wir reden doch gar nicht über meine Mutter, sondern über deine Frau.« Auch er war lauter geworden.

»Was mit mir und meiner Frau ist, geht dich nichts an.«

»Ach ja? Auch nicht, wenn sie aussieht, als hätte sie jemand ins Gesicht geschlagen?«

»Das verstehst du nicht.«

»Was gibt's da zu verstehen? Hast du sie geschlagen oder nicht?«

Heinrich wedelte mit der Hand zwischen ihnen herum, als wollte er eine Wespe verscheuchen.

»Weiß sie von Mieze?«, fragte Felix.

Ein heiseres Lachen brach aus Heinrichs Kehle. »Du hast wirklich keine Ahnung von der Ehe.«

»Du klingst wie meine Mutter.«

Felix kniff die Augen zusammen. Nichts von der für ihn so typischen Freundlichkeit war mehr zu sehen, nur Misstrauen und Abneigung. Am liebsten hätte Heinrich auch ihm eine Ohrfeige verpasst. Für einen Moment konnte er die Situation vor sich sehen, eine zum Schlag erhobene Hand, die Überraschung in Felix' Gesicht, dann Bestürzung, Enttäuschung, vielleicht sogar Tränen. In seiner Fantasie schrumpfte der Junge zusammen, war auf einmal fünf Jahre alt, sieben, zehn. Das blonde Haar etwas länger, wie er es auf den Fotos in Felix' Schrank gesehen hatte. Aber der Gesichtsausdruck war derselbe: ein Kind, das von Erwachsenen enttäuscht wird, wieder und wieder.

Heinrich schob das Bild mit Gewalt weg. So ein Mensch war er nicht, jemand, den man so ansehen konnte. Das mit Susanne vorhin war eine Ausnahme gewesen, er hatte es ja genau genommen für sie getan, als Hilfestellung, damit sie sich von ihm lösen konnte. Aber Felix würde er nicht enttäuschen. Er hatte eine Aufgabe.

»Du weißt nicht, was du da sagst.« Heinrich hob die Handflächen.

»Aber genau dasselbe hat sie vorhin gesagt, dass ich nicht verstehe, wie es in einer Ehe läuft. Als würde Ehe alles entschuldigen, was man dem anderen antut.«

»Wieso triffst du dich überhaupt mit ihr?«

»Mit meiner Mutter?«

Heinrich nickte.

»Weil sie meine Mutter ist?« Felix zog die Stimme am Ende des Satzes hoch.

»Was will sie denn von dir?«

»Ich bin ihr Sohn. Sie will wissen, wie es mir geht.«

Heinrich machte einen Schritt auf Felix zu, der zurückwich. »Will sie dich nicht auch nach Hause holen?« Er achtete darauf, die Lautstärke in seiner Stimme herunterzufahren.

»Klar will sie das. Und vielleicht hat sie auch gar nicht so unrecht.« Felix schob die Unterlippe vor wie ein trotziges Kind.

Heinrich machte noch einen Schritt, diesmal einen kleineren. Felix wich nicht zurück. »Aber dir geht es hier doch gut, hier bei uns, oder nicht?«

Der Junge senkte jetzt den Blick. »Ich kann nicht ewig hierbleiben. Irgendwann muss ich wieder in die Schule oder eine Ausbildung anfangen. Das hier ist nicht das echte Leben.«

Er hatte sich nicht genug gekümmert, das merkte Heinrich jetzt. Er hatte darauf vertraut, dass Felix auf dem richtigen Weg war und ihn gehen würde, auch wenn er nicht ununterbrochen auf ihn achtete. Das war ein Fehler gewesen.

»Haben sie dir das gesagt?«, fragte er.

Felix nickte.

»Sie will Einfluss auf dich nehmen. Merkst du das nicht? Du bist alt genug, um deine eigenen Entscheidungen zu treffen. Lass dich nicht von ihnen unter Druck setzen!«

Einen Moment schwieg Felix und sah auf seine Finger, die wieder mal damit beschäftigt waren, ihre eigene Nagelhaut abzuschaben. Heinrich konnte ihn denken sehen. Mit Vorsicht legte er seine nächsten Sätze zusammen. »Wenn du jetzt zu ihnen zurückgehst, werden sie dich zu einem von ihnen machen. Aber du willst doch gar nicht so werden wie deine Eltern. Du brauchst sie nicht. Ich kann dir helfen, auch mit der Schule oder einer Ausbildung. Ich werde dich unterstützen. Wir können hierbleiben und das tun, was wir möchten.«

Felix sah ihn an. »Damit ich so werde wie du?«

»Damit du frei bist, wie alle hier.«

Der Junge presste die Lippen aufeinander. »Und meine Freunde anlüge und Einkaufszentren vergase? Und mit Mädchen schlafe, die dreißig Jahre jünger sind als ich?«

Der Schmerz war physisch. Druck in der Brust, hinter den Augen. Druck in den Lungen, der sich durch seine Kehle in seinen Mund wühlte und ins Freie presste. »Dann geh doch zurück zu deinen Eltern und werde zu jemandem, der seine Mitarbeiter ausbeutet, sein Kind in die Kriminalität treibt und seine Frau zu einem Junkie macht. Du hast die Wahl.«

Und dann Stille zwischen ihnen. Felix' Augen waren weit aufgerissen und sein Kiefer bewegte sich, als spräche er noch. Aber da war nur Stille. Heinrich wartete auf das Gebrüll, machte sich innerlich bereit für die nächste Runde, aber Felix blieb stumm, senkte irgendwann den Blick und schlüpfte aus der Wohnungstür. Heinrich lauschte noch seinen schnellen Schritten, als der Junge die Treppe hinuntereilte. Dann war er weg.

Heinrich brauchte ein paar Atemzüge, um zu verstehen, dass der Streit vorbei war, vielmehr noch, dass er ihn gewonnen hatte. Denn war es nicht so, dass derjenige gewann, der das letzte Wort behielt? Doch das Triumphgefühl wollte sich nicht einstellen. Stattdessen malte er sich aus, wie Felix mit gesenktem Haupt zu seinem Vater zurückkehrte. Und das ist meine Schuld, dachte er. Es war Zeit, ehrlich zu sich zu sein. Er hatte Felix vernachlässigt, hatte ihn ausgeschlossen aus dem Irrglauben heraus, ihn schützen zu können. Er hatte die Zeichen ignoriert, die SMS von Felix' Mutter, seine Zurückgezogenheit. Er hatte den Jungen alleine gelassen. Kein Wunder, dass er sauer auf ihn war. Aber es war noch nicht zu spät, sagte er sich. Nein, sicher war es noch nicht zu spät.

12

An diesem Sonntag wirkte das gesamte Haus wie ausgestorben. Als Heinrich mit trägen Schritten die Treppe hinaufstieg, hörte er nichts außer dem diffusen Rauschen des Regens, der die Luft feucht machte und das Licht dimmte. Er hatte einige Stunden auf seinem Bett gesessen und nach den Worten gesucht, die Felix von seinen Eltern befreien würden. Aber kein Satz schien in der Lage zu sein, Heinrichs Sorge um Felix' Wohlergehen angemessen auszudrücken. Keine Geste schien groß genug, um Heinrichs Absichten klarzumachen. Felix würde ihm nicht vertrauen. Und warum sollte er auch? Er musste eine andere Lösung finden, musste ihm wieder näherkommen, ihm beweisen, dass er bedingungslos auf seiner Seite stand. Aber dort, alleine in seinem Zimmer auf der Matratze, die immer noch ein wenig nach Kokos roch, kam er nicht weiter.

Also raffte er sich gegen Nachmittag auf und schlurfte durch den ausgestorbenen Flur ins Dachgeschoss. Connie empfing ihn mit einem Glas Wein in der Hand. Heinrich unterdrückte den Impuls, auf die Uhr zu sehen und einen Kommentar über die wohlschmeckende Stunde zu machen – so hatte seine Mutter den Zeitpunkt genannt, zu dem es sich schickte, mit dem Alkohol zu beginnen, ihrer Meinung nach irgendwann gegen halb fünf. Connie musterte ihn einen Augenblick, als wäre sie sich nicht ganz sicher, wer da vor ihr stand. Dann trat sie wortlos beiseite und er schob sich an ihr vorbei in ihr Wohnzimmer und ließ sich sofort auf einem der Sitzkissen nieder.

Das Dämmerlicht, das durch die Fenster fiel, schaffte es nicht, dem Raum seine sonstige Heimeligkeit zu verleihen. Nur eine kleine Stehlampe warf einen warmen Lichtkegel schräg nach unten, in den Heinrichs Knie sich gerade noch schieben konnte, während der Rest von ihm im Grau zurückblieb. Stattdessen fiel das Licht auf das Sitzkissen vor ihm, auf dem Connie gesessen hatte, wie der sich langsam aufblähende Abdruck ihres Pos ihm verriet. Auf dem Kaffeetischchen neben ihm lag ein aufgeschlagenes Buch. Heinrich lehnte sich gerade hinüber, um ein paar Zeilen entziffern zu können, als Connie von hinten an ihn herantrat und ihm ein Glas Wein unter die Nase schob.

»Danke, aber ich glaube, ich möchte keinen Wein«, sagte er.

Sie lächelte schief, stellte das Glas vor ihn auf den Tisch und setzte sich ihm gegenüber. »Sie haben also eine Antwort für mich.«

»Eine Antwort?« Er hatte keinen blassen Schimmer, wovon sie sprach.

»Auf die Frage, wonach Sie suchen, Heinrich.« Sie hatte die gütig freundliche Miene einer Therapeutin aufgesetzt. Wieder fühlte er sich vor ihr wie ein dummer Schuljunge. Seit Tagen hatte er nicht mehr an das erste Gespräch mit ihr gedacht. Er sagte das Erste, was ihm in den Sinn kam.

»Ich suche nach einem Weg, Felix vom Einfluss seiner Eltern zu befreien.« Im selben Augenblick wurde ihm klar, dass dies vielleicht das Ehrlichste war, was er je gesagt hatte.

Connies Augenbrauen hoben sich so weit, dass sie beinahe mit ihrem Haaransatz zu verschmelzen schienen. »Das ist Ihre Antwort?« Ihre Mundwinkel zuckten, und es irritierte ihn. Noch nie war er sich einer Sache so sicher gewesen, und sie stellte ihn infrage immer und immer wieder.

»Wieso?«, setzte sie nach.

»Wieso was?« Seine Stimme war scharf geworden.

»Wieso wollen Sie … wie sagten Sie … Felix von seinen Eltern befreien?«

»Sie kontrollieren ihn«, sagte er und merkte selbst, wie wütend er klang. »Sie wollen etwas aus ihm machen, das er nicht ist. Aufs Internat nach England wollen sie ihn schicken. Das geht doch nicht. Er sollte seine eigenen Entscheidungen treffen dürfen. Sie kennen ihn, Sie wissen, dass er ein verantwortungsbewusster, kluger Junge ist. Diese Menschen sind nicht gut für ihn.«

»Denken Sie, dass Felix das genauso sieht?« Sie lächelte jetzt nicht mehr. Vielmehr grinste sie, als habe er einen schlechten Witz gemacht.

»Ich glaube nicht, dass Sie das Ausmaß der Situation verstehen. Ich wäre jetzt tot. Hören Sie? Tot! Fleischreste auf den Schienen. Die Art von tot!«

Er hätte weitermachen können, aber sie unterbrach ihn, indem sie den Blick senkte und die Hände hob. »Verzeihen Sie, so habe ich das nicht gemeint.«

Ohne hinzusehen, griff sie nach ihrem Glas und trank einen Schluck. Heinrich tat es ihr nach. Der Wein schmeckte schwer und fühlte sich an wie Wolle in seinem Mund.

»Ich meinte vielmehr, ob Felix Ihre Hilfe überhaupt annehmen würde«, sagte sie.

Unweigerlich fiel ihm der Streit von heute früh ein. »Wahrscheinlich eher nicht«, räumte er ein und stellte sein Glas wieder hin.

»Das kenne ich gut«, sagte Connie und seufzte laut, ein wenig zu laut, und stützte sich auf ihre Hände. »Bei uns war es damals nicht anders. Wir wollten ein Land retten, das keine Hilfe wollte. Aber manchmal muss man tun, was man für richtig hält. Und die Menschen zu ihrem Glück zwingen. Wie Sie, Heinrich. Hat man Sie nicht auch zu Ihrem Glück gezwungen?«

Er nickte.

»Aber nicht jeder Retter wird vom Geretteten so verehrt wie Felix von Ihnen«, fuhr sie fort. »Wir haben uns damals nicht viele Freunde gemacht. Im Gegenteil. Die Mehrheit der Bevölkerung hat uns für wahnsinnig gehalten.«

Heinrich schwieg weiterhin. Ihre Worte flogen durch seinen Verstand wie lose Blätter im Herbstwind.

»Ich meine, nicht nur Politik und Presse haben uns verunglimpft, sondern genau die Menschen, deren Leben wir verbessern wollten, für deren Rechte wir gekämpft haben, die haben am Ende unsere Botschaft nicht gehört und stattdessen unsere Ideale verraten. Wir waren keine Helden, nicht in deren Augen, nicht in den Augen der Unterdrückten. Dafür hat die Propagandamaschine gesorgt. Aber verbessert haben wir ihr Leben trotzdem. Wie sähe die Welt heute aus, wenn es unsere Bewegung nicht gegeben hätte? Können Sie sich das vorstellen? Wo wären wir Frauen heute, wie viel mächtiger wäre der Faschismus? Glauben Sie, wir könnten ohne das, was nach 68 passiert ist, eine Kanzlerin an der Spitze Deutschlands haben? Mag man von ihr halten, was man will, sie ist eine Frau. Und das ist unser Verdienst. Ruhm allerdings, Ruhm haben wir keinen errungen. Unsere Anführer haben sie durch den Schmutz gezogen. Ulrike, Andreas, Gudrun. Ausgestellt wie die Tiere und dann exekutiert. Ja, ich sage es, sie wurden exekutiert. Und der Rest von uns wurde vergessen. Totgeschwiegen. Das ist unser Schicksal. Wer die Welt verbessern will, stirbt einsam. Und genau das ist es, was Roger nicht versteht, weil er schwach ist, weil er geliebt werden will. Wie die Menschen ihn sehen, ist ihm wichtiger als seine …«

Aber Heinrich hörte nicht mehr zu. Connies Worte gingen in weißes Rauschen über, brandeten über ihn hinweg, ohne verstanden zu werden. Er wäre beinahe einsam gestorben. Mehr noch, er hatte sich ausgesucht, einsam zu sterben. Und damals hätte sein Tod keinen Sinn ergeben. Nichts hatte er bis dahin getan, wofür man sich an ihn erinnern hätte können. Aber wie Connie gesagt hatte, vielleicht ging es nicht darum, erinnert zu werden. Vielleicht ging es vielmehr darum, das Leben der Menschen wirklich zu verändern, ohne viel Aufheben. Vielleicht würde niemand sehen, was man getan hat, vielleicht wäre man selbst am Ende der Einzige, der Bescheid wüsste. Aber dennoch würde man unsterblich werden. Man hätte seinen Einfluss geltend gemacht, etwas hinterlassen, das vielleicht unsichtbar war für die anderen. Felix zu helfen, war sein Weg, diese Welt zu verbessern. Eben nicht aus der selbstsüchtigen Idee heraus, dafür verehrt oder auch nur respektiert zu werden. Sondern weil er vielleicht der Einzige war, der diesen Jungen retten konnte. Und er musste es tun, auch wenn niemand ihn dafür respektieren würde, vielleicht nicht mal Felix selbst. Vielleicht wäre es sogar das Beste, wenn der Junge gar nichts mitbekäme. Im Verborgenen handeln, wie damals Connie und ihre Freunde, das könnte die Antwort sein. Der heimliche Dirigent, das unerkannte Genie hinter einer Reihe von Ereignissen, die nur bei genauer

Beobachtung überhaupt zu erkennen waren. Er würde den Lauf der Dinge verändern mit der Gewissheit, dass Felix ein besseres Leben führen konnte, egal was er am Ende von ihm denken würde. Das war sein Schicksal.

Eine Bewegung vor ihm riss ihn aus seinen Gedanken. Connie rappelte sich von ihrem Kissen auf. Sie schwankte merklich und musste sich an einem Bücherregal festhalten, um nicht das Gleichgewicht zu verlieren. Dann stolperte sie aus dem Zimmer, nur um gleich darauf mit der Weinflasche in der Hand zurückzukehren und ihr inzwischen leeres Glas aufzufüllen. Als sie ihm einschenken wollte, hielt er seine Hand über das Glas. Connie reagierte zu langsam, und ein kleiner Schwall ergoss sich über Heinrichs Handrücken.

»Oh«, sagte sie mit schwerer Stimme. »Ich hole Ihnen einen Lappen.«

Unbeholfen stellte sie die Flasche auf dem Tisch ab und drehte sich schon um, als Heinrich aufsprang.

»Danke, das wird nicht nötig sein.«

Sie sah ihn an, als könne sie ihn nicht richtig erkennen.

»Gut«, sagte sie und lächelte schief. »Ich freue mich, dass Sie jetzt Ihre Antwort haben.« Sie klopfte ihm auf die Schulter. »Antworten sind wichtig.« Dann ließ sie sich auf ihr Kissen sinken. Heinrich schaute ihr noch einen Moment zu, dieser alten, vergessenen Rebellin, und sie tat ihm leid.

Noch bevor Heinrich das erste Obergeschoss erreicht hatte, wusste er, was er als Nächstes zu tun hatte. Er ging zielstrebig an seinem Zimmer vorbei und klopfte an Felix' Tür in der Hoffnung, dass er in der Zwischenzeit nach Hause gekommen war. Als es hinter der Tür still blieb, klopfte er erneut und rief: »Felix?«

Es dauerte einen Augenblick, bis eine Stimme zurück-fragte: »Was willst du?«

Heinrich öffnete die Tür und schob den Kopf durch den Spalt. Felix saß auf seinem Bett und hielt sein Telefon in den Händen.

»Mich entschuldigen.«

Die Abneigung in Felix' Gesichtsausdruck war so offen-sichtlich, dass Heinrich erneut den Schmerz in der Ma-gengegend spürte. Doch der Junge schrie ihn nicht an und schickte ihn nicht raus. Heinrich nahm das als Einladung und schob den Rest seines Körpers durch die Tür. Er kniete sich vor Felix auf den Boden.

»Es tut mir leid. Ich hätte nicht so mit dir sprechen dür-fen. Natürlich weißt du selbst am besten, was für dich das Richtige ist. Bitte verstehe, dass ich mir einfach nur Sorgen um dich mache.«

Felix schwieg und schaute ihn an, presste die Lippen aufeinander, als müsse er sich beherrschen, um nicht loszu-brüllen. Dann ging eine Welle durch den Körper des Jun-gen, seine Züge entspannten sich, seine Schultern sackten ab und er sagte: »Ist schon okay.«

Heinrich seufzte. Er hatte nicht damit gerechnet, dass es so einfach werden würde. Jetzt galt es, vorsichtig vorzuge-hen, wie bei einem scheuen Tier.

»Erzähl mir von deiner Mutter. Ihr versteht euch bes-ser?«

»Das tun wir.« Felix legte das Handy zur Seite. Aus dem Augenwinkel konnte Heinrich erkennen, dass ein Chat-fenster geöffnet war. »Sie hat mir direkt nach der ersten Anhörung neulich eine Nachricht geschrieben. So hat es angefangen. Seitdem schreiben wir. Zweimal waren wir essen, nur wir zwei, das war gut. Irgendwie reden wir ganz anders miteinander als früher.«

Heinrich nickte nur, obwohl ihm einiges dazu auf der Zunge lag. Aber jetzt war nicht der Zeitpunkt.

»Sie redet auch mit meinem Vater«, fuhr Felix fort, »damit er mich nicht mehr so bevormundet. So ist es auch mit meinem Anwalt viel einfacher, wenn ich auch mal was sagen darf. Sie ist wirklich eine große Hilfe.« Er schwieg kurz, dann schüttelte er den Kopf und lachte leise in sich hinein. »Es ist komisch, aber ich habe das Gefühl, sie ganz neu kennenzulernen.«

»Und das mit den …« Heinrich machte eine vage Geste, als würde er sich etwas von der einen in die andere Hand schütten und dann in den Mund werfen.

»Sie war bei ihrem Arzt«, sagte Felix. »Von den Schmerzmitteln ist sie runter. Sie nimmt jetzt noch was, das ihr den Entzug einfacher macht.«

»Und die Sache mit dem Internat?«

Felix zuckte mit den Schultern. »Ich weiß nicht. Vielleicht ist es keine so schlechte Idee.«

Heinrich hob bereits Hand und Kopf, um etwas zu sagen, aber Felix unterbrach ihn. »Ich weiß, was du jetzt sagen willst. Aber mal im Ernst. Irgendwie muss ich die Schule ja abschließen, und wenn mir das hilft … einen Versuch ist es wert.«

Er fühlte sich wie auf Eierschalen. Jeder Rat wäre jetzt fehl am Platz, das war ihm klar. Zuhören, dachte er. Zuhören.

»Wäre es nicht schade, gerade jetzt wieder von deiner Mutter getrennt zu sein?«

Felix drehte die Augen nach oben und dachte nach. »Schon«, sagte er nach ein paar Momenten. »Vor allem …

wir haben es ja beide nicht leicht mit meinem Vater. Ich würde sie ungern allein lassen, wo es ihr gerade besser geht.«

»Weil er ihre Probleme nur verschlimmert?«

Felix nickte.

»Das kann ich verstehen«, sagte Heinrich. »Du willst sie beschützen, jetzt, wo sie dich beschützt.«

»Sie sagt, dass sie klarkommen wird, aber ich kenne meinen Vater. Und ich könnte es mir nicht verzeihen, wenn er sie wieder so runterputzt, dass sie einen Rückfall hat oder so.«

Im Chatfenster, das konnte Heinrich sehen, erschien eine neue Nachricht. Das Handy machte allerdings kein Geräusch, und so saß Felix weiter ungerührt da und schaute sich selbst beim Knibbeln zu. Dann hob er unvermittelt den Kopf. Draußen regnete es immer noch. Es war bereits dunkler geworden und das Zimmer versank in einem trüben Dämmerlicht, in dem die Gegenstände allmählich ihre Farbe verloren. Heinrich blickte sich um. Das Buch von Hermann Hesse lag immer noch am Kopfende des Bettes. Er musste an seinen ersten Abend hier denken, an die Fotos, die er im Schrank gefunden hatte, an den Schnaps, mit dem sie durch die Nacht gekommen waren. Bei dem Gedanken musste er lächeln.

»Na ja«, sagte Felix schließlich und riss sie aus ihrem Schweigen. »Ich kann das Land eh nicht verlassen, bevor der Prozess und die Sozialstunden vorbei sind. Wenn es Sozialstunden gibt. Der Anwalt ist sich da ziemlich sicher.«

»Dann musst du die Entscheidung ja noch nicht sofort treffen«, sagte Heinrich und spürte selbst die Erleichterung, die eigentlich Felix spüren sollte.

»Nein, zum Glück nicht.«

Am Ende war Heinrich überrascht, wie schnell alles ging. Eine schlaflose Nacht, sechs vollgekritzelte Blätter Papier, mehr brauchte es nicht für einen Plan. Keinen Plan, wie ihn einer seiner Cowboy-Helden ausgetüftelt hätte, das gab er zu, aber einer, der sich gut anfühlte. Und der machbar war.

Felix selbst hatte Heinrich auf den richtigen Pfad gebracht. Ein Junge, der die neugewonnene Bindung zu seiner Mutter um alles in der Welt schützen wollte. An dieser Stelle konnte Heinrich seinen Hebel ansetzen, den Jungen wieder gegen seinen Vater aufbringen, ihm das wahre Gesicht seiner Eltern zeigen. Ein unverbesserlicher Junkie und ein cholerischer Diktator. Wem würde Felix wohl die Schuld geben, wenn seine Mutter einen Rückfall erlitt? Manchmal brauchte es eben ein wenig Unterstützung, damit das Monster sich zeigte.

Als Heinrich am Morgen aufwachte, war er so voller Tatendrang, dass er keinen Bissen herunterkriegte. Den ganzen Tag über saß er in seinem Zimmer wie auf heißen Kohlen. Draußen regnete es immer noch, was ihn davon abhielt, einen Spaziergang zu machen, um sich abzulenken. Manchmal stellte er sich lauschend an die Tür, aber er hörte nur Selin und Roger, und mit keinem von beiden wollte er sprechen. Also blieb er in seinen vier Wänden, die von Stunde zu Stunde enger wurden, und lief kreisrunde Spuren in den Teppich.

Irgendwann am späten Nachmittag hörte er Miezes rauchige Stimme auf dem Flur. Er sprang an die Tür und presste sein Ohr ans Schlüsselloch.

»Ich fahre dann nächste Woche runter zu einer Freundin und suche von da aus ein Zimmer.«

Wann war sie in die Wohnung gekommen? Wieso hatte er sie nicht gehört?

»Wenn du möchtest, kann ich mich bei meinen Bekannten umhören.« Es war Selins Stimme.

»Gerne«, antwortete Mieze. »Ist nicht so leicht, in München eine Bleibe zu finden.«

»Ich sage dir Bescheid.« Wieder Selin, dann einen Moment Stille, dann wieder Selin. »Wir werden dich vermissen, Miriam. Aber ich freue mich natürlich für dich. Das wird sicher spannend, in so einer Klinik zu arbeiten.«

»Danke. Ich freue mich wirklich drauf. Und danke, dass ich hier so lange bleiben durfte.«

»Aber natürlich.«

Im Hintergrund klingelte ein Telefon.

»Entschuldige«, sagte Selin.

»Aber klar. Wir sehen uns später.«

Dann hörte er, wie eine Zimmertür zuschlug. Er riss seine Tür auf. Mieze, die direkt vor ihr stand, fuhr zusammen. Er griff sie am Arm, zog sie in sein Zimmer, schloss die Tür und drückte sie mit dem Rücken gegen die Wand. Seine Hand fand ihre Pobacke, und er drückte seine Lippen auf ihre, doch sie verschränkte die Arme vor der Brust und schob ihn weg.

»Heinrich, ich kann jetzt nicht.«

»Es muss nicht lange dauern. Ich habe selbst nicht so viel Zeit.«

Er schob sich wieder gegen sie, aber sie wand sich an ihm vorbei.

»Ich kann jetzt wirklich nicht. Ich muss zur Uni.«

Sie griff nach der Klinke, aber er stellte einen Fuß vor die Tür und hielt sie geschlossen.

»Du ziehst also weg?«

»Ja. Im Dezember.«

»Und wann wolltest du mir das sagen?«

Sie lachte, ein kurzer Laut, bei dem ihre Schultern zuckten. »Mir war nicht bewusst, dass ich dir überhaupt irgendwas sagen muss.«

»Hör mal«, begann er und wusste dann selbst nicht, wie er weitermachen sollte. In der Stille löste sie die Hand von der Klinke und ging durch sein Zimmer.

»Es tut mir leid, wenn ich einen falschen Anschein erweckt habe«, sagte sie, während sie wie beiläufig mit der Hand an der Kante des Schreibtisches entlang strich. Ihr Blick fiel auf die Papiere, die verstreut darauf lagen. Sie nahm eines hoch. »Was ist das?«

Innerhalb einer Millisekunde war Heinrich bei ihr, riss ihr das Blatt aus der Hand, kramte auch die anderen dazu und schob alles in eine der Schubladen.

»Das ist nichts.«

»Muss ja schrecklich wichtig sein«, sagte sie.

»Ist es.«

»Geheimnisvoll.«

»Es ist einfach nur sehr wichtig für mich.«

Sie lachte und zeigte ihm dabei ihre pinke Zunge. »Heinrich, du bist ein komischer Kauz, weißt du das?«

Mit einer schnellen Bewegung ergriff er ihr Handgelenk. Sie fror ein, das Lachen erstarb augenblicklich und sie starrten einander eine Sekunde lang an.

»Ich rate dir, mich nicht gegen dich aufzubringen«, flüsterte er. Sie hielt seinem Blick stand. Er spürte, wie sie die Hand zur Faust ballte.

»Soll das eine Drohung sein?«

Er lockerte seinen Griff. »Keine Drohung, nur ein Rat. Ich meine es wirklich gut mit dir, Mieze.«

»Tust du das?« Die Süffisanz in ihrem Tonfall entging ihm nicht.

»Das tue ich.« Er ließ ihre Hand los und öffnete die Tür. Mit einer Geste bedeutete er ihr, den Raum zu verlassen. »Ich muss jetzt auch los«, sagte er etwas lauter als zuvor, und sie zuckte ein wenig zusammen. »Ich komme später bei dir vorbei.«

»Spar dir das«, sagte sie und ging langsam an ihm vorbei. Er folgte ihr in den Flur, zog die Tür ins Schloss und sperrte zweimal zu. Als er sich umdrehte, lehnte sie in der Küchentür und beobachtete ihn, wie er die Wohnung verließ. Sie hielt ihr Handgelenk umfasst.

Seine Uhr zeigte dreiundzwanzig nach zehn an, als er in gebührendem Abstand zu den gläsernen Türen seiner Firma stehen blieb. Der Vorplatz war verlassen, die letzten paar Passanten hechteten tief in ihre Kapuzen gehüllt oder unter Regenschirmen verborgen durch die Straßen, ohne voneinander Notiz zu nehmen. Die Mitarbeiter, das wusste Heinrich, hatten die Firma verlassen. Es gab keine Nachtschichten, nicht hier. Wenn er jemanden treffen würde, dann die eine oder andere Putzfrau. Unbekannte, austauschbare Gesichter für ihn, und andersrum würde es genauso sein.

Natürlich war er mit Absicht so spät hier. Und das, obwohl die Straßen frei gewesen waren. Er hatte Zeit totschlagen müssen auf der Autobahn, hatte an zwei Raststätten angehalten und einen bitteren Kaffee hintergewürgt. Ein Automagazin, vergessen von einem anderen Gast, hatte er durchgeblättert und dann noch mal durchgeblättert, hatte sich gezwungen, einen Artikel über ein neues Hybridmodell zu lesen. Natürlich hatte er jedes Wort sofort wieder vergessen. Und trotzdem war er schon vor einer Stunde angekommen, hatte sich einen öffentlichen Parkplatz in der Nähe gesucht und im Auto gewartet aus Sorge, einem bekannten Gesicht über den Weg zu laufen.

Inzwischen war er sich sicher, dass niemand, den er kannte, noch auf den Straßen unterwegs war. Also nahm er sich die Zeit, das Gebäude anzuschauen, in dem er so viel Zeit seines Lebens verbracht hatte. Ein anderes Leben, so fühlte es sich an, Jahrzehnte her, unwirklich wie eine Erinnerung, von der man nicht mehr weiß, ob sie echt ist oder nur Ausgeburt der Fantasie. Und doch sah alles noch so aus wie vor … zwei Wochen erst. Waren es wirklich nur zwei Wochen gewesen? Er musste lachen, dort ganz alleine auf dem Vorplatz seiner Firma im Regen. Sofort wurde er sich bewusst, wie verrückt er auf einen Außenstehenden wirken musste, und dann lachte er noch ein bisschen lauter, als ihm klar wurde, wie sehr es ihm gefallen würde, wenn jemand ihn für verrückt hielt. Denn hielt man nicht alle Individualisten für verrückt? Wenn es verrückt war, seiner Bestimmung zu folgen, dann wollte er verrückt sein.

Durch die Scheibe sah er, dass der Stuhl hinter dem Tresen des Nachtportiers leer war. Mit langen Schritten ging er auf die Tür zu, zog seine Zugangskarte durch den Schlitz, und mit einem Summen entriegelte sich das Schloss. Im Eingangsbereich war es kühl und frisch, es duftete leicht nach Reinigungsmittel. Heinrich überlegte kurz, ob er die Treppe oder den Aufzug nehmen sollte, aber bei der Vorstellung, sieben Stockwerke erklimmen zu müssen, schmerzten seine Knie. Also ging er hinüber zu den Aufzügen, drückte den Knopf und wartete. Beide Aufzüge waren im Obergeschoss, wahrscheinlich wegen der Putzkolonne, und einer zählte sich langsam durch die Stockwerke nach unten. Schon bereute er seine Wahl. Er drückte erneut den Knopf, mehrere Male schnell hintereinander, obwohl ihm klar war, dass das den Aufzug nicht beschleunigen würde. Dann hörte er Schritte hinter sich. Eine Tür fiel ins Schloss. Mit einem Ping ging endlich die Fahrstuhltür vor ihm auf, als Heinrich eine Stimme hörte.

»Herr Knopp?«

Er stieg ein. Vielleicht würde der Portier ihm abnehmen, dass er ihn nicht gehört hatte. Aber nichts da.

»Herr Knopp?«

Heinrich schloss die Augen, dann drehte er sich um, trat aus dem Fahrstuhl und lächelte gequält. »Guzman, wie geht es Ihnen?«

Der kleine, grotesk untersetzte Mann kam auf ihn zugelaufen und streckte ihm die Hand entgegen. »Herr Knopp, wie schön. Sind Sie wieder gesund?«

»Nicht wirklich, Guzman, nicht wirklich.« Als Beweis hustete er einmal in die linke Hand, während Guzman die andere schüttelte. »Ich wollte nur ein paar Unterlagen holen, damit nicht zu viel liegen bleibt.«

»Ah, Herr Knopp, Sie müssen sich ausruhen.« Guzmans spanischer Akzent war immer breit geblieben, obwohl er die deutsche Sprache einwandfrei beherrschte. »Soll ich Ihre Unterlagen holen?«

»Nein, nein, Sie wissen ja gar nicht, was genau ich brauche. Ich fahre schnell hoch und hole Sie selbst.«

»Gut, Herr Knopp.« Guzman ließ seine Hand los und machte einen angedeuteten Diener, ein schnelles Knicken in der Hüfte, als wolle er sich unter etwas hinwegducken. »Ich bin dann hier.«

Heinrich nickte und stieg in den Aufzug. Statt in den siebten fuhr er zuerst in den fünften Stock, stieg aus und ging den Gang hinunter zu seinem Büro. Noch nie war er völlig allein hier gewesen. Es hatte etwas Befreiendes, als sei er der letzte Mensch auf der Erde.

Wie merkwürdig es doch war, dass einem der Geruch eines Ortes immer erst dann auffiel, wenn man lange nicht mehr da gewesen war. Alter Teppich, Papier und das bittere Aroma von Toner. Sein Schreibtisch sah noch genauso aus wie an dem Tag, als er ihn beinahe fluchtartig verlassen hatte. Anscheinend hatten seine Kollegen alle neuen Prüfberichte übernommen, denn seine Ablage war leer. Er ging hinüber zum Sideboard, zog eine Schublade auf, nahm sich ein paar Hängeregister, ohne zu schauen, was genau es war – Guzman würde keinen Blick darauf werfen. Als er sich aufrichtete, bemerkte er eine Haftnotiz an seinem Bildschirm.

Er trat näher heran und las: »Knopp, wenn Sie wieder da sind, melden Sie sich bei mir. Strozinski«

Er las sie mehrere Male, wollte sie schon abreißen und zerknüllen, besann sich dann aber doch eines Besseren. Immerhin wollte er keine Spuren hinterlassen. So schnell konnte es also gehen. Nach jahrelanger, treuer Untergebenheit fehlte man mal ein paar Tage, und schon wurde man zum Chef zitiert. Wofür? Für einen Rüffel wie in der Schule? Eine ordentliche Abmahnung, der erste Schritt zu einer Kündigung? Oder hatten sie sich vielleicht schon

irgendwelche Gründe zusammengesammelt, die Rechtsabteilung konsultiert, um ihn zu entfernen? Aber was sollte
es? Genau genommen taten sie ihm leid, diese schlipstragenden Langweiler. Er würde nicht zurückkommen, natürlich nicht, das wurde ihm in diesem Moment klar. Er
hatte es nie vorgehabt. Sein altes Leben war abgeschlossen, das neue hatte schon begonnen. Niemals würde er
zurückkehren.

Mit den Akten unter dem Arm verließ er sein Büro und
ging zurück zu den Aufzügen, bog aber vorher ab und betrat das Treppenhaus. Falls Guzman die Aufzuganzeigen
beobachtete, sollte er nicht wissen, dass Heinrich einen
Abstecher gemacht hatte.

Im siebten Stock befanden sich die Labore. Durch die
vielen Glasfenster fiel der bläuliche Schein der Nachtbeleuchtung und badete das gesamte Stockwerk in die kühle Atmosphäre eines Horrorfilms. Heinrich eilte den Gang
entlang und fühlte sich beobachtet. Er musste bis ganz ans
Ende, dann noch mal rechts um die Ecke, und erst dort,
hinter einer verschlossenen Tür, die er mit seiner Karte öffnen musste, befanden sich die Testproben.

Heinrich schlüpfte durch die Tür und schloss sie leise
hinter sich. Der Raum war vollgestellt mit Regalen, auf
denen in kleinen Plastikschalen Pillenröhrchen und Verpackungen Seite an Seite auf eine Beurteilung durch seine
Abteilung warteten. Der Anblick erstaunte ihn. Er war lange nicht mehr hier gewesen. Seine Mitarbeiter kümmerten
sich eigenständig um die Proben. Natürlich hatte er an der
Menge der Prüfberichte gemerkt, wie die Neuzulassungen
für Medikamente jedes Jahr gestiegen waren, aber erst dieser Raum und die überquellenden Regale ließen ihn das

Ausmaß erahnen, mit dem die Unternehmen neue Tabletten auf den Markt brachten. Gut, dachte er, dann würde sicherlich etwas für ihn dabei sein.

Neben der Tür stand ein kleiner Tisch mit einem Computer. Jedes neu eintreffende Medikament wurde sorgfältig in die Datenbank eingepflegt und mit seinem Ablageort in den Regalen versehen. Heinrich beugte sich über den Tisch, bewegte die Maus, und der Bildschirm leuchtete auf. Er musste sich kurz orientieren, er hatte lange nicht mehr mit der Maske des Programms gearbeitet. Dann fand er das Suchfeld und überlegte kurz, welchen Wirkstoff er eingeben sollte. Er entschied sich für Hydrocodon. Das System bot ihm fünf verschiedene Produkte an, und es dauerte einen Moment, bis er die Zusammensetzungen studiert hatte.

Sein Favorit hatte eine Dosierung, die jedem normalen Menschen die Schuhe auszog. Er notierte die Ablagenummer in seinem Gedächtnis, indem er sie dreimal wiederholte. Regal 4, 7-22. Die Tabletten waren in einem Plastikbeutel geschickt worden. Das Siegel an der Tüte war bereits geöffnet. Heinrich schüttete sich drei Pillen auf die Handfläche, überlegte kurz, schüttete noch fünf hinterher. Vielleicht würde jemandem der Schwund auffallen, aber er war sich sicher, dass jeder seiner Mitarbeiter schon Tabletten hatte mitgehen lassen, genau wie er und seine Kollegen es damals gemacht hatten, als er selbst noch im Labor gestanden hatte. Mit den Tabletten in der Hand sah er sich um. Er wollte sie nicht lose in die Hosentasche stecken. Aus einem benachbarten Schälchen nahm er ein beinahe leeres orangenes Röhrchen, warf die zwei darin verbliebenen Tabletten in den Papierkorb und schüttete den Inhalt seiner Hand hinein. Das Röhrchen ließ er in seine

Manteltasche gleiten, dann schlüpfte er wieder aus dem Zimmer und nahm die Treppe in den fünften Stock, wo er in den Aufzug stieg.

Im Foyer schenkte Guzman ihm ein breites Lächeln. »Herr Knopp, haben Sie alles gefunden?« Er kam hinter seinem Tresen hervor und trat auf Heinrich zu.

»Das habe ich, danke Ihnen.«

»Dann werden Sie schnell gesund und wir sehen uns bald.«

Heinrich hielt einen Moment inne und betrachtete den kleinen Mann, wie er dastand und ihn von unten ansah in heller Erwartung einer gemeingültigen Freundlichkeit.

»Guzman«, sagte er schließlich und griff seine Hand, »ich wünsche Ihnen ein großartiges Leben.«

Dann wandte er sich ab und ging mit langen Schritten auf die Glastür zu, wobei er spürte, wie der Saum seines Mantels um seine Knie wehte.

13

Es war nach Mitternacht, als Heinrich seinen Wagen vor der HaKom 42 abstellte. Das Haus war dunkel, der Regen hatte endlich nachgelassen und der Mond beleuchtete die triste Fassade. In Miezes Zimmer brannte kein Licht, ebenso wenig bei Felix. Nur bei Connie im Obergeschoss fiel ein leichter Schimmer aus der Gaube auf das regennasse Dach. Die Stadt war still, und Heinrich blieb einen Moment neben seinem Wagen stehen und sog die Luft ein, die sich unfassbar leicht atmen ließ. Mit einem leichten Druck auf seine Manteltasche stellte er sicher, dass die Tabletten noch an Ort und Stelle waren. Die Akten, die er aus seinem Büro mitgenommen hatte, lagen auf dem Beifahrersitz, und dort ließ er sie, als er hineinging.

Das Treppenhaus war ausgestorben. Seine Schritte auf den alten Holzstufen waren das einzige Geräusch. Im ersten Stock holte er seinen Schlüssel heraus und schloss die Tür auf. Es war nicht so sehr das Licht, das aus der Küche in den Flur fiel, sondern vielmehr die angespannte Atmosphäre, die ihn innehalten ließ. Er konnte förmlich schmecken, dass etwas nicht in Ordnung war. Es roch nach verbranntem Kaffee und Zigarettenrauch. Heinrich überlegte, ob er an der Tür vorbei in sein Zimmer huschen konnte, aber das war beinahe unmöglich, immerhin lag seine Tür direkt gegenüber der Küche. Also straffte er seine Schulter und trat in die Wohnung.

In der Küche saßen Roger und Selin am Tisch und hielten Kaffeetassen zwischen den Händen. Am Kopfende saß Mieze. Sie wandte nur leicht das Gesicht in seine Richtung, sah ihn aber nicht wirklich an. Dann drehte sie sich zurück und löschte eine Zigarette im überquellenden Aschenbecher.

»Sie haben uns warten lassen«, sagte Selin, kein bisschen bemüht, die Abneigung in ihrer Stimme oder ihrem Gesichtsausdruck zu verbergen.

»Mieze? Was ist hier los?«, fragte Heinrich, aber sie reagierte nicht. Stattdessen nahm sie ihren Stuhl und schob ihn neben Selins, sodass die drei jetzt ihm zugewandt saßen wie eine Jury. Oder eher wie ein Tribunal.

»Heinrich«, sagte Roger mit seiner üblichen Sozialarbeiterstimme, als wolle er einen Konflikt deeskalieren, der noch gar nicht begonnen hatte, »Miriam hat uns von deiner Beteiligung an der Sache im Einkaufszentrum erzählt.« Er legte eine bedauernde Miene auf. »Hast du irgendwas dazu zu sagen?«

Heinrich machte einen Schritt in die Küche. »Mieze«, fragte er und versuchte ein unschuldiges Lächeln, »was soll denn das?«

Sie schüttelte nur langsam den Kopf.

»Nun, wenn du dem nichts mehr hinzuzufügen hast«, sagte Roger, »ich hatte ja schon gesagt, dass wir solche Aktionen hier in der HaKom nicht unterstützen. Deswegen haben wir beschlossen, dass du uns leider verlassen musst.«

Heinrich blickte zwischen den dreien hin und her. Rogers beinahe mitleidige Miene, Selins unverhohlener Hass, Miezes steinerne Undurchdringlichkeit. Sie starrte ihn an, blinzelte kaum und regte sich nicht.

»Was soll das?«, fragte er sie.

Sie atmete einmal tief durch, senkte den Blick, schaute ihn dann wieder an und sagte: »Ich glaube, du bist gefährlich.«

Er konnte nicht anders, er musste lachen. Laut und ungebremst und ein wenig schrill. »Ich, gefährlich?«, keuchte er schließlich, als er sich ein wenig beruhigt hatte.

»Heute Vormittag noch ...«, begann sie, stockte dann und streckte ihr Handgelenk in die Luft, das makellos aussah. Kein Abdruck, kein blauer Fleck, nur ihre weiße Keramikhaut.

Er schüttelte immer noch lächelnd den Kopf. »Ihr Schlampen.«

»Wie bitte?« Interessant, dass Rogers Entrüstung größer zu sein schien als die der Frauen.

»Da läuft einmal nicht alles so, wie ihr es wollt, und schon fällt ihr einem in den Rücken.«

»Du packst jetzt wirklich besser deine Sachen«, sagte Roger und erhob sich von seinem Stuhl.

Neben ihm schnellte jetzt auch Selin in die Höhe. »Miriam sagt außerdem, dass Sie in Ihrem Zimmer verdächtige Notizen haben.«

»Das geht Sie einen Scheißdreck an.«

Schnell drehte Heinrich sich um, nestelte seinen Zimmerschlüssel aus seiner Hosentasche und sperrte seine Tür auf. Bevor die anderen auch nur um den Tisch herumgekommen waren, hatte er schon wieder von innen abgeschlossen.

Roger schlug mit der Faust gegen die Tür. »Mach auf.«

Heinrich antwortete nicht. Hastig kramte er seine Notizen zusammen, zog seinen Rollkoffer aus dem Schrank und legte die losen Blätter zuunterst hinein. Darauf warf er seine Kleidung und Wertgegenstände. Er musste sich auf den Koffer setzen, konnte den Reißverschluss aber auch dann nicht zuziehen. Wahllos griff er hinein und warf ein paar Kleidungsstücke auf seine Matratze. Endlich konnte er den Koffer schließen. Den Schlüssel zur Wohnung legte er auf den Schreibtisch. Ihm fielen seine Badutensilien ein. Scheiß drauf, dachte er. Dann ließ er einen letzten Blick durch das Zimmer schweifen, um sicherzugehen, dass er nichts übersehen hatte. Auf dem Kissen entdeckte er ein langes, schwarzes Haar. Erst jetzt fühlte er den Betrug. Das hatte er davon, sich ihr anvertraut zu haben.

In einer flüssigen Bewegung schloss er die Tür auf, öffnete sie und schob Roger und Selin zur Seite. Mieze saß immer noch am Küchentisch. Sie zog an einer Zigarette und schaute ihn mit großen Augen an. Vielleicht hätte auch ihr eine kräftige Ohrfeige gutgetan, dachte er und hoffte, dass sich die Möglichkeit ein anderes Mal ergeben würde. Dann verließ er die Wohnung und hechtete die Treppe hinunter, während, so stellte er es sich vor, Roger und Selin sein Zimmer durchsuchten.

Er wusste nicht, wo er war. Überall dasselbe Straßenlaternenlicht, überall dieselben Häuser, dieselben blinkenden Ampeln, an denen er nicht hielt, noch nicht mal langsamer wurde, sondern geradeaus drüber preschte, ohne Plan. Er fuhr einfach, Gas-Bremse-Gas-Bremse, und sprach mit sich, oder nein, nicht mit sich, mit denen. Sagte ihnen alles, was er vorhin vergessen hatte zu sagen. Was für ein Weichei Roger doch war, dass niemand im Haus ihn wirklich respektierte. Hatte er nicht sogar gesagt, dass ein

Internat vielleicht das Beste für Felix wäre? Offensichtlich hatte der Mann keine Ahnung von Felix, von jungen Menschen im Allgemeinen. Ein Waschlappen war er, ein Niemand. Und wie hässlich Selin war mit ihrer Adlernase und den hervorstehenden Augen. Dass sie ihm keine Angst machte. Und Mieze, die kleine Schlampe, für die Loyalität ein Fremdwort war. Hielt sich für unwiderstehlich, aber ein fester Arsch war nichts Besonderes, den hatte jedes dritte Mädchen. Das kleine Miststück. Hatte er sie nicht zum Schreien gebracht? Zum Jaulen? Hatte sie nicht vor ihm auf dem Boden gekniet wie eine billige Nutte? Nichts anderes war sie, eine Hure, die alles mit Sex erkaufen konnte. Wie ärgerlich, dass er auf die Masche reingefallen war. Aber er brauchte sie nicht, diesen Haufen Verlierer. Dankbar sollte er ihnen sein, dass sie ihn rausgeschmissen hatten. Wenigstens musste er sich jetzt nicht mehr mit der Mittelmäßigkeit dieser Truppe abgeben. Sie hatten ihm zu viel Energie geraubt mit ihren kümmerlichen Problemen. Jetzt war er frei.

Erst als im Osten der Himmel kaum merklich heller wurde, beruhigte Heinrich sich langsam. Sein Tank war leer, sein Magen ebenso, also suchte er eine Tankstelle, kaufte sich ein pappiges Käsebrötchen, stellte sich danach auf einen der vier Parkplätze und schlief auf dem Rücksitz des Wagens ein. In seinen Träumen durchlebte er die Szene in der Küche noch einmal, aber nicht abstrahiert, wie es in Träumen so oft passiert, sondern lebensecht und wortgetreu, als hätte jemand mit einer Kamera im Zimmer gestanden und alles gefilmt. Er sah sich selbst in der Tür stehen, sah seinen angewiderten Gesichtsausdruck. Er beobachtete sich dabei, wie er lachte, den Mund grotesk verzogen, folgte sich selbst in das Zimmer, das einmal seins gewesen war. Er lauschte dem Hämmern an der Tür und den Stimmen, die seinen Namen riefen, und dann veränderte sich das Hämmern, wurde kürzer und höher, härter im Klang, und mit einem Mal riss es ihn aus dem Schlaf und er schaute einem Fremden ins Gesicht, der an die Scheibe klopfte.

»Sie können hier nicht schlafen.«

Die Scheiben waren von innen beschlagen und die Luft stank schal nach Schweiß und seinem eigenen Atem. Heinrich wedelte mit der Hand, um den Fremden zu verscheuchen, raffte sich dann hoch und atmete ein paar Mal tief durch. Seine Haare klebten an der Kopfhaut, sein Mantel, den er zum Schlafen anbehalten hatte, war durchgeschwitzt, obwohl er fröstelte. Er fuhr sich mit den Händen durchs Haar und wischte sie dann an seiner Hose ab. Als er die Tür öffnete, brandete die eiskalte Morgenluft über ihn hinweg und er war sofort hellwach. Der Tag hatte noch nicht richtig begonnen. Nur vereinzelt durchbrach die Sonne die graue Wolkendecke, und es roch nach Schnee. Heinrich stieg aus und musste sich an der geöffneten Tür festhalten, als seine steifen Knie drohten, ihm den Dienst zu versagen. Er stöhnte. Der Mann, der an sein Fenster geklopft hatte, hatte sich zu den Zapfsäulen zurückgezogen und beobachtete ihn. Heinrich versuchte, ihn zu ignorieren, als er steifbeinig um den Wagen herumging und auf der Fahrerseite wieder einstieg. Die Uhr in seinem Armaturenbrett zeigte 6:54 Uhr an. Er hatte kaum eine Stunde geschlafen.

An der nächsten Tankstelle, die er fand, ging er aufs Klo und wusch sich das Gesicht an dem winzigen, zerschrammten Waschbecken. Gerne hätte er sich die Zähne geputzt, um den abgestandenen Geschmack loszuwerden, aber er hatte jetzt keine Zeit, nach einem Drogeriemarkt zu suchen. Stattdessen kaufte er im Tankstellenladen zwei Croissants, einen Kaffee und einen Apfel, der als Zahnreinigung reichen musste.

»Haben Sie ein Telefonbuch?«, fragte er den pickeligen Bengel an der Kasse. Der kramte kurz unter der Ladentheke und förderte einen Wälzer in den bekannten Farben Weiß und Magenta hervor. Heinrich blätterte erst nach T, dann nach V, fand aber von Thum weder hier noch da. Natürlich ließ sich ein solcher Mann nicht im Telefonbuch listen. Heinrich zuckte mit den Achseln. Einen Versuch war es wert gewesen.

Erst, als er im Auto saß und den Kaffee im Becherhalter verstaut hatte, fiel ihm das Bild ein, das Foto, das er in Felix' Schrank gefunden hatte. Er zog sein Portemonnaie aus der Hosentasche und betrachtete das Foto. Der kleine Junge auf dem Fahrrad, der Vater in der Einfahrt einer kubistischen, hellblau getünchten Villa. Er sprang aus dem Wagen.

»Wo ist denn hier das Villenviertel?«, rief er dem Jungen entgegen, als er wieder in den Laden stürzte. Der schaute perplex drein, brauchte eine Sekunde und sagte dann: »Da gibt's mehrere. Waldhausen oder Kirchrode oder Isernhagen oder ...«

»Nein«, unterbrach Heinrich ihn und zeigte ihm das Bild, »wo könnte das hier sein?«

Der Bengel sah aus, als würden seine drei Gehirnzellen Schwerstarbeit leisten. Dann, nachdem Heinrich schon nicht mehr mit einer Antwort gerechnet hatte, sagte er: »Schopenhauer- oder Herderstraße.«

Die Genauigkeit der Information verblüffte Heinrich. »Danke«, sagte er und wollte dem Jungen die Hand schütteln, machte dann aber doch auf dem Absatz kehrt und eilte zurück zum Auto.

Das Navigationssystem in seinem Auto führte ihn in die Schopenhauerstraße. Er wusste sofort, dass er am richtigen Ort war. Eine Villa reihte sich an die andere, einige neu, andere offensichtlich Altbestand aus der Gründerzeit. Die Bäume des angrenzenden Parks strahlten rot und golden. Hier sangen sogar die Vögel, anders als drüben in der HaKom, wo man hauptsächlich den Verkehr der nahen Hauptverkehrsstraße hören konnte.

Heinrich steuerte seinen Wagen im Schritttempo die Straße hinunter und versuchte dabei, hinter den hohen Hecken und Rolltoren die Häuser zu erkennen. Überall verließen entweder sehr kleine oder sehr große Autos die Einfahrten. Männer und Frauen in Kostümen und Anzügen, manchmal mit Kindern, die in Schulen oder Horten abgesetzt werden wollten, manche mit edlen Rassehunden, denen man ansehen konnte, wie gerne sie ihre Gesichter in den Fahrtwind gestreckt hätten. Sie sahen ihn unverhohlen erstaunt an, wie er da in seinem alten Opel durch ihre Straße tuckerte und ihre Einfahrten hinaufspähte, aber er ließ sich nicht beirren. Stattdessen klapperte er die gesamte Schopenhauerstraße ab und stieß an deren Ende auf einen Kreisverkehr. Er fuhr zweimal drum herum, wobei er die beiden Enden der Herderstraße hinunterschaute, entschied sich dann für den Teil, der am Park entlang verlief. Rechts eine Villa neben der anderen, links Bäume und dichtes Gestrüpp. Und dort fand er es. Das Haus war nicht mehr blau, sondern hellgrau, der Zeit angemessen. Es sah kleiner aus als auf dem Bild, wirkte aber immer noch imposant. Das Tor vor der Einfahrt war nicht aus solidem Metall, wie bei so vielen der anderen Häuser, sondern aus einzelnen Streben, durch die man hindurchsehen konnte. Dahinter erstreckte sich die breite Einfahrt aus Mosaiksteinen, ein großes T in einem Kreis, daneben eine hohe Hecke, ohne die man wahrscheinlich direkt ins Wohnzimmer hätte schauen können. Eine der zwei Garagen stand offen, doch es war kein Auto darin. Herr von Thum musste schon zur Arbeit aufgebrochen sein.

Das Auto war beinahe zum Stehen gekommen, doch Heinrich beschleunigte wieder, als vor ihm ein SUV mit einer jungen Frau am Steuer erschien und sich an ihm vorbeiquetschte. Als die Frau ihn sah, zog sie die Augenbrauen zusammen.

Drei Häuser weiter endete die Straße in einem kleinen Wendekreis mit ein paar Parkplätzen. Heinrich stellte den Wagen ab und stieg aus. Ein Weg führte durch die Bäume in den dahinter liegenden Park. Jogger kamen ihm entgegen. Eine Frau machte einen weiten Bogen, ein Hund, der neben seinem Herrchen lief, kläffte ihn an.

Er blieb am Rand des Weges stehen und wartete, bis niemand mehr zu sehen war, dann schlug er sich ins Unterholz und suchte sich einen Weg zurück zum Haus der von Thums. Hinter einem Brombeerstrauch fand er ein Plätzchen, von dem aus er die Einfahrt gut im Blick hatte. Erst hockte er sich hin, doch schon bald wurden seine Füße taub, also kniete er sich ins feuchte Laub. Jedes Mal, wenn ein Auto vorbeifuhr oder ein Jogger am Rand seines Gesichtsfeldes erschien, duckte er sich, um nicht gesehen zu werden. Es war ein guter Platz, der ihn im Schatten verbarg, aber trotzdem eine freie Sicht eröffnete.

Das Haus selbst lag regungslos vor ihm wie ein toter Wal. Wegen der Hecke konnte er lediglich ein hohes Fenster im ersten Stock sehen, doch ein Vorhang versperrte die Sicht ins Innere. Einmal meinte er, einen Schatten zu sehen, der sich hinter dem weißen Stoff bewegte, aber es hätte auch Einbildung sein können. In der offenen Garage standen ein Fahrrad und eine Gartenleiter, die an einer Wandhalterung hing. Ansonsten war sie leer, geradezu karg, von innen genauso grau wie von außen. Neben der Garage führten zwei Stufen hinauf zur Haustür, doch auch die konnte er nicht sehen, weil davor ein Buchsbaum in einem großen, grauen Topf stand.

Nach einiger Zeit, die er nur an den nassen Flecken um seine Knie messen konnte, weil er weder Uhr noch Handy bei sich trug, erschien plötzlich eine Frau neben dem Buchsbaum. Er erkannte Felix' Mutter von den Fotos. Nun, eigentlich erkannte er nur ihr Haar, den Blondton, die akribisch geformten Föhnwellen. Der Rest ihrer dürren Gestalt war in einen langen Mantel, einen Hut und eine Sonnenbrille gehüllt. Wie durch Zauberhand öffnete sich die zweite Garage. Sie stieg in einen dunklen SUV und setzte das Fahrzeug langsam zurück, während sich das Tor des Grundstücks aufschob. Heinrich verfiel in leichte Panik. Er wusste nicht, was er jetzt tun sollte. Zum Auto sprinten und der Frau hinterherfahren? Aber was würde ihm das bringen? Stattdessen rappelte er sich auf die Füße. Seine Knie wollten sich erst nicht strecken lassen und der Schmerz zerriss ihm fast die Beine. Dann stand er gebückt hinter dem Brombeerstrauch und wartete. Frau von Thum setzte auf die Straße zurück und fuhr mit röhrendem Motor davon. Das Tor schloss sich langsam. Das war seine

Chance. Er stolperte auf die Straße, wobei sein Mantel an einer Brombeerranke hängen blieb. Er zerriss den Saum, als er an dem Stoff zerrte, und ein Fetzen blieb im Unterholz hängen. Heinrich hechtete über die Straße und durch das Tor, kurz bevor es mit metallischem Rattern ins Schloss fiel.

Er lachte einmal kurz auf, erschrak vor der eigenen Lautstärke und huschte schnell die Einfahrt hinauf, um nicht von einem vorbeifahrenden Auto entdeckt zu werden. Hinter der Hecke kam endlich die Fensterfront zum Vorschein, die er von dem Foto kannte. Freier Blick in das riesige Wohnzimmer, weißes Leder, Chrom. Dahinter eine offene Küche, ebenso weiß wie das Wohnzimmer. Heinrichs Augen glitten an den Oberflächen ab. Er trat nah an die Scheibe und legte seine Hände an das Glas, um besser hineinsehen zu können. Links die Wohnlandschaft, rechts ein Esstisch, hinter dem an der Wand drei gemalte Porträts der Familie hingen. Der Maler hatte einen comicartigen Stil gewählt, weiße Gesichter auf schwarzem Hintergrund. Es verlieh den von Thums eine beinahe gefährliche Aura. Der Vater wirkte hart und schmal, seine Frau lasziv mit gehobenem Kinn und scharfen Wangenknochen. Felix blickte aus zusammengekniffenen Augen, sein Haar strubbelig.

Vom Wohnbereich ging ein kleiner Flur ab, an den drei weitere Zimmer grenzten. Heinrich schritt die Fenster ab und spähte durch jedes. Ein Gästezimmer, die taubenblaue Bettwäsche passte haargenau zu einem farbigen Rechteck gegenüber dem Bett, in dem ein Fernseher hing. Daneben ein Bad mit Doppelwaschbecken, Dusche und Badewanne. Um in die Fenster des dritten Zimmers schauen zu können, musste Heinrich um das Haus herumgehen und stieß dabei auf eine Veranda aus Naturstein und einen Schwimmteich, in dem sich das Laub sammelte. Das Zimmer war ein in dunklem Holz gehaltenes Büro. Vor einer deckenhohen Bücherwand stand ein massiver Tisch, darauf Papiere in ordentlichen Stapeln. An der anderen Seite des Raums scharten sich drei kleine Sessel um einen niedrigen Glastisch. Ob Felix dort gesessen hatte, während sein Vater und sein Anwalt sich über ihn unterhielten? Heinrich stellte sich die Szene vor. Der hagere Junge in diesem Zimmer, das so deutlich einer anderen Generation angehörte. Wie fremd er sich hier fühlen musste. Im ganzen Haus eigentlich.

Heinrich löste sich, trat auf die Terrasse und spähte durch die Glastür in die Küche. Direkt auf der anderen Seite des Glases zwei Augen. Dann ein spitzer Schrei, als die kleine Frau den Griff des Mops fallenließ, den sie in der Hand gehalten hatte. Heinrich schreckte zurück, stolperte ein paar Schritte rückwärts, bis er gegen einen Blumenkübel stieß. Er fiel beinahe hin, fing sich, stolperte weiter. Die Frau stand wie eingefroren und starrte ihn an. Er wich zurück in die Richtung, aus der er gekommen war, bis sie einander nicht mehr sehen konnten. Dann sprintete er ans hintere Ende des Grundstücks, wo dicht an dicht Hartriegelsträucher und Forsythien standen. Er wühlte sich durch das Gestrüpp, traf auf eine Mauer, die das Grundstück säumte, und folgte ihr. Irgendwann fand er eine mittelgroße Tanne, an der er hochklettern konnte. Sein Mantel blieb an jeder Astgabel hängen, und es brauchte all seine Kraft, ihn immer wieder hinter sich herzuzerren. Schließlich war er hoch genug, um über die Mauer schauen zu können. Das Grundstück dahinter ähnelte dem der von Thums: große Rasenflächen, steinerne Terrasse, hier ein Pool statt eines Schwimmteichs. Heinrich ließ sich hinunter und schaute sich eine Sekunde lang um. Als er keine Bewegung sehen konnte, rannte er aus der Deckung und in die Richtung, in der er die Einfahrt vermutete. Das Gebell eines Hundes ließ ihn zusammenfahren. Im Laufen schaute er sich um. Hinter der großen Scheibe zum Wohnzimmer stand ein Dobermann und fletschte ihn an. Heinrich rannte weiter, bog um das Haus und sah das Tor, etwa zwei Meter hoch aus Metall, das in Ranken geformt war. Seine Schuhe passten kaum in die Lücken des Musters, also zog er sich mehr hoch, als dass er kletterte. Ein Auto fuhr vorbei. Heinrich betete, dass man ihn nicht bemerkt hatte, und kämpfte sich weiter hoch. Erst ein Bein, dann das andere über das Tor, und mit einem beherzten Sprung ließ er sich auf den Gehweg fallen. Etwas knackte in seinem Knöchel und ein scharfer Schmerz fuhr durch sein Bein.

Er war immer noch in der Herderstraße, das Tor der von Thums musste knapp hinter der Kurve außer Sichtweite liegen. Geduckt hinkte er über die Straße und zurück ins Unterholz des Parks. Von dort aus waren es nur 50 Meter bis zu seinem Auto, aber sein Knöchel machte ihm zu schaffen. Mit zusammengebissenen Zähnen kam er an seinem Wagen an, stieg ein und fuhr. Sein Herz ließ Schockwellen durch seine Arme fahren. Erst, als er die nächste größere Straße erreicht hatte und sich in den Verkehr reihte, atmete er durch.

In den folgenden Tagen ging Heinrich gründlicher vor. Er stellte sein Auto auf der anderen Seite des Parks ab und nahm schon früh morgens die Stelle hinter der Brombeerhecke ein. Am zweiten Tag der Observation kaufte er sich in einem Campingladen ein Fernglas und einen kleinen

Klappstuhl, was ihm sein angeschlagener Knöchel sehr dankte. Penibel genau beobachtete er das Haus und notierte die Zeiten. Die Putzfrau kam schon um sieben, ging dafür bereits um elf. Sie war immer zu Fuß unterwegs, kam also wahrscheinlich von der nächsten Bushaltestelle und öffnete das Tor mit einem eigenen Schlüssel. Gegen halb acht verließ Herr von Thum das Haus. Er kam oft erst am späten Abend zurück, wenn die Fenster bereits seit geraumer Zeit dunkel waren.

Frau von Thum hatte einen unregelmäßigeren Zeitplan. Manchmal fuhr sie morgens in ihrem SUV weg und blieb ein paar Stunden fort, manchmal trat sie erst am Nachmittag aus dem Haus. Es gab auch Tage, an denen Heinrich sie gar nicht zu Gesicht bekam.

Er notierte auch andere Ereignisse. Der Postbote kam täglich um halb zehn. Gegen zwei fuhr der DHL-Wagen durch die Straße, brachte aber nie etwas für die von Thums. An zwei aufeinander folgenden Tagen wurden allerdings Lebensmittel geliefert, die der Fahrer pflichtschuldig ins Haus trug. Heinrich schrieb auch auf, wann welche Nachbarn am Haus vorbeiliefen oder fuhren und wann es besonders ruhig war. Bis zum Wochenende hatte er ein Notizbuch vollgeschrieben, das er abends in seinem Auto auswertete. Er hatte eine dunkle Ecke auf einem Supermarktparkplatz gefunden, in der er ungestört auch über Nacht stehen konnte. Gleichzeitig bot ihm der Laden die Möglichkeit, sich morgens auf der Kundentoilette notdürftig zu waschen und sich Lebensmittel zu besorgen. So etablierte er schnell eine effektive Routine. Wenn der Laden morgens um sechs öffnete, stand er bereits vor der Tür und wartete. Noch am ersten Morgen hatte die Frau, die das

Tor aufschloss, ihn argwöhnisch gefragt, ob er denn Geld hätte, um etwas zu kaufen. Hätte er Zeit gehabt, hätte er sie für diese Unfreundlichkeit vor ihrem Vorgesetzten zur Rechenschaft gezogen, aber er konnte sich mit so was nicht aufhalten. Inzwischen grüßte sie ihn jeden Morgen, was nicht hieß, dass er ihre Herablassung vergessen hatte. Er strafte sie nach wir vor mit Schweigen und mied, wenn es möglich war, die Kasse, an der sie saß.

Je nach Verkehrslage erreichte er gegen Viertel vor sieben sein Versteck hinter dem Brombeerstrauch. Manchmal dauerte es ein paar Minuten, bis er sich unbeobachtet genug fühlte, um den gepflasterten Weg zu verlassen. Er hatte besonders Acht gegeben, seitdem die Putzfrau ihn durch die Scheibe gesehen hatte. Vielleicht hatte sie die Polizei gerufen oder der Hausherrin davon erzählt. Gut möglich, dass Zivilfahnder die Gegend im Auge behielten. Deswegen durfte Heinrich sich keine Fehler mehr erlauben. Er war jetzt ein gesuchter Mann. Aber in seinem Versteck fühlte er sich sicher. Es war wie eine kleine Höhle, eingerahmt von dichten Büschen. Er hatte die kleinen Pflanzen auf dem Boden plattgetrampelt und so eine ebene Fläche von etwa anderthalb Metern Durchmesser gestaltet. Und dort verbrachte er nun die Tage, betrachtete das Haus der von Thums durch sein Fernglas und schrieb alles nieder, was er sah. Oft fror er, also zog er jeden Morgen mehr Schichten übereinander. Manchmal wünschte er sich eine heiße Mahlzeit, aber er wollte unter keinen Umständen seinen Posten zu früh verlassen und eventuell etwas verpassen. Außerdem neigte sich sein Bargeld dem Ende und er scheute sich davor, seine Karten zu benutzen. Er konnte nicht wissen, wie nah sie ihm auf den Fersen waren.

Am Sonntagmorgen ließ Heinrich sich etwas mehr Zeit. Er hatte über Nacht begonnen zu husten, und seine Knochen schmerzten auf eine ihm neue Art, von innen heraus und ohne Unterlass. Deswegen spazierte er eine Stunde durch den Laden und gönnte sich einen heißen Kaffee von dem kleinen Backshop im Eingangsbereich. Er war erschöpft und alles in ihm wehrte sich dagegen, auf seinen Posten zurückzukehren. Mit den Händen zwischen den Oberschenkeln machte er sich wieder bewusst, wie wichtig seine Aufgabe war. Dass es hier um mehr ging als nur um ihn. Er kniff die Augen zusammen und rief sich Felix' Gesicht ins Bewusstsein. Doch so recht wollte die Energie nicht kommen.

»Geht es Ihnen gut?«

Heinrich zuckte zusammen und riss die Augen auf. Vor ihm stand die Frau, die jeden Morgen den Laden öffnete, und schaute mit besorgter Miene auf ihn herab. Er antwortete nicht.

»Geht es Ihnen gut?«, fragte sie erneut, diesmal langsamer und lauter, als sei er taub oder blöd.

»Ja doch!«, fauchte er sie an, und sie machte einen Schritt rückwärts. Sofort tat ihm sein Tonfall leid, und er setzte schon zu einer Entschuldigung an, als ein plötzlicher Hustenanfall ihn schüttelte. Als der Anfall nachließ, schaute er wieder zu der Frau hoch, die jetzt lächelte, aber nicht auf die höfliche Art, wie es Angestellte Kunden gegenüber tun, sondern irgendwie mütterlich, irgendwie herablassend. Dann blickte sie zur Theke des Backshops hinüber und sagte zu dem Mann, der dahinterstand und sie beobachtete: »Kaffee ist umsonst für diesen Mann.«

Heinrich sprang auf. »Was fällt Ihnen ein?«

Die Frau stolperte gegen den Tisch hinter ihr.

»Was glauben Sie, wer ich bin? Ich habe Geld, ich kaufe meinen Kaffee selbst!« Er machte einen Schritt auf sie zu, während sie sich aufrappelte. »Ich brauche Ihre Almosen nicht. Ich bin auf einer wichtigen Mission. Sie haben ja keine Ahnung, wen Sie vor sich haben.«

Plötzlich stand sie wieder, stand jetzt direkt vor ihm und sah ihm in die Augen, fest und unnachgiebig. Er machte noch einen Schritt auf sie zu, einen kleineren diesmal, um sie nicht umzurennen, aber sie wich nicht zurück.

Er suchte kurz nach Worten, dann machte er weiter. »Sie können sich Ihr Mitleid sparen.«

Sie griff ihn am Arm. Gleichzeitig spürte er ein paar Hände, die sich von hinten um seine Schultern legten.

»He«, stammelte er, während er Richtung Tür geschoben wurde.

»Ich wollte Ihnen nur helfen«, sagte die Frau. Er wollte sie abschütteln, schaffte es aber nicht. Wie verblüffend fest sie ihn hielt, diese kleine Person.

»Ich brauche Ihre Hilfe nicht«, schrie er. »Ich brauche überhaupt keine Hilfe.«

Und dann stolperte er ins Freie. In der gläsernen Schiebetür stand die Frau neben dem Mann vom Backshop. Heinrich versuchte, sich an ihnen vorbei zurück in den Laden zu drängen, aber sie schoben ihn auf den Parkplatz.

»Sie haben hier Hausverbot«, sagte die Frau mit lauter Stimme. »Und parken Sie Ihr Auto woanders.«

»Sie verstehen nicht«, versuchte er es ein letztes Mal, aber sie hob die Hand.

»Gehen Sie jetzt.«

Erst Stunden später in seinem Versteck fiel ihm auf, dass er nichts zu essen gekauft hatte. Sein Magen knurrte, er hustete immer wieder und die Kälte kroch unnachgiebig durch seine Gliedmaßen. Er musste vorankommen, lange konnte er so nicht weitermachen. Immer wieder tastete er nach den Tabletten in seiner Hosentasche. Morgen würde Herr von Thum wieder in die Firma fahren, die Putzfrau würde kommen und gegen elf wieder verschwinden, und er hätte den Rest des Tages genug Zeit, sich um Frau von Thum zu kümmern. Morgen also, sagte er sich, morgen.

Irgendwann glitt er in einen Dämmerschlaf. Er träumte von Mieze, ihr geschmeidiger Rücken unter ihm. Doch als er in ihr Haar griff und ihren Kopf nach hinten zog, war es Selins Gesicht, das ihn ansah, und sie lachte ihn aus.

Er schreckte hoch, rieb sich die Augen und schaute hinüber zum Haus. Felix stand vor dem Tor. Heinrich war sofort hellwach. Der Junge zog einen Schlüssel aus der Hosentasche, ließ das Tor aufgleiten und schlüpfte hindurch, sobald der Spalt groß genug war. Als er sich umdrehte, eilte seine Mutter die Stufen hinunter und nahm ihn in den Arm. Hinter ihr erschien der Vater auf der kleinen Steintreppe, die zur Haustür führte. Felix' Mutter geleitete ihren Sohn am Arm ins Haus. Als er an seinem Vater vorbeiging, nickten die beiden sich zu. Dann verschwanden sie.

Ein paar Minuten saß Heinrich nur da und starrte in die Einfahrt. Da war sie, die kleine Familie. Vater, Mutter, Kind. Auf dem besten Wege, das Kriegsbeil zu begraben. Er hatte sich zu viel Zeit gelassen.

14

Der Verkehr rauschte an ihm vorbei wie ein Fluss. Er hielt die Augen geschlossen und lauschte dem Brausen, das auf- und abbrandete, und er stellte sich vor, am Meer zu sein. Es beruhigte ihn, und er brauchte Beruhigung. Fokus, dachte er und atmete, Fokus.

Beim Zischen der Hydraulik öffnete er die Augen und musterte die Leute, die aus dem Bus stiegen. Er saß seit ein paar Stunden hier, wie lange genau konnte er unmöglich sagen. Es waren einige Busse vorbeigekommen, und jedes Mal hatte er die Aussteigenden gemustert. Jedes Mal war er enttäuscht worden.

Doch dieses Mal sah er ihn sofort, den blonden Schopf, der sich aus der hintersten Tür zwängte, während sie sich schon wieder schloss. Felix trabte auf ihn zu, sah ihn kurz an, sah dann wieder weg und ging weiter, ein schlaksiges Bein vor das andere.

»Felix«, rief Heinrich ihm hinterher und stand auf, wobei er sich an der Hauswand festhielt, an der er gelehnt hatte. Felix blieb stehen, drehte sich um und starrte ihn mit offenem Mund an.

»Heinrich«, sagte er schließlich und machte einen zögerlichen Schritt auf ihn zu. »Was machst du hier?«

Heinrich klopfte dem Jungen auf die Schulter. »Ich kann dich doch besuchen kommen?«

»Ich dachte, du bist nach Hause gefahren.« Felix machte keinen guten Eindruck auf Heinrich. Er hatte ein freudiges

Wiedersehen erwartet, aber jetzt zeigte der Junge sich trocken, abwesend, als mache er sich Gedanken, über die er nicht sprechen wollte. »Wo warst du? Ich habe dich angerufen.«

»Oh«, Heinrich fiel ein, dass er seit Tagen nicht mehr auf sein Handy gesehen hatte, dass er tatsächlich noch nicht einmal wusste, wo es war. »Mein Telefon hat den Geist aufgegeben. Wenn ich mir ein Neues kaufe, schicke ich dir die Nummer. Aber wie geht es dir?«, fragte er und hoffte auf eine ehrliche Antwort.

»Anscheinend besser als dir.«

Heinrich lachte, musste davon husten und winkte gleichzeitig mit der freien Hand ab. »Das klingt schlimmer, als es ist«, sagte er, als der Hustenanfall abgeklungen war.

»Wo schläfst du denn jetzt?«

»Im selben Hotel wie vorher, das am Bahnhof.« Heinrich hatte diese Frage erwartet, hatte sich darauf vorbereitet und war stolz auf sich.

»Da war ich. Die wussten nichts von dir.«

»Aber Felix«, er legte ihm die Hand auf die Schulter und führte ihn in die Seitenstraße, weg von der HaKom, die praktisch nur um die Ecke war. »Ein gutes Hotel verrät doch nichts über seine Gäste.«

Felix ließ sich schieben und schaute ihn dabei von der Seite an, als sähe er ihn zum ersten Mal.

»Jetzt erzähl doch mal! Wie läuft es mit deinem Prozess?«

»Ganz gut, denke ich.« Er atmete einmal tief ein. »Bist du sicher, dass es dir gut geht?«

»Nur eine kleine Erkältung.«

»Das meine ich nicht.«

»Sondern?«

Felix blieb stehen und musterte Heinrich einmal von oben bis unten an und wackelte dann mit dem Kopf, eine Geste, die Heinrich verstehen sollte und es vielleicht auch tat. Er war sich nicht sicher.

»Ich habe meinen Mantel zerrissen«, sagte er und fingerte an dem kaputten Saum herum. »Ich bin sehr beschäftigt.«

Felix fragte nicht nach, ging stattdessen weiter und schob die Hände tief in die Hosentaschen.

»Also?« Heinrich versuchte einen luftig-leichten Tonfall. »Du bist wahrscheinlich auch sehr beschäftigt mit deinem Prozess.«

Felix zuckte mit den Schultern. »Ich sehe meinen Vater oft, es gibt viel zu organisieren.«

»Das ist gut«, erwiderte Heinrich enthusiastisch. »Und deine Mutter?«

»Meine Mutter?«

»Siehst du sie auch viel?«

»Schon«, antwortete Felix.

»Also bist du oft bei ihr zu Hause?«

»Wieso interessiert dich das?«

»Ich freue mich für dich«, sagte Heinrich und machte eine weit ausladende Bewegung mit den Armen, wobei er fast einer Passantin die Brille von der Nase schlug. »Ich finde es toll, dass du dich mit deinen Eltern wieder verstehst. Das ist doch wichtig für einen jungen Mann wie dich, und dann auch noch in deiner Situation.«

Felix schaute ihn erstaunt an. »Das klingt gar nicht nach dir.«

»Ich habe eben meine Meinung geändert. Das wird man ja wohl noch dürfen, oder nicht?«

Der Junge senkte den Blick. »Es wundert mich nur.«

Sie schwiegen eine Weile. Dann griff Heinrich das Thema wieder auf. »Also, besuchst du sie oft, um den Prozess vorzubereiten?«

»Nicht so oft. Wir sehen uns öfter beim Anwalt und in Cafés. Neutraler Boden, sagt meine Mutter. Und dann gibt es noch ein paar offizielle Termine, bevor es in ein paar Wochen richtig losgeht.«

»Zum Beispiel?« Heinrich versuchte, interessiert und gleichzeitig beiläufig zu klingen. Eine Gratwanderung, die er gut zu meistern schien.

»Ach, Befragungen eben, Gespräche. Ich habe die Leute vom Bahnhof getroffen und mich entschuldigt. Das war ätzend. Hab mich gefühlt wie ein Sechsjähriger, der Süßigkeiten geklaut hat.«

Heinrich lachte über den Witz.

»Sowieso behandeln mich alle wie ein Kind. Nächste Woche muss ich zum Jugendamt. Kannst du dir das vorstellen?« Felix schüttelte den Kopf und lächelte ein wenig. Dann sah er Heinrich an und sein Lächeln verstummte. Was hatten Roger und Selin ihm wohl erzählt über den Abend? Ob sie ihm geraten hatten, nicht mehr mit Heinrich zu sprechen?

»Dabei bist du doch schon volljährig.«

»Tja«, sagte Felix nur.

»Wann ist das denn? Wenn du willst, kann ich dich begleiten.«

Sie bogen um eine Ecke und gingen jetzt doch wieder in Richtung der HaKom. Heinrich musste sich beeilen, er wollte dem Haus nicht zu nahe kommen.

»Wieso solltest du mich begleiten?«

»Als seelische Unterstützung, natürlich.«

Felix schwieg.

»Wann ist es denn?«

Der Junge zögerte einen Moment. »Mittwochnachmittag. Aber ich glaube, es ist besser, wenn ich da allein hingehe. Nichts für ungut.«

Natürlich hatte Heinrich nicht vorgehabt, mit Felix irgendwo hinzugehen. Trotzdem war er ein wenig gekränkt, dass er ihn nicht dabeihaben wollte. Er erinnerte sich an das, was Connie gesagt hatte: Wenn er Felix wirklich helfen wollte, musste er sich davon verabschieden, von ihm geliebt zu werden. Seine Mission war es nicht, den Jungen zu seinem Freund zu machen, sondern ihn zu befreien. Er war kein Missionar, sondern ein Märtyrer.

»Heinrich, ist wirklich alles in Ordnung mit dir?«

Felix war stehen geblieben und Heinrich mit ihm, und der Gesichtsausdruck des Jungen wärmte Heinrichs Herz.

»Du machst dir Sorgen«, stellte er fest.

»Ich meine«, Felix stammelte ein wenig, schämte sich vielleicht, sagte dann: »Ich glaube nicht, dass du in diesem Hotel wohnst.«

Heinrich lächelte nur.

»Mal ehrlich, was ist los mit dir?«

Heinrich legte Felix die Hände auf die Wangen. Tränen traten ihm in die Augen. Es war gut möglich, dass er ihn nicht wiedersehen würde. »Vielleicht«, sagte er, »wirst du es eines Tages herausfinden.« Dann gab er ihm einen leichten Klaps auf die linke Wange, wandte sich ab und ging zurück Richtung Bushaltestelle.

»Was soll das heißen?«, rief Felix ihm hinterher, und als Heinrich nicht antwortete, rief er noch mal: »Heinrich, was soll das heißen?«

Dann bog er um die Ecke.

Der Montag und Dienstag vergingen für Heinrich wie im Flug. Morgens suchte er sich ein Kaufhaus oder einen Supermarkt, wo er die Kundentoilette nutzte, um sich sauber zu machen. Mit seinem letzten Geld tankte er den Wagen voll und kaufte Brot und Äpfel. Es war nicht viel, aber für die paar Tage würde es reichen. An das, was danach kommen würde, dachte er nicht, verdrängte den Gedanken bewusst. Das würde er dann entscheiden.

Den Rest der Zeit verbrachte er wieder in seinem Versteck gegenüber des Von-Thum-Anwesens. Immer noch schrieb er jedes Kommen und Gehen in sein Notizbuch, aber sein Blick klebte längst nicht mehr auf dem Haus. Es gab andere Aspekte, die seine Aufmerksamkeit erforderten. So wurde ihm im Laufe des Montags klar, dass seine gesamte Garderobe getragen war und dringend in eine Waschmaschine gehörte. Abends suchte er sich einen Waschsalon, warf zwei Hosen, ein paar Hemden und Unterwäsche in die Trommel und genoss es, die Wartezeit im Warmen vor einem Fernseher zu verbringen. Er hätte gerne die Nacht hier verbracht, versuchte es auch, aber der Besitzer, der um Mitternacht kam, um den Laden zuzusperren, warf ihn hinaus. Doch es bekümmerte Heinrich nicht. Tatsächlich konnte nichts seine gute Laune mindern, auch nicht sein Husten, der sich tief in seine Lungen zurückgezogen hatte und nur mit viel Grollen und Kratzen zum Vorschein kam.

Als er am Mittwoch auf der Rückbank seines Autos aufwachte, eiskalt und mit steifen Gliedern, war seine Euphorie so groß, dass er sich aus der Tür wand und dem leeren Parkplatz entgegenrief: »Heute ist mein Tag.« Ein paar Tauben stoben auseinander. Das Wetter versprach, ungemütlich zu werden.

Er parkte den Wagen diesmal nicht hinter dem Park, sondern um die Ecke des Hauses an der Straße. Es kostete ihn einige Zeit, sich im Auto die sauberen Sachen anzuziehen, und jede größere Verrenkung endete in einem Hustenanfall. Als er es schließlich geschafft hatte, ging er über Umwege noch kurz zu seinem Platz hinter dem Brombeerbusch, um einen letzten Blick auf das Haus zu werfen. Herrn von Thums Auto war weg, die Putzfrau ging in dem Moment, als er sich setzte. Ansonsten war das Haus still.

Heinrich geduldete sich noch ein paar Stunden, was ihm einerseits schwerfiel, andererseits aber auch eine Erleichterung war. So sehr er diesen Moment herbeigesehnt hatte, jetzt hatte er beachtliches Lampenfieber. Mit einem Mal musste er an seine Mutter denken. Was hatte sie ihm vor seinen Schulaufführungen gesagt? »Lampenfieber ist gut für die Konzentration.« Hoffentlich hatte sie recht. Er hoffte, dass sie stolz auf ihn wäre, jetzt, da er sich so selbstlos für jemand anderen einsetzte. In einem Anflug von Ergriffenheit reckte er sein Gesicht gen Himmel und sah ihr Lächeln vor sich. Dann trat er aus dem Gebüsch und überquerte die Straße.

Das Tor öffnete sich nur wenige Sekunden nach seinem Klingeln, ohne dass er über die Gegensprechanlage nach seinem Namen gefragt worden war. Er trat so ruhig wie möglich auf die Haustür zu, in der Frau von Thum ihn erwartete. Sie schlang eine hellgraue Strickjacke um ihre Taille und zog die Schultern hoch. Er ging auf sie zu und streckte ihr die Hand entgegen. Sie machte einen Schritt zurück.

»Was wollen Sie?«

»Frau von Thum?«

Sie nickte nur.

»Mein Name ist Jakobi. Ich komme vom Jugendamt.«

»Vom Jugendamt?« Sie zog die Augenbrauen hoch.

»Genau«, sagte Heinrich und lächelte noch breiter. Seine Hand wartete immer noch auf ihre. »Würden Sie mir vielleicht ein paar Fragen beantworten?«

»Mein Sohn ist gerade beim Jugendamt.«

»Das weiß ich. Es schien der perfekte Zeitpunkt, um bei Ihnen vorbeizuschauen und auch mit Ihnen ein paar Worte zu wechseln.«

»Haben wir einen Termin?«

»Wir kommen gerne überraschend.«

Sie zögerte. Er konnte nur hoffen, dass sie naiv genug war, nicht nach einem Ausweis zu fragen. Er wartete brav in gebührendem Abstand, nahm seine Hand herunter und ließ sie neben sich hängen. Das Gewicht seiner Arme war ihm plötzlich sehr bewusst.

»Nun gut«, sagte sie schließlich, »kommen Sie herein.«

»Vielen Dank.« Als er an ihr vorbeiging, versuchte er erneut einen Handschlag. Diesmal erwiderte sie ihn. Ihr Händedruck hatte den Namen kaum verdient.

»Herr …?«, fragte sie, während sie seine Hand losließ.

»Jakobi.«

»Herr Jakobi.«

Sie schloss die Tür, und nun standen sie im Flur voreinander und sahen sich an. Frau von Thums Augen waren ein wenig glasig. Sie musterte ihn von oben bis unten, und ihr Blick blieb auf seinen Schuhen hängen. Als er hinuntersah, bemerkte er die Dreckschicht auf dem Leder.

»Soll ich sie ausziehen?«

Die Erleichterung in ihrem Gesicht war grenzenlos.

»Wenn es Ihnen nichts ausmacht. Vielen Dank.«

Er kniete sich vor ihr hin und schnürte die Schuhe auf. Es fiel ihm schwer, so kalt waren seine Hände noch. Als er die Schuhe ausgezogen hatte, fiel ihm selbst der Geruch seiner Füße auf, und er stand schnell auf und ging einen Schritt rückwärts, damit die Frau es nicht riechen konnte.

Sie lächelte ihn müde an und flüsterte noch einmal: »Danke.« Dann standen sie wieder stumm voreinander.

»Sollen wir vielleicht …«, sagte Heinrich schließlich und deutete mit der Hand den Gang hinunter.

»Natürlich«, sagte sie und ging voran. »Wollen Sie einen Kaffee?«

»Das wäre fantastisch.«

Die Rolle gefiel ihm. Seine Nervosität war mit dem Eintreten verflogen, genau wie früher bei den Schulaufführungen, und er verstand, dass er in diesem Spiel die Oberhand hatte. Nun durfte er sie nicht mehr verlieren.

Er folgte ihr in den Wohnbereich. Von innen wirkte der Raum noch größer als von außen. Frau von Thum ging in die Küche, während Heinrich vor dem Esstisch stehen blieb und sich die Porträts der Familie aus der Nähe ansah.

»Ein befreundeter Künstler«, sagte sie, und er verkniff sich ein »Natürlich«. Hinter ihm erklang das vibrierende Pumpen des Kaffeevollautomaten.

Schließlich trat sie mit zwei Bechern in der Hand zu ihm, reichte ihm einen und bedeutete ihm, auf der weißen Ledercouch Platz zu nehmen. Er bemerkte, dass sie ihm weder Milch noch Zucker angeboten hatte, sagte aber nichts. Sie setzten sich, nahmen gleichzeitig einen Schluck aus ihren Bechern, und Heinrich schloss die Augen, als ihm die bittere Wärme die Kehle hinunterrann. Er hustete leicht, unterdrückte aber das Schlimmste.

»Was möchten Sie wissen?«, fragte sie und sah ihm zum ersten Mal direkt in die Augen.

»Nun«, sagte er und rief sich all die Floskeln ins Gedächtnis, die er sich in den Tagen zuvor zurechtgelegt hatte, »wir möchten uns ein Bild davon machen, wie es zu diesem Ereignis gekommen ist. Und natürlich wollen wir sicherstellen, dass dieser Ort gut für Felix und seine weitere Entwicklung ist. Verstehen Sie mich nicht falsch, das ist reine Routine.«

Er hatte mit Entrüstung gerechnet, vielleicht sogar mit Feindseligkeit, aber Frau von Thum nickte nur, als wären all diese Fragen absolut angebracht. Sie lächelte immer noch, obwohl ihre Augen traurig waren. Eigentlich war sie eine schöne Frau, dachte er, und mit einem Mal tat es ihm leid, was er ihr antun musste. Aber jetzt gab es kein Zurück mehr.

»Wo soll ich anfangen?«, fragte sie.

»Haben sie vielleicht ein Fotoalbum von Felix? Von früher? Das ist oft ein guter Eisbrecher.«

Sie strahlte auf. »Natürlich.« Und schon war sie im Arbeitszimmer ihres Mannes verschwunden. Hastig fummelte Heinrich das Plastikröhrchen mit den Tabletten aus seiner Hosentasche und schüttete die Hälfte des Inhalts in ihre Tasse. Mit etwas Glück würde sie das Medikament gar nicht herausschmecken, so bitter war der Kaffee. Er wollte auf Nummer sicher gehen und schüttete noch ein paar Tabletten hinterher. Schon hörte er sie zurück in den Raum kommen.

»Hier haben wir es doch«, sagte sie.

Schnell verbarg er das Röhrchen an seiner Seite und schraubte es zu. Es war keine Zeit, die Tabletten zurück in seine Hosentasche zu schieben, also ließ er das Röhrchen hinter sich verschwinden und setzte sich halb darauf.

Sie ließ sich neben ihm auf das Sofa plumpsen und legte ihm das Album in den Schoß. Es war bereits aufgeschlagen. Ein pausbackiger Dreijähriger, der mit großen Augen auf einem Pony ritt.

»Er hatte eine glückliche Kindheit.«

»Das bezweifle ich nicht«, versicherte er.

Sie blätterte um. Die Familie braun gebrannt unter einem Sonnenschirm. »Hier waren wir auf Maui. Felix wollte surfen lernen. Können Sie das glauben? Mit vier Jahren.« Sie lachte und blätterte erneut um. Auf dieser Seite fehlte ein Bild. Frau von Thum stutzte. »Oh!« Sie blätterte weiter, dann wieder zurück. »Hier war eigentlich ein Foto davon, wie sein Vater ihm das Fahrradfahren beigebracht hat.« Sie hob das Album leicht an, als könne das Bild darunter liegen. »Muss rausgefallen sein. Jedenfalls hat Felix sich schwergetan mit dem Radfahren. Er brauchte Stützräder, bis er sieben war.«

Während sie sprach, beugte Heinrich sich vor, griff die beiden Kaffeetassen und reichte ihr ihre. Dann trank er demonstrativ aus seiner.

»Danke«, sagte Frau von Thum nur und blätterte mit der freien Hand weiter. Einschulung. Felix mit Spiderman-Schultüte und Grabesmiene. »Ach, da habe ich ihm die falsche Schultüte gekauft. Er wollte den anderen Superhelden, den mit den Fledermäusen.«

»Batman«, warf Heinrich ein.

»Ja, genau, Batman. Fast wäre er nicht hingegangen.« Sie lachte wieder, und diesmal stimmte Heinrich ein.

»Ja, bei den Superhelden darf man nichts falsch machen. Da sind die Kids eigen.«

Sie nickte und trank einen Schluck aus ihrer Tasse. Heinrich beobachtete sie dabei, sah, wie winzig der Schluck war, wie sich ihre Stirn in Falten legte und sie in die Tasse blickte. Er blätterte um.

»Und hier?«, fragte er, ohne das Bild angeschaut zu haben.

»Oh, die kleine Leseratte«, sagte sie und achtete nicht mehr auf die Tasse in ihrer Hand. Heinrich sah auf das Bild, auf dem Felix in einem Meer aus Kissen lag und las. »Wenn er mir auf die Nerven ging, gab ich ihm ein Buch, und er war die nächsten paar Stunden beschäftigt.« Sie lächelte und schüttelte dabei sanft den Kopf, eine Geste, die einer längst vergangenen Zeit Tribut zollen sollte. Dann blätterte sie weiter. »Das war der 70. Geburtstag ...«

Im Flur erklang das Klackern des Schlosses, dann das leise Schleifen der sich öffnenden Tür.

»Mama?«

Heinrich erstarrte. Neben ihm stand Felix' Mutter auf, stellte ihre Tasse auf den Glastisch und ging um die Ecke in den Flur. »Felix? Was machst du hier?«

Er schaute sich um, unfähig einen klaren Gedanken zu fassen.

»Bist du okay, Mama?«

»Aber natürlich, Schatz. Was sollte denn los sein?«

Der Fluchtinstinkt war überwältigend, aber es gab keinen Weg. Egal, welchen Ausgang er nahm, Felix würde ihn sehen.

»Ein Mann vom Jugendamt ist hier. Herr Jakobi. Wir schauen uns ein Fotoalbum an.«

»Vom Jugendamt?«

»Ja, weil du doch heute deinen Termin hast.«

»Hab ich verschoben«, sagte Felix, und Heinrich hörte, wie seine Stimme lauter wurde, wie sich seine Schritte näherten. Dann erschien er neben der Couch, sein Gesicht rotwangig und kein bisschen überrascht.

»Heinrich, was willst du hier?«

»Aber Felix!« Seine Mutter erschien hinter ihm. »Was soll das denn?«

»Der ist nicht vom Jugendamt. Das ist der Mann, der sich auf die Schienen gelegt hat.«

Sie schien nicht zu verstehen. »Nicht vom Jugendamt?«

Heinrich lächelte sie an. »Frau von Thum, es tut mir leid. Felix hat recht. Ich bin der Mann, der Felix sein Leben verdankt. Ich wollte sie einfach nur kennenlernen. Ganz unverkrampft. Da habe ich mir eine kleine Notlüge überlegt.«

Ihr Gesicht war ausdruckslos vor Verwirrung. Felix hingegen sah so aus wie damals, als sie sich vor seinem Zimmer gestritten hatten. Dieselbe Abneigung, dieselben Zweifel.

»Ganz unverkrampft meine Mutter kennenlernen?« Seine Stimme klingelte in Heinrichs Ohren.

»Genau, ganz unverkrampft. Wo ihr euch doch wieder so gut versteht.«

»Ich glaube dir nicht.«

»Felix, wirklich, wir trinken hier nur einen Kaffee. Ich wollte nur …«

»Ich glaube dir nicht. Was willst du hier?«

Heinrich stand auf. »Felix, wirklich, es gibt keinen Grund, so feindselig zu sein.«

Der Junge musterte ihn von oben bis unten, dann blieb sein Blick auf etwas hängen. Heinrich folgte ihm mit den

Augen und sah sein Pillenröhrchen, leuchtend orange mitten auf dem weißen Leder. »Was ist das?« Felix zeigte mit einem Finger darauf.

Heinrich bückte sich und steckte das Röhrchen zurück in die Hosentasche. »Gegen meinen Husten«, sagte er und hustete demonstrativ, was ihm sehr gut gelang, tief aus den Bronchien mit reichlich Schleim. Dann lächelte er Felix breit an, wie zum Beweis: Siehst du, nur der Husten.

»Ich glaube dir nicht«, sagte Felix wieder, und jetzt löste sich seine Mutter hinter ihm aus ihrer Starre.

»Wer sind Sie?«, fragte sie, als sähe sie ihn zum ersten Mal, als hätte sie gerade erst den Raum betreten.

»Frau von Thum, ich bin …«

Aber Felix ließ ihn nicht aussprechen. »Ja, Heinrich, wer bist du eigentlich? Und was willst du von mir?«

»Ich will dir helfen.«

»Was soll das heißen?«

»Wie, was soll das heißen? Du brauchst Hilfe.«

»Ich will deine Hilfe nicht.«

Da war es. Genau das, wovor Connie ihn gewarnt hatte. In Heinrichs Brust dehnte sich ein schmerzhaftes Druckgefühl aus. Es war egal, was er jetzt tat, Felix' Freundschaft hatte er verloren. Eine Sekunde lang dachte er, dass es das Beste wäre, einfach einzupacken und zu gehen. Sollte der Junge doch machen, was er für richtig hielt. Sollte er doch zum Spießer werden, seine Träume aufgeben, auf ein Internat gehen und jeden Tag Krawatten tragen. Aber Freunde oder nicht, Heinrich hatte eine Verpflichtung. Er hatte ein Versprechen abgegeben, er hatte eine Aufgabe zu erfüllen. Ob Felix seine Hilfe wollte oder nicht, er würde sie bekommen.

Heinrich seufzte einmal, zog dabei die Schultern weit nach oben und ließ sie dann fallen.

»Du solltest jetzt gehen«, sagte Felix.

»Nun gut. Trinken wir noch unseren Kaffee aus, dann gehe ich.« Er griff nach den beiden Tassen und streckte Felix' Mutter ihre entgegen. Sie schaute ihn an wie ein Reh im Scheinwerferlicht, dann bewegte sie sich langsam auf ihre Tasse zu. Heinrich warf einen Blick auf Felix und sah es hinter seiner Stirn arbeiten. Wieso konnte die Frau nicht schneller sein?

Dann hoben sich Felix' Augenbrauen, seine Lippen formte sich zu einem perfekten Kreis. Es war zu spät. »Trink das nicht!«, schrie er.

Sie zuckte zusammen. »Was?«

»Trink das nicht!«

Heinrich lächelte freundlich und strafend zugleich. »Felix, deine Mutter hat diesen Kaffee für mich gemacht. Es wäre unhöflich, wenn wir ihn nicht austrinken würden.«

»Gib mir die Tasse!«, sagte Felix.

Seine Mutter machte einen Schritt rückwärts. Sie war jetzt den Tränen nahe. »Felix, was ist denn los?«

Heinrich ging auf sie zu, immer noch die Tasse ausgestreckt. »Nichts ist los, Frau von Thum.«

»Gib mir dir Tasse!« Rote Flecken erschienen auf Felix' Gesicht.

»Felix, sei nicht albern«, sagte Heinrich und ging weiter.

Dann griff Felix nach der Tasse. Heißer Kaffee ergoss sich über ihre Hände, aber sie ließen nicht los, keiner von ihnen. Heinrich zerrte am Henkel, Felix am Becher selbst. Sein eigener Kaffee fiel scheppernd zu Boden. Frau von Thum entfuhr ein spitzer Schrei.

»Lass los!«, brüllte Felix, aber Heinrich konnte nicht, sah einen Rest Flüssigkeit in der Tasse schwappen und konnte nicht loslassen, konnte nicht aufhören, nicht jetzt, nicht so kurz vor dem Ziel. Er zerrte einmal feste, und Felix wirbelte um ihn herum wie in einem bizarren Tanz. Er schob seine freie Hand gegen Felix' Schulter, um ihn wegzudrücken, und der Junge bohrte ihm seine Finger ins Gesicht. Heinrich presste die Augen zusammen, während sie sich durch die Tasse aneinander zogen und mit den freien Händen wegschoben. Er spürte, wie der Griff ihm langsam aus den Fingern glitt, und schob Felix noch stärker von sich weg, legte all seine Kraft in die Arme, die Hände und hielt die Luft an. Und dann, mit einem Mal, Freiheit.

Noch bevor er die Augen öffnete, wusste er, was geschehen war. Das Rutschen von Gummi auf Parkett, der leise, luftige Schreckenslaut aus Felix' Kehle, dann der dumpfe Schlag. Einen Moment lang presste er die Lider aufeinander, wartete darauf, dass Felix ihn erneut anschreien würde. Es blieb still. Sterne tanzten vor seinen Augen. Als er sie dann doch öffnete, verwunderte ihn vor allem die Farbe. Nicht grell und feurig wie in den Filmen, sondern ein erdiger Ton, dunkel und satt. Auf dem Glas, auf dem Ledersofa, auf dem Boden. Auf dem Fotoalbum, das ihm vom Schoß gerutscht sein musste, als er aufgestanden war. Hatte er das mitbekommen?

Felix lag in einer unmöglichen Position zu seinen Füßen. Die Beine ineinander verdreht, den Kopf im rechten Winkel zu seinen Schultern, der linke Arm hing noch auf dem Tisch. An seiner rechten Schläfe klaffte ein tiefes Loch. Seine Augen standen offen.

Die Tasse glitt aus Heinrichs Hand und zerschellte neben der anderen. Das Geräusch nahm er nicht wahr. Heinrich sank auf die Knie, streckte eine Hand nach Felix aus, konnte ihn aber nicht berühren. »Felix«, sagte er, »das wird schon wieder.« Weil es so sein musste. Er starrte dem Jungen ins Gesicht und wartete auf eine Regung, ein Zucken in der Wange, eine Bewegung des Augapfels. »Felix«, sagte er erneut und dann noch mal lauter: »Felix.« Aber Felix rührte sich nicht.

Erst der Schrei ließ Heinrich verstehen. Guttural, urzeitlich. Er drehte sich zu Felix' Mutter um, und sie stand mit gebeugten Knien und raufte sich die Haare, raufte sich tatsächlich die Haare, griff sich an den Schläfen in ihre blonde Mähne und zog daran, während sie schrie, Luft holte und wieder schrie. Felix war tot. Er sah noch einmal hin. Nichts bewegte sich mehr, bis auf die Blutlache, die sich im Zeitlupentempo ausdehnte. Felix war tot. Er sah die Mutter an, sah die Tränen und die Rotze und die Speichelfäden. Felix war tot. Sie drehte sich zu ihm, immer noch schreiend, immer noch raufend, und ihre aufgerissenen Augen trafen die seinen. Felix war tot. Und er rannte.

Die Lichter blendeten ihn. Es war zu hell und gleichzeitig zu dunkel. Er konnte die Straße nicht sehen, schlingerte mit dem Wagen hin und her, und immer wieder musste er entgegenkommendem Verkehr ausweichen. Das Hupen dröhnte in seinen Ohren.

Er hatte keine Ahnung, wohin er fuhr. Er musste weg, einfach nur weg. Das Schreien war noch da, als säße die Frau in seinem Auto. Und das Blut. Immer wieder das Blut und das eine Auge, das ihn anstarrte, immer noch blau. Wieso konnte er nichts sehen? Er wischte sich mit der Hand übers Gesicht. Es war nass. In Panik schaute er seine

Hand an, erwartete das erdige Rot des Blutes, aber da war kein Blut. Ein Hupen riss seinen Blick wieder nach oben, und er wich einem Lastwagen aus.

Und dann war er im Weltall und die Sterne rasten an ihm vorbei. Nein, nicht Sterne, Schnee, dicke Schneeflocken, die auf seine Windschutzscheibe zuflogen. Er sah noch weniger, fuhr noch schneller, bis er schließlich die Straßenlaternen und Ampeln der Stadt hinter sich gelassen hatte. Wann war es dunkel geworden? Seine Gedanken hatten ihre Konsistenz verloren, drehten sich in einem ewigen Reigen, ein Karussell vor seinem inneren Auge. Der erste Spaziergang mit Felix bei fallendem Laub. Felix' Vater, der die Treppe hinabstürmte. Felix in seiner neuen Jacke. Felix auf seinem Bett mit der Flasche Schnaps in der Hand. Felix als erwachsener Mann, der ihn in die Arme schloss und ihm dankte. Felix mit all seinen Fragen im Kaufhaus, Felix an seiner Seite beim Gruppentreffen, Felix auf dem Fußboden mit geöffnetem Schädel, Felix auf dem Rad in seiner Einfahrt. Felix in der Telefonzelle, wie er den anonymen Anruf tätigt, der Heinrich das Leben retten würde. Heinrich wusste nicht mehr, was seine Erinnerungen waren und was nicht. Es war alles niemals geschehen und es geschah alles in genau diesem Augenblick.

Erst, als er die rotierenden Blaulichter vor seinem Haus sah, Susanne in einem dicken Bademantel, vor ihr zwei Beamte in Uniform, erst da wurde ihm bewusst, wohin er gefahren war. Er sah sie von der nächsten Kreuzung aus, blieb stehen, konnte natürlich nicht abbiegen. Susanne schlug eine Hand vor den Mund und schüttelte den Kopf. Heinrich fuhr weiter und parkte den

Wagen an der Stelle am Waldrand, an der er ihn damals geparkt hatte, an jenem Mittwoch, um zu warten, bis sie zur Arbeit aufbrach. Als der Wagen sich endlich nicht mehr bewegte und der Motor aus war, versuchte Heinrich, seine Stirn auf das Lenkrad zu legen und ein paar Mal tief durchzuatmen, aber sein Puls raste weiter ohne Rücksicht auf seine Beruhigungsversuche. Stillstand war unerträglich. Also stieg er aus. Sofort waren seine Füße nass und kalt. Er sah an sich hinunter und auf seine schmutzigen Socken. Natürlich. Seine Schuhe standen nach wie vor im Flur der von Thums. Aber das zählte jetzt auch nicht mehr.

Er näherte sich dem Haus von hinten. Über den Garten hinweg schaute er in das hell erleuchtete Wohnzimmer. Alles war beim Alten, soweit er es ausmachen konnte. Alle Bücher am selben Platz, alle Lampen da, wo er sie kannte. Es war alles so geblieben, auch ohne ihn. Wie ein Museum wirkte es jetzt. Dabei war es nicht wirklich lange her, dass er hier sein Leben verbracht hatte. Er ließ sich zu dem Gedanken hinreißen, hierher zurückzukehren. Wo sollte er sonst hin? Aber nein. Das konnte er nicht. Und er wollte es nicht. Der Heinrich, der dort gelebt hatte, hatte nicht mehr leben wollen. War es nicht so gewesen? Auch wenn er sich nicht mehr genau daran erinnern konnte, was ihn in den Tod getrieben hatte, er hatte ihn doch gesucht. Und soweit es ihn betraf, war dieser Heinrich auch gestorben. Es gab ihn nicht mehr.

Wieder schob sich Felix' Gesicht vor seine Augen. »Ja, Heinrich, wer bist du eigentlich?«

»Ein besserer Mensch«, sagte er laut, aber der Felix vor seinem inneren Auge sah nicht überzeugt aus. »Ein besserer Mensch«, flüsterte er noch einmal. Nein, auch sich selbst konnte er nicht überzeugen.

Sein Körper fand den Weg im Dunkeln von alleine. Wieder und wieder trat er auf etwas Spitzes und zuckte zusammen, schrie irgendwann den Wald um sich herum an. Wieso wollte er ihn aufhalten? War es nicht das, was die Welt von ihm erwartete? Warum ihm Steine in den Weg legen? Es schneite immer noch, er fror, er hustete, er schrammte sich die Arme an Ästen und Dornenbüschen auf. Es war stockfinster, aber er kämpfte, schlug sich durch den Wald, fiel hin, stand wieder auf. Er würde nicht aufgeben, diesmal nicht. Das war er: ein Mensch, der nicht aufgab. Und das schrie er der Welt entgegen, bei jedem Schritt, nicht immer mit Worten, aber immer gut hörbar.

Endlich teilte sich das Blätterdach über ihm und er sah in den Wolkenhimmel. Vor ihm der leichte Anstieg, die spitzen Steine unter seinen Füßen, die es ihm beinahe unmöglich machten hinaufzuklettern. Aber auch das gelang ihm, bis er auf den Schienen stand und sein Gesicht in die wirbelnden Flocken streckte, die auf seiner Stirn schmolzen und mit seinem Schweiß an seinen Schläfen hinabliefen. Er hatte es endlich geschafft.

Kaum hatte er sich hingelegt, spürte er auch schon ein dumpfes Vibrieren im Metall unter seinem Nacken. Noch konnte er den Zug nicht hören, aber er war da, kam näher. Über ihm wirbelte der Schnee, unter ihm bohrten sich die Steine in seinen Rücken, und mit jeder Sekunde wurde das Vibrieren stärker. Wie konnte es sein, dass der Zug ihn damals im Stich gelassen hatte, aber jetzt so pünktlich zur Stelle war? Was für eine Ironie, dachte Heinrich und meinte nicht nur den Zug, sondern Susanne und Mieze und

278

Roger und Connie und Felix' Eltern. Und sich selbst. Und er lachte, laut und ungehalten, hustete immer wieder und lachte dann weiter, hörte sich selbst dabei zu, bis sich sein Lachen im Dröhnen des Zuges verlor. Endlich, dachte er.

Danksagung

Ich habe zu danken. Dem wunderbaren acabus Verlag und seinen Mitarbeiterinnen und Mitarbeitern, die dieses Buch haben Realität werden lassen. Meiner Schreibgruppe, Susanne, Susi und Beatrice, die mich über Jahre bei diesem Projekt begleitet und ihm einen Namen gegeben haben. Meinen Testlesern Ursi und Dominik. Meiner Familie, die an mich glaubt, wenn ich es nicht kann. Meinem großartigen Mann Olli für seine niemals endende Unterstützung. Und Erik, meinem Scout durchs thüringische Hinterland. Er ist der heimliche Held dieses Buches.

Weitere Veröffentlichungen von Katharina Glück:
- Der ewige Anfang (Erzählungen)
- Was wir bereit zu geben sind (Roman)

www.katharinaglueckschreibt.de